Anna-Maria Rupp

Un-erhörte Stoßseufzer einer Bäuerin

Anna-Maria Rupp

Un-erhörte
Stoßseufzer
einer Bäuerin

rosenheimer

www.rosenheimer.com

Titelfoto: © Bundesarchiv, Bild 183-26433-0002 Biscan
Satz: Satzpunkt Ursula Ewert GmbH, Bayreuth
Druck und Bindung: CPI Moravia Books s.r.o.
Printed in Czech Republic

ISBN 978-3-475-54187-2

Inhalt

Frühlingsmorgen

And I think to myself what a wonderful world ... klang es aus dem Radio. Das Lied gefiel mir. Ich schaltete das Gerät etwas lauter und summte leise mit. Ein Blick aus dem Fenster bestätigte meine Hochstimmung: Nicht eine Wolke trübte den Himmel. Die Luft war frisch und klar, prickelnd wie Sekt.

Ich hatte ein richtig gutes Gefühl, als ich im Hauseingang stand und die schon warme Morgensonne auf meiner Haut spürte. Ein sanfter Wind spielte mit meinem Haar. Der betörende Duft von Apfelblüten wehte mir entgegen. Kein Zweifel, es roch nach Frühling.

Auch Walter, mein Mann, schien den Frühling zu spüren. Voller Schwung öffnete er das schwere Scheunentor. Kurz darauf hörte ich, wie er den Motor des großen Traktors anließ. Mir zuwinkend und eine fröhliches Liedchen pfeifend fuhr Walter zum Hof hinaus in den sonnigen Morgen.

Unser Hund Phylax sprang laut bellend noch ein paar Meter hinter ihm her, trottete auf meinen Pfiff aber pflichtbewusst zurück. Schwanzwedelnd drängte er sich an mich. Sah mit seinen großen, schwarzbraunen Augen zu mir auf. Wer kann diesen bettelnden Hundeaugen schon widerstehen? Wie gewünscht kraulte ich ihm den dicken, schwarzen Pelz.

Das Vieh war gefuttert, die Milch versorgt und der Morgen viel zu schön, um gleich wieder an die Arbeit zu gehen, fand ich. Ein paar Minuten Pause, warum nicht?

»Phylax komm!«, rief ich, und schon sprang er in großen Sätzen vor mir her über den Hof zur Straße hinaus.

Gleich hinter der Scheune mit dem tief heruntergezogenen Dach beginnen die Obstwiesen. Wie riesige Blumensträuße standen die üppig weißrosa blühenden Apfelbäume im satten Grün, dazwischen leuchtendgelber Löwenzahn.

Mein Blick schweifte über die weitgeschwungenen Felder und Wiesen, die sich wie lange grüne und braune Handtücher über die Hochfläche verteilten. Sie zogen sich bis zu den ausgedehnten Laubwäldern hin, die in der Ferne den Horizont begrenzten. Malen sollte man können, dachte ich und bedauerte, dass weder die Zeit noch die Begabung dazu ausreichten.

Aber Prachttag hin oder her, die Arbeit erledigte sich leider nicht von selbst. Also marschierten Phylax und ich wohl oder übel zurück ins Haus. Dort in der Küche erwartete mich das gewohnte Chaos. Unter dem Tisch angelte ich einen Hausschuh hervor, hängte das Handtuch, das auf dem Stuhl lag, an den Haken, räumte zwei liegengebliebene Schulbücher weg und sammelte die verschiedenen Teile der Zeitung zusammen, die kreuz und quer herumlagen. Ordnung? Fehlanzeige!

Es ist stets dasselbe. Kurz vor sieben das Finale furioso. Der Schulbus wartet nicht auf Langschläfer. Im Sturmschritt verlassen Moggi und Uli das Haus.

Die Tür fliegt krachend zu, so dass Phylax erschreckt zusammenzuckt und unsere Katze Susula, die Schöne, sich unter der Bank verkriecht. Drei Minuten später der nächste Knall. Im gestreckten Galopp, mit dem Brot in der Hand, spurtet Carlos zum Hof hinaus. Das ewige Zeitunglesen. Es ist ein Kreuz mit ihm!

Längst habe ich mir abgewöhnt, mich aufzuregen. Es bringt nichts. Absolut nichts! Sämtliche Versuche – und es waren nicht wenige –, meinen drei Schlawinern wenigstens ein klitzekleines Maß an Ordnung beizubringen, sind kläglich gescheitert. Zumindest kurz vor sieben. Aber trotzdem: Noch ist Preußen nicht verloren. Noch nicht!

Während mir solche Gedanken im Kopf herumschwirrten, nahm ich mechanisch das Vesperbrot von der Kommode im Flur und trug es in die Küche. Natürlich von Uli, von wem denn sonst? Kommt abends nicht bei Zeit ins Bett und kriegt morgens die Augen nicht auf. Träumt dafür in den Tag hinein.

Verhungern wird er jedenfalls nicht, dachte ich bar jeden Mitgefühls. Für seine dreizehn Jahre ist unser Jüngster ganz gut gepolstert. Im Gegensatz zu Carlos, dem Ältesten, der mit seinen neunzehn Jahren etwas Speck auf den Rippen gut vertragen könnte. Aber wann hat der schon Zeit zum Essen? Immer auf dem Sprung. Den Kopf voller dummer Ideen. Ob er jemals aus dem Flegelalter hinauswächst? Ich bezweifle es.

Und Moggi, die Einzige?

»Du siehst aus wie das blühende Leben«, stellte erst am Sonntag Oma Päule fest. Aber Moggi war alles andere als entzückt über dieses wohlgemeinte Kompliment. Blühendes Leben war nicht gefragt. Bleich und spindeldürr, das allein zählte. Ein frommer Wunsch, auch wenn Moggi sich noch so sehr in Selbstbeherrschung übte. Nur den Seinen gibt's der Herr im Schlaf.

Ach, wie gut ich Moggi verstehen konnte! Erging es mir im aufregenden Alter von fast sechzehn Jahren doch kein Haar anders. Joghurt mit Zitrone schlürfte ich bis zum Erbrechen. Und was hat's gebracht? Dreimal darf man raten.

Über ihren Spitznamen ist Moggi alles andere als glücklich.

»Was für ein süßes Moggele!« rief die Nachbarin entzückt aus, als ich ihr meine winzig kleine Monika zum ersten Mal vorführte. Der Ausspruch, oft zitiert, blieb hängen. Immerhin: aus Moggele – so heißen bei uns die kleinen Kälbchen – wurde Moggi. Von daher gesehen kann Monika mit ihrem Spitznamen schon fast wieder zufrieden sein.

Himmel, wie die Zeit vergeht! Die Waschmaschine hat längst ausgeschleudert. Die Setzlinge müssen in die Sonne gestellt werden. Die Betten sind noch nicht gemacht und überhaupt, was koche ich heut'?

Alles hat seinen Preis

Nicht umsonst bezeichnet Moggi ihr Zimmer unter dem Dach als ihr Himmelreich. Direkt vom Bett aus kann sie die Wolken betrachten, die am Himmel vorüberziehen. Dünne Schleierwolken, hohe Wolkentürme oder tiefhängende graue Wolkenfetzen. Ich schaue gerne aus dem Dachfenster. Von hier aus hat man einen Blick wie von einem Aussichtsturm. Was für ein schönes Land, denke ich, und welch ein Glück, dass unser Hof Bürgermeister Schäfferles Verschönerungsplänen nicht im Wege steht. Außer ein paar Feldscheunen wurde hier nichts gebaut, die Neubaugebiete liegen hauptsächlich im Westen und Süden des Ortes.

Auch wenn er es nicht zugibt, Walter ist stolz auf seinen Hof. Seit mehr als einhundertfünfzig Jahren steht er breit und behäbig an der Straße, die nach Langenbuch führt.

Früher waren Wohnhaus, Scheuer und Stall alle unter einem Dach, aber inzwischen stehen Stall und Scheuer getrennt gegenüber dem Wohnhaus. Aus der ehemaligen Scheuer wurde eine Garage. Weiter hinten, den Feldern zu, ragen drei große Silos in die Höhe.

Der Haupteingang zum Haus liegt an der Straßenseite. Dort steht ein alter Futtertrog, mit Blumen bepflanzt. Weinreben ranken bis zu den Fenstern im ersten Stock empor. Kurz, es ist ein Bauernhaus, wie man es sich vorstellt.

»Mir gefällt die schlichte selbstverständliche Schönheit dieses alten Hauses. Es lässt im Innern eine bäuerliche Behaglichkeit vermuten«, sagte vor kurzem ein Wanderer in schönstem Hochdeutsch zu mir, als er ein Foto von unserem Haus machte.

Der wichtigste Eingang aber befindet sich an der Rückseite des Hauses. Von dort aus gelangt man über den Hof in den Stall und die Scheune. Zweiundsiebzig lebendige Wesen tummeln sich im Haus und Hof, Carlos' Miniaturzoo nicht mitgerechnet. Zieht man uns fünf Bohnackers ab, verbleiben unterm Strich noch siebenunddreißig Milchkühe, sechzehn Stück Jungvieh, zwölf Kälble, Susula, die schwarze Katze mit den weißen Pfoten, und nicht zu vergessen Phylax, unser treuer Wächter.

Die Tiere wollen versorgt sein, werktags wie sonntags. Neben hunderttausend nicht wahrnehmbaren, aber notwendigen anderen Kleinigkeiten, ist dies hauptsächlich meine Aufgabe. Auch wenn Walter kräftig mithilft, von einem Sieben-Stunden-Tag und einem freien Wochenende kann keine Rede sein. Aber das ist schließlich nichts Neues. Ich wusste, was mich erwartete, als ich Walter vor dreiundzwanzig Jahren heiratete.

Ackern und Rackern gehören seit urdenklichen Zeiten zusammen, quasi als Erblast von Adam und Eva. Sie haben uns die piesackenden Dornen und Disteln eingebrockt. Ja, ich habe sogar den begründeten Verdacht, dass es mit den Dornen und Disteln erst so richtig losgeht, auch wenn diese heute nicht ohne weiteres als solche zu erkennen sind. Darum Holzauge sei wachsam!

Unser Hof ist jedoch beileibe nicht der größte am Ort. Georg Mühlhäuser und vor allem Frieder Beißwenger haben weit mehr Felder und Tiere als wir. Und wenn Beißwengers Luisle stirbt, sie ist immerhin schon dreiundachtzig, dann erbt der Frieder von seiner ledigen Tante noch etliche Bauplätze dazu, getreu dem Sprichwort: Der Teufel scheißt immer dahin, wo schon gedüngt ist.

Oma Päule ist bestimmt nicht neidisch, aber diese Tatsache ärgert sie, denn mit Frieder Beißwengers Vater hat sie, auch nach Jahrzehnten noch, ein Hühnchen zu rupfen. Er war nämlich schuld daran, dass damals, während des tausendjährigen Reiches, mein Vater in den letzten Kriegsmonaten noch eingezogen wurde. Das hatte er davon, dass er nicht in der Partei war und nicht versuchte, die Funktionäre mit Lebensmitteln kräftig zu schmieren, wie Frieder Beißwengers Vater es so meisterlich verstand. Natürlich mit Erfolg. Außerdem war dieser in angeblich wichtiger Funktion unabkömmlich. Oma Päule dagegen konnte sehen, wie sie mit der Landwirtschaft alleine zurande kam. Aber Schwamm drüber, auch wenn Vater wegen einer Kriegsverletzung viel zu früh sterben musste.

Und Walter? Nun, wie soll ich sein etwas gespanntes Verhältnis zu Beißwengers Frieder erklären? Sicher, es trifft zu, dass mich Frieder, als ich noch nicht fest mit Walter ging, gern gesehen und seine Sprüche geklopft hat. Aber Frieder schwätzt, im Gegensatz zu Walter, viel, bis der Tag zu Ende ist. Das darf man nicht ernst nehmen. Jedenfalls ist es absoluter Quatsch, dass Walter meint, auch heute noch auf Frieder eifersüchtig sein zu müssen. Aber das kann ich Walter hundertmal klarmachen, in diesem Punkt ist er stur wie ein Panzer. Außerdem kann er Klugscheißer und Angeber, und das ist Frieder in Walters Augen, nicht ausstehen. Ich seh's weniger streng. Manchmal übertreibt Walter, nichts zu machen, ich weiß.

Doch zurück zu Haus und Hof. Unsere Felder liegen hauptsächlich im Osten, deshalb haben wir wenig Aussicht, dass sie bald Bauland werden.

»Besser Kleingeld als kein Geld«, versuchte ich Walter zu trösten, als im letzten Jahr die Ernte weit hinter den Erwartungen zurückblieb und das Wenige auch noch schlechter als bisher bezahlt wurde. »Kannst du mir vielleicht sagen, wie ich mit Kleingeld den Stall erweitern soll? Ganz zu schweigen von einer größeren Milchküche mit Milchtank, die, wie du weißt, ebenfalls dringend gebaut werden muss.«

»Ach, Walter«, antwortete ich, »das Leben ist viel zu kurz, um ständig an die Kosten zu denken.«

»Du hast vielleicht Nerven«, sagte Walter und schaute mich an, als sei ich nicht recht bei Trost.

Oh, ich weiß wohl, gegen eine reiche Erbtante hätte er absolut nichts einzuwenden, ja sie wäre hochwillkommen, aber leider ist die einzige noch lebende Tante arm wie eine Kirchenmaus. Ihr Obstgütle liegt weit vom Schuss, draußen am Waldrand. Es bringt nichts ein, macht nur Mühe und Arbeit. Nach den Gesetzen der Marktwirtschaft wäre es besser, die Äpfel auf den Bäumen hängen zu lassen, als sie zu ernten und für einen Spottpreis als Mostobst zu verkaufen. Aber in Krettenstetten gelten nicht nur die Gesetze der Marktwirtschaft, Gott sei Dank, denn sonst müssten von den weniger als elf – von ehemals 123 – verbliebenen Landwirten, bis auf vier, alle das Handtuch werfen.

Carlos meinte, es wäre gut, dass Walter nicht wüsste, was in Brüssel alles ausgeheckt werde, sonst würde er nicht mehr fröhlich pfeifend seinen Stall misten. Es sei doch seltsam, dass Erzeuger immer weniger verdienten, während an der Landwirtschaft immer mehr verdient werde.

»Wie dem auch sei, ich bin gern Bauer und ich bleibe Bauer. Basta!« Damit beendet Walter meistens die erregten Diskussionen mit seinem Ältesten. Immerhin, dieses Jahr standen die Karten nicht schlecht. Der Regen brachte die ersehnte Feuchtigkeit. Das Korn hatte gut angeschoben. In der Hoffnung auf anständige Preise hatte Walter vor allem auf Raps und Weizen gesetzt. Frei nach der Devise: Bangemachen gilt nicht.

Wetten, Sie mögen Krettenstetten!

So, jetzt wissen wir's, und seit Mittwoch ist es amtlich. Jeder konnte schwarz auf weiß – oder vielmehr schwarz auf hellblau – lesen, was für ein liebenswerter, fröhlicher und aufgeweckter Ort Krettenstetten doch ist. Und vor allem wie wichtig, diesen ländlichen, erholsamen Ort endlich einmal kennenzulernen.

So jedenfalls stand es im Werbeprospekt der Gemeinde, der bei der Bürgerversammlung vorgestellt wurde. Jeder bekam ein Exemplar in die Hand gedrückt. Auch Walter und ich saßen unter den interessierten Zuhörern. Schließlich geht uns Krettenstetten auch was an, oder etwa nicht?

Selbst Tussi, meine Freundin, saß mit am Tisch. Wie flott sie wieder aussah in ihrer weißen Bluse und der pinkfarbenen Hose.

Mit den kurz geschnittenen, blonden Haaren, die so widerspenstig in die Höhe stehen, und den munteren blauen Augen sieht man ihr die sechsundvierzig Jahre nicht an, was man von mir nicht unbedingt behaupten kann. Ganz zu schweigen von meinem Aufzug, obwohl ich auch nicht gerade wie der letzte Dorftrampel daherkomme. Aber was soll's, Hauptsache, wir zwei verstehen uns, und das tun wir, und zwar seit unserer Kindergartenzeit. Das mach' uns erst einer nach.

Tussi, auf den schauerlichen Namen Thusnelda getauft, kam allein. Ihr Mann, Richter bei der Jugendkammer Ulm, hatte sich zu Hause hinter einem Aktenberg verschanzt, froh, ungestört arbeiten zu können.

Eine Bürgerversammlung findet auch in Krettenstetten nicht alle Tage statt, kein Wunder, dass die Turn- und Festhalle gestopft voll war.

»Eine zeitgemäße Repräsentation von Krettenstetten war längst überfällig«, betonte voll Stolz Bürgermeister Schäfferle in seiner Ansprache. Dem Anlass entsprechend hatte er sich besonders feingemacht und zum ersten Mal eine Fliege umgebunden. »Marke jung und dynamisch«, frotzelte Walter neben mir.

Herr Läpple, seit zwanzig Jahren im Gemeinderat und Inhaber einer kleinen Maschinenfabrik, hielt, das war bekannt, nicht allzu viel von modischem Firlefanz.

»So an Krampf«, bruddelte er vor sich hin, »früher hat's a Krawättle doa.«

Aber den meisten der Anwesenden gefiel nicht nur die flotte Fliege am Hals von Bürgermeister Schäfferle, sondern vor allem der neue Prospekt, der von hinten bis vorne fleißig studiert wurde.

WETTEN, SIE MÖGEN KRETTENSTETTEN stand unübersehbar auf der ersten Seite des Faltblattes. Auf der Rückseite wurde nicht nur *Natur pur*, sondern *waschechte, gesunde Mistkratzer und originale Bauerngärten* versprochen. Ich überlegte laut, welche Gärten im Ort wohl damit gemeint sein konnten.

»Alles eine Frage der Verpackung!« zischelte Walter mit einer Stimme, die nicht unbedingt auf Zustimmung schließen ließ. Er hat heut anscheinend seinen kritischen Tag, dachte ich und verschluckte vorsichtshalber meine Antwort.

Als ich mich aber ein bisschen umsah und am unteren Ende des langen Tisches, direkt vor dem Rednerpult, Frieder Beißwenger sitzen sah, ahnte ich, welche Laus Walter über die Leber gelaufen war. Und als Frieder Beißwenger, vor Selbstzufriedenheit strahlend wie ein polierter Melkeimer, gar sein Glas erhob und ein Prosit auf die neue Zeit im allgemeinen und im besonderen auf Krettenstetten anbrachte, knurrte Walter noch eine Spur grantiger als zuvor: »Der hat mir grad no g'fehlt!«

Immerhin: Auf Glanzpapier und in Farbe lernte ich unser Dorf von einer ganz anderen Seite kennen. *Kleines Hinterhof-Idyll* oder *Zwischen Hecken und Zäunen* – so oder ähnlich lauteten die Beschreibungen unter den farbenfrohen Fotos. Kein Zweifel: Krettenstetten konnte sich sehen lassen. Und erst der Text!

Vergessen Sie die Hektik des Alltags, stand unter einer besonders gelungenen Landschaftsaufnahme. Und weiter unten, ... *Breite, ausladende Buchen sorgen mit ihrem Schatten dafür, dass es dem Wanderer im Sommer nicht zu heiß wird. Aus der weitgeschwungenen Landschaft ragen hier und da niedrige Kuppen hervor. Kleine Täler durchziehen die ebenmäßige Fläche. Eingebettet zwischen Felder und Wiesen erkennt man im sommerlichen Dunst die verstreut liegenden Dörfer. Wären nicht die sich immer weiter ins Land hineinschiebenden Neubaugebiete, könnte man glauben, die Zeit wäre hier spurlos vorübergegangen* ... usw. und so fort.

Wohl wahr, dachte ich, die Zeit war keineswegs spurlos an Krettenstetten vorübergegangen. Dafür sorgt schon unser rühriger Bürgermeister. Keine Mühe ist ihm zu viel, wenn es darum geht, Krettenstetten aus dem Dornröschenschlaf zu wecken. Früher, als Autos eine Seltenheit waren, verirrten sich nur wenige Wanderer in das verschlafene Dorf am Albrand. Das jedenfalls erzählt Oma Päule, meine Mutter und siebenundsiebzig Jahre jung. Aber auch ich erinnere mich noch ganz genau, dass wir Kinder ungestört auf der Straße spielen konnten. Das war einmal.

Heute liegt Krettenstetten längst nicht mehr hinter Pfui-Teufel, sondern mitten im Fadenkreuz der Autofahrer.

Der Hirschwirt, auch nicht gerade auf den Kopf gefallen, erkannte die Zeichen der Zeit. Er sorgte vor. »A Biergarte bei ons uff dr Schwäbische Alb? Des darf net wohr sei!« hieß es im Dorf, als er daran ging, seinen Obst- und Gemüsegarten hinter dem Haus in eine Gartenwirtschaft umzuwandeln.

»Jetzt fehlt bloß no das weißblaue Tischtuch«, spotteten die einen, während die andern sich bereits darauf freuten, dass man nun endlich auch in Krettenstetten sein Bier oder seinen Most im Freien trinken konnte.

Aber nicht nur hinter dem Haus, auch vorne, beim Eingang an der Straße, gab es beim »Hirsch« Veränderungen.

Pünktlich zu Beginn der warmen Jahreszeit leuchteten gelbe Sonnenschirme wie riesige Sonnenblumen die Straße entlang. Kleine runde Tischchen mit weißen Stühlen und gelbweiß gestreiften Polstern standen einladend im Hof. Ein neues, natürlich größeres und schöneres Aushängeschild wurde über dem Eingang angebracht. Golden strahlte ein prächtiger Hirsch samt vielen Schnörkeln von oben herab. Ein wahres Schmuckstück. Die Krettenstettner staunten nicht schlecht. Der Hirschwirt, das war ein Kerl!

Und so saßen an warmen Sommertagen keineswegs nur Auswärtige im Grasgarten unter Apfel- und Zwetschgenbäumen. Von wegen! Auch Einheimische, einschließlich Carlos mit seinen Freunden, ließen sich's dort wohlsein.

Wurstplatte um Wurstplatte, Schnitzel um Schnitzel wurden ins Freie getragen, ganz zu schweigen von den vielen Gläsern Bier, Most oder den Viertele. Keine Frage, die Rechnung des Wirts war aufgegangen.

Im Ort hatte sich aber noch weit mehr verändert. Unmerklich zuerst, dann immer sichtbarer und schneller. Das aufwendig renovierte Rathaus zum Beispiel mit seinem alten Zierfachwerk war genauso wenig zu übersehen wie die neue Turn- und Festhalle mitten im Neubaugebiet. Ja selbst die über fünfhundert Jahre alte Kirche mit dem trutzigen Turm hatte einen neuen Anstrich verpasst bekommen. Die Kirchturmspitze mit dem frisch vergoldeten Hahn leuchtete weit ins Land hinein.

Ein Geschäftshaus nach dem andern entlang der Hauptstraße wurde modernisiert. Neben so viel Glanz duckten sich die restlichen kleinen alten Häuschen, die dort standen, immer mehr in sich zusammen. Es kam mir vor, als wüssten sie, was bereits beschlossen war oder vielmehr vom Gemeinderat noch beschlossen werden sollte.

»Man muss mit der Zeit gehen, sonst geht die Zeit an einem vorbei«, tönte gerade Bürgermeister Schäfferle vom Rednerpult und sprach damit all denen aus dem Herzen, denen es mit dem Fortschritt nicht schnell genug gehen konnte. Der Architekt blies ins gleiche Horn.

Ein freundlicher, ein fröhlicher Ort sollte Krettenstetten werden, versicherte er, als er zum ersten Mal den Bürgern seine Pläne erläuterte.

Ein Rathausplatz mit einem Brunnen davor, wie früher, sei geplant. Dazu Bäume und ein paar Bänke zum Ausruhen. Wir werden schließlich alle einmal älter, scherzte er. Und im Sommer sollten Blumen und nochmals Blumen Farbe ins Dorf bringen. Walter gab mir einen Stoß, dass ich erschrocken zusammenfuhr.

»Dem könnet anscheinend d'Bäum net schnell g'nug in de Himmel wachse«, meinte er mit einem Gesicht, als hätte er Reißnägel verschluckt.

»Jetzt sei net so langweilig, seh's halt au positiv«, versuchte ich ihn zu beruhigen. Aber nichts zu machen. »Mir geht alles viel zu hopplahopp. So ebbes muss sich doch entwickeln«, knurrte er.

So viel Zeit hatte der Architekt offensichtlich nicht. Leider müssten wohl oder übel auch etliche der alten, nicht mehr zeitgemäßen Bauernhäuser im Laufe der Zeit verschwinden und durch moderne Wohn- und Geschäftshäuser ersetzt werden, keineswegs zum Schaden der Eigentümer, wohlgemerkt. »Und wer weiß«, beschloss er seine Zukunftsplanung, »vielleicht wird Krettenstetten aufgrund seiner hervorragenden klimatischen Verhältnisse sogar Luftkurort. Keineswegs utopisch. Die Chancen stehen gut.«

»Ausgerechnet Krettenstetten! Dass ich nicht lache!« »Net so laut, Walter!«

Mir war es fast schon peinlich, wie Walter sich aufführte. Sonst war er doch auch nicht so. Selbst Tussi wunderte sich.

»Was hat er denn?« erkundigte sie sich. »Stimmt was net?«

»I glaub', Frieder Beißwenger isch ihm aufg'stoßa«, versuchte ich zu erklären.

Nichtsdestotrotz, die Pläne des Architekten beeindruckten sehr, und in der anschließenden Diskussion ging es hoch her. Es war eindeutig: die Befürworter waren in der Überzahl. Schließlich wusste inzwischen jedes Kind, dass man sich in der Landwirtschaft keine goldene Nase mehr verdienen kann. Die Zeiten waren vorbei, falls es sie je einmal gegeben hat. Weniger, aber dafür schlagkräftige Bauern, so stellte man sich die Zukunft der Landwirte nicht nur in Brüssel vor. Wer oder was, so frage ich, soll eigentlich »geschlagen« werden?

Auch tauchte in den Zeitungen eine neue Wortschöpfung auf: »das Bauernsterben«. Seltsamerweise regte sich außer den Landwirten niemand groß darüber auf.

»Ob sich beim ›Hundesterben‹ wohl mehr Leute aufregen würden?« fragte ich Tussi.

»Und ob«, meinte sie, »darauf kannst du Gift nehmen.«

Walter, den bereits wieder der Hafer stach, stieß – grad zum Possen –, wie er sagte und so laut, dass man es bis zum Prominententisch hören konnte, auf's Wohl der Bauern an. Und Martin Nägele, sein Freund, der auch an unseren Tisch gekommen war, setzte noch eins drauf und zitierte sogar Cicero: *»Nichts ist besser als die Landwirtschaft, nichts schöner; nichts angenehmer; nichts eines freien Mannes würdiger.«* Das war ein Wort!

Allerdings hinter das gepriesene *›angenehme Landleben‹* machten wir doch ein dickes Fragezeichen, schließlich sind wir keine Edelleute, aber sonst? Doch damit nicht genug. Walter nahm noch einmal einen tüchtigen Schluck, und unter dem Beifall der Tischgenossen und der Dorfbewohner, die neben und hinter uns saßen, brachte er ein dreifaches Hoch auf die Landfrauen an.

»... denn was wäre der Landwirt ohne seine bessere Hälfte?« posaunte Walter in den Saal und gab mir vor allen Leuten einen schallenden Kuss.

Hab' ich mich vielleicht geniert!

Fast ein normaler Tag

Man kann planen, soviel man will, es kommt meistens anders als geplant. Ein dahinplätscherndes Gleichmaß ist nicht drin, wenigstens nicht bei uns. Dabei muss nicht einmal viel passieren.

»Die Milli gefällt mir nicht«, sagte Walter kurz vor dem Schlafengehen zu mir. »Zur Vorsicht werde ich in ein paar Stunden nochmals in den Stall gehen und nach ihr sehen. Es wird doch nicht schon losgehen?« Milli, eine unserer besten Milchkühe, war trächtig. Ich kam gut mit ihr zurecht. Im Gegensatz zu Berta, der Störrischen, schlug sie weder beim Anlegen des Melkgeschirrs ständig mit dem Schwanz um sich, noch machte sie Theater, wenn das verschmutzte Euter gewaschen werden musste.

Nun, es dauerte noch etwas, bis es tatsächlich losging. Eine leichte Geburt, so schien es. Ruckzuck lag das gelbweiße, feuchte, zappelnde Etwas im Stroh. Aber dann machte Milli Zicken. Anstatt nach der Geburt mit Pressen aufzuhören, presste sie unentwegt weiter, als ob ein zweites Kälbchen in ihrem Bauch wäre. Dabei schnaufte sie wie verrückt. Alles gute Zureden half nichts.

»Ruf sofort den Tierarzt an, ich bleibe solange bei Milli«, sagte Walter zu mir.

Der Tag drängte schon mächtig herauf, als ich ziemlich verschlafen im Hof stand und auf Dr. Pfeiffer wartete. Wo er nur so lange blieb? Die Minuten schlichen dahin.

Endlich! Aus dem Wagen springen und im Stall sein war eins.

»Wo?« fragte er nur und zog sich im Laufen den Kittel über. Sein Arm verschwand im Inneren der Kuh. »Gebärmuttervorfall«, stellte er fest »Eine schöne Bescherung.«

Beide, Milli und Dr. Pfeiffer, schwitzten um die Wette. Milli ging es wirklich nicht gut. Ich streichelte sie fortwährend und flüsterte ihr beruhigende Worte ins Ohr.

Als sich auf Dr. Pfeiffers Gesicht ein Lächeln zeigte, wusste ich, Milli hatte es geschafft.

»Jetzt könnt' ein tüchtiger Schluck Kaffee nicht schaden, finden Sie nicht auch?«

Dr. Pfeiffer hatte nichts gegen Walters Vorschlag einzuwenden.

Kurze Zeit später saßen die beiden Männer sichtlich erleichtert und entspannt am Tisch und ließen sich meinen Kaffee, Marke extrastark, samt deftigem Frühstück schmecken. Dr. Pfeiffer liebte keinen Bodenseekaffee. Ich wusste dies und machte einen Kaffee, dass fast der Löffel drin stehenblieb. Irgendwelche Bedenken? I wo! Unseren Tierarzt haut so leicht nichts um. Im Flecken hieß es von ihm, der hat a g'sonda Kuttel. Und die brauchte er auch. »Schmeckt ausgezeichnet«, lobte Dr. Pfeiffer meinen rabenschwarzen Kaffee und goss sich eine dritte Tasse ein.

Auch ich genehmigte mir einen Schluck und war über die Wirkung erstaunt. Nein, nicht bei mir, sondern bei Walter, dem Schweiger. Wann hatte ich ihn, außer bei der letzten Bürgerversammlung, je so gesprächig erlebt?

Im Rübenraum wolle er einen Melkstand sowie eine Milchküche mit Milchtank einbauen. Das gegen Westen vorhandene Vordach solle vergrößert werden. Sollte man nicht doch noch etliche Sauen eintun? Brachte mehr ein als Milchvieh. Und und und … Die beiden fachsimpelten auf Teufel komm raus. Walter bekam richtig glänzende Augen dabei. Sieh mal einer an, dachte ich bei mir, der Umbau des Großviehanbindestalls schien also keineswegs Walters letztes Bauvorhaben zu sein. Anscheinend hatte ihn der gleiche Bazillus erwischt wie Bürgermeister Schäfferle. Aber was soll's, träumen schadet nicht.

Wer nicht mehr träumen kann, ist kein Realist, las ich vor einiger Zeit. Und außerdem, vor zwei kommt bekanntlich eins. Walters Träumen wurden sehr reale Grenzen gesetzt. Der Stallumbau war ein ziemlich dicker Brocken, der erst einmal verdaut sein wollte.

Gegen Abend machte das neugeborene Kälbchen im kleinen Grasgarten bereits seine ersten Gehversuche. Moggi war begeistert. Auf noch wackeligen Beinen stakste das neue Stallmitglied am Strick hinter ihr drein.

»Was für ein hübsches, munteres Kerlchen du bist«, sagte sie zu ihm. »Ich taufe dich auf den Namen Purzel.«

Eigentlich hätte ich es nicht erlauben dürfen, dass Moggi dem neugeborenen Kälbchen einen Namen gibt. Es bringt nichts als Schwierigkeiten, wenn man zu Tieren, die man nicht unbedingt behalten will, ein zu persönliches Verhältnis hat. Das klingt hart, ist aber so. Diesmal jedoch konnte ich nicht hart sein, viel zu groß war die Erleichterung, dass die schwere Geburt gut überstanden worden war. Milli lag zwar noch ziemlich geschwächt am Boden, aber ich bin sicher, sie wird sich bald wieder erholen.

Zwischen Morgen und Abend kommt bekanntlich noch das Mittagessen. Wie ein aufgescheuchter Hornissenschwarm fielen unsere drei ins Haus. Sie brachten einen Kohldampf mit, als hätten sie seit Tagen nichts mehr zu essen gekriegt.

Lag es am schwülen Wetter, oder hatte Carlos wieder einmal seinen unsozialen Tag? Er konnte es einfach nicht lassen, Uli zu ärgern. Dabei ist jeder von den zwei Lausern ganz verträglich, aber zusammen sind sie eine mittlere Katastrophe.

»Fröhlich sei das Mittagessen! Guten Appetit!«

Mit diesem frommen Wunsch stürmte Uli zur Türe herein, knallte diese wie üblich zu, dass die Wände wackelten. Die Schultasche flog im hohen Bogen in die Ecke, und der Anorak segelte hinterdrein. Als Uli sich auf die Eckbank drängen wollte, zeigte Walter wortlos auf den Boden, und maulend räumte Uli seine Sachen weg.

»Mann o Mann, hab' ich einen Hunger«, verkündete er anschließend lautstark. »Was gibt's denn Gutes?« »Heuschrecken nach Art Johannes des Täufers oder nach Art des Hauses, geröstet auf Körnerschnitzel. Ganz nach Wunsch.«

Carlos grinste.

Uli verzog das Gesicht, als hätte er eine Krott verschluckt.

»Also gibt's was G'sundes. Brrr. Ich hab's ja geahnt!« »Genau das Richtige für Bubis mit Schlappohren.« Carlos grinste noch eine Spur unverschämter.

»Sei bloß still, hast ja selber Segelohren, und was für welche!« gab Uli nicht faul zurück und versuchte Carlos eine zu langen.

Der aber blieb cool.

»Im Gegensatz zu dir, sind meine Schlappohren mein Markenzeichen.«

Moggi verschluckte sich fast vor Lachen und quietschte:

»Typisch Carlos, wenn's ihm nützt, findet unser Sonnyboy selbst Wanzen im Bett noch gut.«

Ehrlich gesagt, mir tat Uli richtig leid, aber ich hatte heute einfach keine Lust, den Feldwebel zu spielen. Ich war müde. Der Kaffee wirkte schließlich nicht ewig. Außerdem, was bringt schon das ständige, nutzlose Ermahnen und Wehren? Nichts als Falten und Kopfweh. Soll doch Walter auch einmal sein Amt als Erziehungsberechtigter wahrnehmen. Der aber war eifrig mit Kauen beschäftigt – oder baute er weiter an seinen Luftschlössern?

Mal sehen, wann ihm der Kragen platzt, dachte ich, und kaute ebenfalls munter weiter.

Uli aber holte noch einen Trumpf aus der Tasche. »Rat mal, mit wem ich dich heute gesehen habe? Also diese Claudia, kess, kess kann ich nur sagen.« Uli feixte anzüglich zu Carlos hinüber.

»Na und? Was dagegen?« Carlos spielte den Gleichgültigen.

»Es sah aber nach mehr aus als nur ›na und‹.«

»Nur nicht neidisch werden, Kleiner. Kommt alles noch.«

Sie frotzelten weiter, bis es Walter schließlich zu bunt wurde.

»Schluss jetzt mit dem Herumgegäbel! Könnt ihr zwei nicht wenigstens beim Essen friedlich sein? Und überhaupt?« fragte Walter, »von welcher Claudia war hier die Rede?«

»Ach nichts, wirklich nichts von Bedeutung«, wehrte Carlos verlegen ab.

»Das will ich auch schwer hoffen. Zuerst wird das Abitur gemacht, und dann sehen wir weiter«, sagte Walter, der nichts von allzu frühen Techtelmechteln hielt. Außerdem hätte es ihm gerade noch gefehlt, dass sein Ältester ausgerechnet mit Beißwengers Claudia herumpoussierte.

»Im Übrigen, damit ihr nicht auf dumme Gedanken kommt, für morgen ist Regen angesagt. Das heißt alle Mann samt Frauen ran an die Front. Das Heu muss dringend unter Dach und Fach. Carlos, Uli, ihr fahrt mit mir. Lisa und Moggi kommen mit dem kleinen Schlepper nach.«

Begeisterung ringsum. Uli allerdings war fein raus. »Ich kann nicht mit. Ich hab' einen Termin beim Zahnarzt.«

Dagegen war nichts zu sagen, Moggi aber meuterte. »Ich habe mich bereits mit Steffi ins Schwimmbad verabredet. Außerdem muss ich noch soo viel Englisch lernen. Wir schreiben morgen eine Arbeit.« »Das hat Zeit bis heut Abend«, sagte Walter ungerührt, und als Moggi ärgerlich vor sich hin bruddelte, »du hättest dir eben ein anderes Elternhaus aussuchen müssen.«

Dieser Meinung war Moggi allerdings auch, zumindest heute, und sie hielt damit nicht hinter dem Berg.

Wie gut es ihre Freundin hatte. Bei der kamen weder das Heu, noch das Korn und schon gar nicht Kartoffeln oder Fallobst dazwischen. Was für eine Ungerechtigkeit!

Oh, ich wusste wohl, dass es nicht immer leicht war für Moggi. Dabei hatte ich mir fest vorgenommen, die Kinder möglichst nicht mit in die notwendigen Arbeiten einzuspannen, wusste ich doch selbst nur zu gut, wie hart das mitunter war. Aber manchmal ging es eben nicht anders. Oder sollte das Heu tagelang im Regen liegenbleiben?

Zugegeben, auch ich träume manchmal, was wäre, wenn ...?

Ja, was wäre, wenn Walter Beamter wäre und jeden Tag Schlag 17 Uhr oder sogar noch früher nach Hause käme?

Unerfüllbarer Wunschtraum. Darum ab in die Schublade damit!

Seit kein Hahn kräht auf dem Mist, bleibt fast nichts mehr, wie es ist

Dass Oma Päule am helllichten Dienstagmittag zu uns heraus marschiert kam, war ungewöhnlich. Ich war gerade im Stall und sah nach den Kälbchen. Plötzlich quietschte die Stalltüre. Oma Päule schaute sich suchend um.

»Ist was passiert?« fragte ich erschrocken.

»Nein, nein, noch nicht«, beruhigte sie mich. »Ich hab's einfach nicht mehr ausgehalten, muss mit jemand reden. Was glaubst du wohl, wer heute früh bei mir war?«

»Keine Ahnung.«

»Der Bürgermeister! Er wolle in einer dringenden Angelegenheit mit mir sprechen.«

»Und um was ging's?« fragte ich, während wir zusammen ins Haus marschierten.

»Kannst du dir's nicht denken?«

Oma Päule ließ sich in den bequemen Fernsehsessel fallen und holte erst einmal tief Luft.

»Stell dir vor«, begann sie ihre Berichterstattung, »Bürgermeister Schäfferle – und nicht nur er – ist der Meinung, mein Haus versperre den Blick auf's neu renovierte Rathaus und den vorgesehenen Rathausplatz. ›Ich will Ihnen nicht zu nahetreten, liebe Frau Scheuermann‹, sagte er sehr freundlich zu mir, ›aber Sie müssen doch zugeben, dass sich Ihr Haus nicht mehr im allerbesten Zustand befindet. Im Gemeinderat fiel sogar das Wort ›Bruchbude‹. Was sagst du dazu? Mein Haus eine Bruchbude! Da hört sich doch alles auf!« Oma Päules Stimme zitterte vor Wut und Empörung.

»Aber das war noch nicht alles«, fuhr sie fort, »würde das Haus, so Bürgermeister Schäfferle, samt angebauter Scheuer, abgerissen und durch ein neues, etwas nach hinten versetztes Haus ersetzt, so würde angeblich die ganze Hauptstraße aufgewertet. Und wer weiß, meinte der Schäfferle, vielleicht würde dann Krettenstetten endlich auch einmal den begehrten Preis *Unser Dorf soll schöner werden* gewinnen und nicht – wie letztes Jahr schon zum zweiten Mal – Langenbuch. Dies wurmt, wie du weißt, nicht nur den Bürgermeister.«

Oma Päule wirkte richtig mitgenommen.

»Komm, jetzt stärk dich erst einmal«, sagte ich und stellte den restlichen Marmorkuchen vom Sonntag auf den Tisch und eine angebrochene Flasche Wein dazu.

Moggi, die gerade von der Mittagsschule nach Hause kam, spickelte zur Türe herein.

»Oma, du hier?« fragte sie erstaunt.

In aller Kürze erzählte ich Moggi das Wichtigste. »Und was hat der Bürgermeister sonst noch g'wusst?« wollte sie wissen.

»Dass die Gemeinde dafür sorgen werde, dass ich zu einem neuen, modernen Haus komme. Der Garten hinter der Scheuer sei ja groß genug, und überhaupt hätte ich nicht im geplanten Erweiterungsgebiet noch eine Wiese? Ich könnte auf sein Entgegenkommen zählen.

Oma Päule machte eine Pause und nahm einen Schluck Wein.

»Zugegeben, manchmal träum' ich auch von einer bequemen Wohnung, bin schließlich nicht mehr die Jüngste, aber dass man mein Haus so mir nichts dir nichts abreißen will, das geht mir doch gewaltig gegen den Strich.«

»Also i find's au allerhand, dei schön's Haus einfach abreißa! I bin dagegen!« erklärte Moggi temperamentvoll.

»Des freut mi, dass du so denkst«, sagte Oma Päule. »Die Jahreszahl 1790 und die Buchstaben J.S. für Johann Scheuermann sind über dem großen, runden Kellereingang eingemeißelt, alles noch genau wie früher. Und das soll plötzlich nichts mehr wert sein?«

Oma Päule konnte sich nicht so schnell beruhigen. »*Unser Dorf soll schöner werden!* Ich kann's fast nicht mehr hören. Obwohl – zugegeben – Krettenstetten ist schöner geworden, ohne Zweifel. Aber manchmal, wenn ich zum Einkaufen gehe, kommt es mir vor wie aus dem Katalog. So schön, dass es fast nicht mehr schön ist. Landauf, landab der gleiche Einheitsbrei. Ob's des brengt?«

Ich konnte mir gut vorstellen, wie verärgert Bürgermeister Schäfferle abzog, als Oma Päule ihm unmissverständlich erklärte:

»Auch wenn ein Misthaufen nach dem anderen verschwindet, was traurig genug ist, mein Haus bleibt, wo es ist!« Und noch eines gab sie ihm mit auf den Weg. »So wie ihr jetzt verzweifelt nach guten alten Fachwerkhäusern sucht und überall, ob richtig oder nicht, auf Teufel komm raus den Putz herunterhaut, so verzweifelt werdet ihr noch nach alten Bauernhäusern suchen. Das garantier' ich euch, so wahr ich s'Päule Scheuermann bin!«

»Des hascht aber gut g'sagt«, Moggi strahlte bewundernd ihre Großmutter an.

Nicht allein der Bürgermeister, auch der Sparkassendirektor hatte angeblich nur das Wohl von Oma Päule im Sinn.

Gestern, als sie ein paar Märker auf ihr Sparbuch einbezahlen wollte, bat sie der Direktor ins Büro. Die Sparkasse plane einen Neubau an exponierter Stelle, erklärte er ihr. Vom Bürgermeister habe er erfahren, dass sie eventuell ihr Haus abbrechen und durch ein neues ersetzen lassen wolle. Die Sparkasse sei an dem Platz sehr interessiert und berate sie gerne in dieser Angelegenheit und nicht zu ihrem Nachteil. Ganz bestimmt nicht. Dafür übernehme er persönlich die Verantwortung, versicherte Direktor Merkle.

Aber wenn Oma Päule nicht wollte, dann wollte sie nicht, auch wenn noch so viele vernünftige Gründe dafür sprachen.

»Und was hast du zum Sparkassendirektor g'sagt?« wollte ich wissen.

»Was i g'sagt han? Am besten man schmeißt mich samt mei'm Haus zum Müll. Wir Alten, oder vielmehr wir Gruftis, würden in unserer Leistungsgesellschaft sowieso nichts mehr zählen.«

»Au Backe, das war aber dick. Wetten, dass Herrn Merkle die Spucke wegblieb?« sagte Moggi erschrocken und anerkennend zugleich.

Auch ich zuckte innerlich zusammen. So direkt hätte sie es ja auch wieder nicht sagen müssen. Hoffentlich geht alles gut. Ich fürchte die spontanen Reaktionen meiner Mutter. Damals, kurz vor Ende des tausendjährigen Reiches, lief Oma Päule nämlich auch zur Hochform auf. Oder anders gesagt, sie gehörte mit zu den wenigen Bürgern, die Zivilcourage zeigten.

Um was es ging?

Nun, kurz vor dem Einmarsch der Amerikaner räumte sie zusammen mit anderen wackeren Dorfbewohnern, einschließlich dem Bürgermeister, die bereits errichteten Panzersperren weg und hisste die weiße Fahne. Diese mutige Tat hat Krettenstetten davor bewahrt, in einen Trümmerhaufen verwandelt zu werden. Allerdings war es nur der Besonnenheit des Amtsrichters in der nahen Kreisstadt zu verdanken, dass Oma Päule und die anderen verhafteten Mitbürger am Leben blieben. Dieser aufrechte Mann weigerte sich, was nicht ungefährlich war, in aller Eile die Todesurteile zu unterschreiben.

Etwas von diesem selbstmörderischen Mut von damals steckt auch heute noch in Oma Päule. Bürgermeister Schäfferle und Sparkassendirektor Merkle bekamen eine Kostprobe davon.

Letzterer allerdings gab sich nicht so schnell geschlagen. Er wusste nur zu genau, dass ein Schwabe nicht so ohne weiteres ja sagen kann. Er braucht Bedenkzeit, will gebeten sein. Mindestens dreimal muss man ihn bitten, ehe er etwas annimmt oder nachgibt, aber der Zeitaufwand lohnt sich. Allerdings Oma Päule war ein besonders harter Knochen.

»Sie werden schon noch merken, dass unser Angebot nicht das Schlechteste war, aber vielleicht ist es dann zu spät«, gab Herr Merkle zu bedenken. »Es gibt schließlich auch andere Häuser am Ort.«

»Also daher weht der Wind«, entgegnete Oma Päule und wurde nun erst recht bockig.

Ziemlich genervt warf der Sparkassendirektor für's erste das Handtuch.

Auch Moggi schien genervt.

»Aber gell Oma, du verkaufsch dei Haus net. I kann mir des überhaupt net vorstella!«

Nun, ich wusste wohl, warum Moggi so dagegen war, dass Oma Päules angebliche Bruchbude abgerissen werden sollte. Oben auf der alten, mit allerlei Gerümpel gefüllten Bühne, im hintersten Winkel, neben dem kleinen Dachfensterle machte Moggi Urlaub vom Bauernhof. Hier las sie stundenlang in meinen alten Büchern und träumte vor sich hin. Oma Päule hatte mir dieses kleine Geheimnis verraten, als ich mich wunderte, wie lange Moggi immer bei ihr war.

Als wir noch etwas ratlos zusammensaßen, kam mir eine Idee. Ob es nicht sinnvoll wäre, Herrn Hermann anzusprechen. Er ist Lehrer an unserer Schule und hält gern ein Schwätzle mit Oma Päule. Angeblich ist er richtig verliebt in ihr altes Haus.

»Wo findet man das heute noch, ein unverfälschtes, nicht modernisiertes Bauernhaus aus dem letzten Jahrhundert. Ein Jammer, dass eins ums andere dieser alten Bauernhäuser unwiederbringlich verschwindet«, sagte er, als Oma Päule ihn durchs Haus führte.

»Soll ich bei ihm mal etwas auf den Busch klopfen?« fragte ich.

Gegen Abend, wir saßen gerade alle beim Vespern, platzte noch eine nicht weniger explosive Bombe.

»Wisst ihr schon das Neueste?« stürmte Carlos herein. »Neben Oma Päules Haus kommt ein Supermarkt.«
»Ein Supermarkt? Woher weißt du das?« fragte Walter ungläubig.

»Von Claudia. Ihre Großmutter hängt net so am alten Glump wie Oma Päule. Angeblich soll's a ganz toll's, schick's Haus werda, mit Tiefgarage, Mietwohnungen und allem Piepapo.«

Frau Haug, die Schwiegermutter von Frieder Beißwenger, wohnt direkt neben Oma Päule. Kein Schnaufer tat sie von wegen Hausverkauf, obwohl sie sonst ein fürchterliches Batschweib ist.

»Jetzt schlägt's dreizehn!« war alles, was Walter dazu sagte. Eine weitere Portion Bratkartoffeln lehnte er wortlos ab.

Carlos und das Chaos

Zugegeben, Carlos, mein Ältester, der eigentlich nach seinem Großvater Karl-Martin getauft wurde, aber wegen seiner schwarzen Mähne und seinem südlichen Aussehen von Gott und der Welt nur Carlos gerufen wird, dieser Carlos wäre keineswegs entzückt, wenn er wüsste, dass ich ab und zu in seinem Zimmer herumschnüffle. Schließlich hat er nicht ohne Grund an der Türe ein großes Plakat befestigt mit der unmissverständlichen Aufschrift *Eintritt verboten! Brandgefahr!* Dies gilt auch für Susula, die Schöne.

Das mit der Brandgefahr ist, echt Carlos, allerdings reichlich übertrieben, trotz seiner Alchimistenecke, dem Bunsenbrenner, den vielen Reagenzgläsern und Pülverchen, die dort herumstehen. In diesem Durcheinander vergeht einem sogar die Lust am Zündeln.

Nun, ich bin einfach etwas neugierig. Nicht mehr, aber auch nicht weniger.

Bei meinen nicht genehmigten Erkundigungen halte ich mir vorsichtshalber bereits an der Türe die Nase zu. Carlos' Zimmer ist nämlich nicht nur Wohn-, Schlaf-, Lern- und Experimentierzimmer, es ist vor allem ein Miniaturzoo. Und dementsprechend duftet es. Leider nicht nach Chanel Nummer 5, sondern auf gut deutsch, es stinkt. Zumindest empfindet es meine Nase so.

Carlos sieht das natürlich ganz anders.

»Artspezifischer Geruch, was soll's?«

Carlos sieht vieles anders oder – gar nicht. Die Bücher und Kartons zum Beispiel sowie andere Gegenstände, die kreuz und quer auf dem Fußboden herumliegen. Sein Blick geht großzügig über alles hinweg. Während ich der Meinung bin, seine Großzügigkeit arte allmählich in Schlamperei aus, findet er Aufräumen alles andere als wichtig. Wichtig für ihn sind einzig und allein seine Tiere: Fixi und Foxi, die zwei munteren, blauweißgefiederten Wellensittiche, die in einem großen Käfig herumflattern. Der Käfig steht auf dem Tisch. Sobald Carlos das Zimmer betritt, verursachen sie einen Höllenlärm. Öffnet er gar die Tür des Käfigs, fliegen sie wie verrückt im Zimmer herum, sodass die drei putzigen Mäuse in einem kleineren Käfig vor Aufregung nicht mehr aus und ein wissen und laut quietschen oder sich verängstigt in einer Ecke zusammenkauern.

Fridolin, der Hamster, verhält sich klüger. Er verschläft die Aufregungen des Tages und geistert lieber nachts durch die Gegend. Ein Glück, dass die Kaulquappen, die lange in einem Einmachglas auf dem Fenstersims standen, inzwischen verschwunden sind. Sie tummeln sich längst im gemeindeeigenen Ökoteich.

In Carlos' Zimmer versuche ich vorsichtig, auf Zehenspitzen gehend, Schritt für Schritt ein paar freie Quadratzentimeter Fußboden zu erwischen. Kann von Glück sagen, wenn ich nicht über einen Schuh stolpere oder auf einem Socken ausrutsche.

»Hier *wird* nicht aufgeräumt. Hier *ist* aufgeräumt!« entrüstete sich Carlos, als mich angesichts des fürchterlichen Durcheinanders in seinem Zimmer beinahe der Schlag traf. Nur in Sternstunden, oder wenn mir der sprichwörtliche Kragen platzt, gelingt es mir, hier gründlich Ordnung zu schaffen. Und, einmal in Fahrt, fliegen sämtliche Bücher, Kartons und was-weiß-ich-noch-alles auf Carlos' Bett. Ein Saustall ist wahrlich nichts dagegen. Carlos jedoch behauptet allen Ernstes:

»In so einem Saustall gefällt's mir!«

Wo der Bub das bloß her hat?

Bei meinem letzten Erkundungstrip in Carlos' Zimmer entdeckte ich auf seinem Schreibtisch eine dicke Zeitschrift. Das Titelbild sprang mir ins Auge. Ein farbiges Computerbild. Überschrift: **DAS CHAOS**. Einmal neugierig geworden, begann ich zu lesen. Dabei stieß ich auf den merkwürdigen Satz: ... denn Chaos ist die Regel, Ordnung die Ausnahme. Kommt mir irgendwie bekannt vor, dachte ich und sah mich in Carlos' Zimmer um. Obwohl ich keine Zeit hatte und auch nicht alles auf Anhieb verstand, las ich trotzdem interessiert weiter. Schon wieder so ein toller Satz:

... Forscher entdeckten eine neue Art von Chaos, ein deterministisches Chaos in unvermuteten Bereichen ... usw. Ha, ha, ha! Ich bekam einen Lachanfall. Die Herren Forscher hätten sich viel Mühe und Arbeit sparen können. Hier bei uns gab's in vermuteten und unvermuteten Bereichen Chaos in Hülle und Fülle. Und dass der Verlauf des Chaos nicht vorhersehbar ist, wie es in dem Bericht weiterhieß, das war mir, Lisa Bohnacker aus Krettenstetten – ohne mir etwas darauf einzubilden – schon längst bekannt. Auch ohne Computerbild und ähnlichem wissenschaftlich modernem Schnickschnack.

Allerdings, eines war mir nicht ganz klar. Was, zum Teufel, ist ein deterministisches Chaos? Doch wozu gab's ein Lexikon – falls in diesem Chaos so etwas zu finden war.

Unter dem Wellensittichfutter entdeckte ich das Gesuchte. Dicke Staubwolken wirbelten auf, als ich die leere Schachtel zur Seite schob.

Determinismus, so las ich staunend, die Lehre, *dass alles vorherbestimmt ist.*

Ein vorherbestimmtes Chaos also?

Heiliger Strohsack! Dann war ja alle Liebesmüh umsonst, Carlos in naher oder ferner Zukunft ein auch noch so geringes Quentchen Ordnung beizubringen. Vielleicht gar nicht wünschenswert? Denn wer kommt schon gegen den Himmel an?

Aber es kam noch schlimmer. Auf Seite 87 zum Beispiel:

... Wo viele Objekte zusammenwirken, breitet sich das Durcheinander eben rascher aus, um schließlich ins Gleichgewicht der »idealen Unordnung« zu gelangen, stand hier schwarz auf weiß.

Gleichgewicht der idealen Unordnung? Ich dachte, ich lese nicht recht! Diesen unglaublichen Satz ließ ich mir gleich zweimal auf der Zunge zergehen. Nachdem ich ihn ein drittes Mal gelesen hatte, veränderte ich kurzentschlossen ein einziges Wort, obwohl sich, dank meiner überholten repressiven Erziehung, alles in mir sträubte, Unordnung jemals ›ideal‹ zu finden. Der Satz lautete nun folgendermaßen:

Wo viele Subjekte zusammenwirken, breitet sich das Durcheinander eben rascher aus, um schließlich ins Gleichgewicht der idealen Unordnung zu gelangen.

Das traf ins Schwarze. Alle Subjekte im Haus hatten nämlich, nachdem sie ein geradezu wissenschaftliches Durcheinander zustande gebracht hatten, fluchtartig das Haus verlassen.

Walter und Carlos wollten gemeinsam versuchen, den Schlepper wieder flott zu bekommen. Uli verdrückte sich auffällig schnell in die Mittagsschule, nur Moggi, die Ärmste, konnte nicht flüchten. Sie musste heute die Küche aufräumen und hatte in der »idealen Unordnung« keineswegs ihr Gleichgewicht gefunden, sondern eine unwissenschaftliche Stinkwut im Bauch.

»Uli wäre auch kein Zacken aus der Krone gefallen«, beschwerte sie sich, »wenn er die Spülmaschine ausgeräumt hätte, bevor er in die Mittagsschule abrauscht. Aber nein, der liebe, kleine Uli versteht es geradezu meisterhaft, sich vorm Küchendienst zu drücken. Stellt sich mit Fleiß so dappig an, dass man es sich nicht leisten kann, seinen ungeschickten Pranken Geschirr anzuvertrauen.« Mürrisch wischte Moggi den Tisch ab. Nebenher führte sie Selbstgespräche.

»Ja, ja«, brummelte sie, »die Dummen sind halt die G'scheiten. Wenn ich einen Stapel Teller fallen lasse, werde ich erst recht zum Küchendienst verdonnert. Aber Uli? An diesem kleinen praktischen Beispiel sieht man, wie es mit der Gleichberechtigung bestellt ist. Drei Pünktchen!«

Nein, Moggi war alles andere als mit der Welt im Einklang. Aber wann schon geht es im Leben nach dem Lustprinzip? Ich hätte mir auch eine andere Beschäftigung als Generalreinigung der Milchküche vorstellen können. Leider sind wir nicht mehr im Paradies. Was sein muss, muss sein. So tröstete ich Moggi eben, so gut es ging.

Carlos, der vom Hof schnell in die Küche gesaust kam, um einen Schluck Wasser zu trinken, meinte aufreizend freundlich:

»Na, Moggi, du bist ja heut so fröhlich. Doch nicht etwa Liebeskummer?«

Der Putzlumpen, den ihm seine Schwester nachwarf, verfehlte nur knapp sein Ziel, und Moggi machte ihrer schlechten Laune nun erst recht Luft. »Irgendwann hänge ich ein Leintuch mit der Aufschrift: BAUERNTOCHTER NEIN DANKE!! vors Fenster«, drohte sie.

Carlos war begeistert.

»Eine ausgezeichnete Idee«, lobte er, »am besten, wenn Tante Anni kommt; allein ihr entsetzter Aufschrei würde mich für vieles entschädigen.«

Tante Anni ist Walters Schwester. Ehe sie Schwager Hannes heiratete, der in Hagenloh Bürgermeister ist, war sie dort Lehrerin. Sie weiß alles und kann alles. Die Kinder nennen sie die »Ratschlagtante«, weil sie ständig gute Ratschläge oder gescheite Sprüche verteilt. Dementsprechend ist sie beliebt. Carlos hat sie besonders in ihr Herz geschlossen.

Anders gesagt, er ist ihr Sorgenkind. An ihm kann sie sich wahrlich die Zähne ausbeißen. Als sie sich bei ihrem letzten Besuch, zufällig oder nicht, in Carlos' Zimmer verirrte, klatschte sie ihm, angesichts des unbeschreiblichen Zustandes dort, folgenden Ratschlag um die Ohren:

»Am besten fährt auf dieser Welt, wer reinlich ist und Ordnung hält.«

Carlos, auch nicht auf den Mund gefallen, entgegnete mit liebenswürdigem Lächeln:

»Liebe Tante Anni, das siehst du völlig falsch. Mit einer emotionalen Liebe zum Chaos lebt sich's viel leichter. Das siehst du doch an mir.«

Anni, die Ordentliche, war so verwirrt, dass sie keine vernünftige Antwort zusammenbrachte und so schnell sie konnte die Treppe hinuntereilte.

Carlos aber, dieser elende Feger, nahm sich vor, seine Chaostheorie weiter auszubauen, und sei es auch nur, um seine geliebte Tante Anni hin und wieder etwas durcheinanderzubringen.

Aber nicht nur in Carlos' Zimmer, auch neben Oma Päules Haus war es mit der Ordnung vorbei. Das Haus von Frau Haug war abgerissen worden. Ein riesiges Loch gähnt an seiner Stelle. Mit den Bauarbeiten für den zukünftigen Supermarkt wurde bereits begonnen.

Oma Päule war alles andere als begeistert über den nicht enden wollenden Staub und Dreck vor und in ihrem Haus. Moggi und ich halfen ihr beim Saubermachen. Wenigstens die Drecksarbeit ist überstanden.

Der schönste Beruf der Welt

Mit langem, wippendem Pferdeschwanz, den sie mit einer Haarschleife, passend zum Kleid, hochgebunden hatte, schwirrte Moggi zum Haus hinaus. Wie ein gelber Schmetterling, dachte ich, und unwillkürlich spazierten meine Gedanken zurück. Damals, vor mehr als zwanzig Jahren, trug auch ich ein hellgelbes Kleid. Ein weißer Kragen zierte den für damalige Begriffe geradezu mutigen Ausschnitt. Mein dunkler, gelockter Pferdeschwanz hatte eine stattliche Länge. An jenem Sonntag trug ich mein gelbes Kleid zum allerersten Mal. Die Nacht zuvor hatte ich mehr schlecht als recht geschlafen. Lockenwickler sind ein unbequemes Ruhekissen. Aber Schönheit muss leiden, und ich wollte schön sein. Eine unerklärliche Unruhe hatte mich gepackt. Ich hatte das unbestimmte Gefühl, irgendetwas Wichtiges würde sich am Sonntag ereignen. Im Pfarrgarten war Gemeindefest. Ich hatte mich freiwillig gemeldet von 14 bis 16 Uhr Apfelsaft auszuschenken. Schon fast 16 Uhr und noch immer hatte sich nichts Aufregendes ereignet. Ich wurde langsam ungeduldig. Nach wie vor schien die Sonne vom wolkenlosen Himmel. Die Leute waren durstig. Apfelschorle hier, Apfelsaft da. Ich hatte alle Hände voll zu tun. Ein junger Bursche schien besonders durstig zu sein. Er trinkt wohl auf Vorrat dachte ich, denn ich schenkte ihm schon das dritte Glas Apfelsaft ein. Geredet hat er nur das Allernotwendigste.

Den Apfelsafttrinker kannte ich von der Schule her. Sein klares, gut geschnittenes Gesicht mit den blauen Augen, die in seltsamem Widerspruch zu dem dunklen, dichten Haarschopf standen, war mir schon damals aufgefallen.

Jetzt stand er vor mir und verlangte bereits den vierten Apfelsaft. Ich hatte das Glas in der Hand und wollte es ihm gerade geben, da musste ich so furchtbar lachen, dass ich fast nicht mehr aufhören konnte. Auch er lachte und konnte auf einmal sogar reden. Noch am selben Abend spazierten wir zum ersten Mal miteinander durch die Wiesen. Wir hatten uns viel zu erzählen, und als wir uns auf den Rückweg machten, hatte die Nacht längst ihre dunklen Schleier über die Bäume geworfen.

»Mit dem bist net b'schissen«, sagte Tussi kurz und bündig, als es nicht beim ersten Spaziergang blieb, und genau den Eindruck gewann ich auch.

Dabei wollte ich alles andere, nur nicht Bäuerin werden. Ich hatte nicht vor, wie meine Mutter, tagaus, tagein, sonntags wie werktags, morgens und abends meine Zeit ausgerechnet im Stall zu verbringen. Ich konnte mir wahrlich Besseres vorstellen: Hauswirtschaftslehrerin wollte ich werden. Stattdessen wurde ich Hauswirtschafterin bei Walter Bohnacker mit allen bekannten Vor- und Nachteilen.

Aber nicht nur ich, auch Walter wäre lieber etwas anderes geworden. Dass er mit seinen guten Mathematikkenntnissen nicht Ingenieur werden durfte, fiel ihm zuerst nicht leicht. Warum musste sein ältester Bruder ausgerechnet Theologie studieren?

Wohl oder übel steckte Walter seine Pläne zurück, denn einer sollte den Hof weiterführen. So wurde er statt Maschinenbauer Landbebauer. Immerhin einer, der gut rechnen kann.

Trotzdem, meine Wahl habe ich nicht bereut. Vielleicht lag es unter anderem daran, dass mir eine böse Schwiegermutter erspart blieb. Das war, weiß Gott, viel wert, wenn man zusammen unter einem Dach wohnt. Einundsiebzig war meine Schwiegermutter, als sie starb. Walters Vater überlebte sie nur um wenige Jahre. Ein Leistenbruch, eine Routineoperation, so dachte man. Einen Tag bevor er hätte nach Hause dürfen, starb er an einer Lungenembolie.

»So schnell geht's«, sagte Frau Steiner, unsere Nachbarin, zu mir. »Wenn mei Schwiegervater no au sterba tät. I bet' jeden Obend zom Herrgott, dass er den Sauklob' sterba lässt. Isch des a Sünd? Aber i halt's schier net aus«, klagte sie »ond mit siebenundachtzig isch er doch alt g'nug, oder net?«

Was sollte ich darauf antworten?

Bäuerin, oder auf neudeutsch Landfrau, zu sein, war damals schon nicht einfach, obwohl ich im Überschwang meiner Gefühle und mit dem Optimismus der Jugend fand, Landfrau sei der schönste Beruf der Welt. Und ginge es nach mir, stimmte das auch heute noch. Aber leider geht es nicht nach mir, und darum hält sich meine Begeisterung in Grenzen. Ich fürchte, wenn die Situation in der Landwirtschaft sich weiterhin so verschlechtert, schwimmt auch der letzte Rest meiner Begeisterung den Bach hinab. Nicht nur in der Politik, auch in meiner Haushaltskasse herrscht ständig Ebbe. Durch fallende Erzeugerpreise sinkt auch unser Einkommen, und das bei steigenden Preisen. Ein Ei kostete vor dreißig Jahren fast genauso viel, oder besser genauso wenig wie heute. Die notwendige Stallerweiterung ist nur mit Hilfe von Fremdkapital möglich. Ob das jemals hineingewirtschaftet werden kann, wissen die Götter. Und ständig die Produktion auszuweiten, hat Folgen, über die ich lieber nicht nachdenken will. »S'schaffa macht mir nix aus«, beschwerte ich mich bei Tussi, »des bin i g'wohnt, aber fast Tag ond Nacht uff de Füß' sei, ond nix kommt dabei raus ...«

»Moinsch, bei mir sei des so viel anders? Ich lieg' au net auf der faule Haut«, hielt mir Tussi entgegen. »Als Hausfrau und Mutter bin ich doch genauso der ›Neger der Nation‹ wie du. Modern ausgedrückt: Manager im Kleinbetrieb ohne Gehalt. Mit unseren vier Kindern zählen wir schon fast zu den Asozialen. Um mindestens 2,2 Kinder liegen wir über dem Durchschnitt. Und was hab' ich von der Mehrarbeit, dem vielen Verzichten? Nichts! Keine Anerkennung, weder in der Gesellschaft, noch zu Haus. Nachteile, wohin ich blicke, zumindest in materieller Hinsicht. Abgesehen von dem sozialen Feigenblatt, der mickrigen Kinderrente, die ich vielleicht einmal bekomme. Selber Schuld, wer Kinder in die Welt setzt! Dabei sind Kinder die Rentenzahler von morgen.«

Wenn Tussi einmal in Fahrt kam, war sie so schnell nicht zu bremsen. An ihre kritischen Bemerkungen hatte ich mich bereits gewöhnt, um nicht zu sagen, mir fehlte direkt etwas, wenn wir nicht ab und zu miteinander gäbelten. Nicht umsonst bezeichnet Tussis Ehemann seine Frau als ›behutsam radikal, was immer das heißen mag. Aber manchmal war sie schon beinahe aufreizend direkt.

»Der einzige Unterschied zwischen dir und mir ist der«, machte sie mir klar, »ihr habt mehr Sach' und fast kein Geld, wir haben zwar etwas mehr Geld, dafür aber fast kein Sach'.«

Es wird, so finde ich, höchste Zeit, etwas mehr über meine Freundin Tussi und über Robert, ihren Mann, zu berichten. Aber wo anfangen? Am besten fünfundzwanzig Jahre zurück. Damals studierte Tussi in Reutlingen. Sozialpädagogin wollte sie werden. Auch in Tübingen, nicht weit weg, studierte jemand. Robert Krohmer, waschechter Stuttgarter mit einer Vorliebe für Genauigkeit. Gesinnungspreuße, vermutlich großväterliches Erbe, schimpfte Tussi, die des Öfteren Probleme mit sachlicher Diskussion hatte und es auch sonst nicht so genau nahm wie ihr Göttergatte in spe. Ausgerechnet in einen Prinzipienreiter und angehenden Juristen verliebte sich meine Freundin.

»Isch des net a bissle riskant?« fragte ich.

»Gegensätze ziehen sich bekanntlich an«, hielt sie mir entgegen. »Ich hab' keine Angst, Hauptsache wir lieben uns. Juristischen Spitzfindigkeiten setze ich eine geballte Ladung Psychologie entgegen. Das dürfte genügen.«

So Tussi, das Naturtalent.

Sie war im dritten Semester, als sie mehr oder weniger gezwungenermaßen ihre pädagogischen und sozialen Fähigkeiten in die Praxis umsetzen konnte. Bei vier Kindern blieb zwar das Examen auf der Strecke, nicht aber ihre Begeisterung für neueste pädagogische Erkenntnisse. In ihrem Bücherschrank stapeln sich die entsprechenden Wälzer.

Aber Theorie und Praxis sind bekanntlich zwei Paar Stiefel. Das zeigte sich vor allem bei ihrem Jüngsten, dem munteren Daniel. Dieser wollte nämlich partout nicht in seinem Bettchen schlafen und machte sich ausgerechnet im Ehebett breit. Standhaft trotzte er neuesten pädagogischen Erkenntnissen, widerstand allen psychologischen Tricks. Er war um alles in der Welt nicht mehr aus dem elterlichen Ehebett zu vertreiben. Als Daniel auch noch dazu überging, sich quer übers Bett zu legen und zum Schlafen die Schuhe anzubehalten, war die Toleranzgrenze bei Robert erreicht. Er zog ins Gästezimmer. Nach nicht ganz einer Woche löste ein jahrhundertelang erprobtes väterliches Donnerwetter das Problem. Tussi aber, hin- und hergerissen zwischen modernen Erziehungsmethoden und veralteter preußischer Strenge, fürchtet seither um die verletzliche Psyche ihres Jüngsten. Ob sie nicht vielleicht doch Schaden genommen hat?

Bei Erziehungsproblemen fragt mich Tussi nur selten um Rat. Offensichtlich bin ich in diesem Punkt nur bedingt lernfähig. Trotz der vielen Literatur, die sie mir zum Lesen gegeben hat, handle ich nach wie vor meistens nach Gefühl und Temperament. Aber weil ich ein inkonsequenter Mensch bin, haben meine drei eine reelle Chance, seelisch nicht allzu sehr verbogen zu werden. Weder in die eine, noch in die andere Richtung. Wenigstens bilde ich mir das ein.

Nun ja, im Grunde genommen beklagen weder Tussi noch ich unser Los. Wir lassen nur ab und zu

Dampf ab. Das ist etwas ganz anderes. In gewissen Abständen geradezu lebensnotwendig, denn nicht nur ich, auch Tussi hat's nicht immer leicht. Ihr Mann hat sehr wenig Zeit, ist angeblich total überlastet und mehr oder weniger mit seinen Akten verheiratet. Tussi trägt's mit Fassung. Meistens, nicht immer.

Erziehung leistet Robert, so gut es eben geht, in der Freizeit, hauptsächlich beim Fahrradfahren. Am Wochenende kann man die ganze Familie Krohmer, oder richtiger: konnte man die ganze Familie Krohmer auf den Straßen der Albhochfläche bei der sonntäglichen Ausfahrt fröhlich vereint strampeln sehen. Damit die Jugend nicht auf dumme Gedanken kommt. So Robert. Inzwischen haben sich die zwei Ältesten, einundzwanzig und vierundzwanzig Jahre alt, abgeseilt. Sie studieren auswärts, froh, der väterlichen Aufsicht entronnen zu sein»Wie die herumlaufen, zum aus der Haut fahren!« jammerten die geschockten Eltern im Duett. Inzwischen haben sie sich an die individualistischen Aufzüge ihrer zwei Ältesten notgedrungen gewöhnt, was allerdings nicht mit akzeptiert zu verwechseln ist. Die zwei Jüngsten werden vom autoritär angehauchten Vater noch einigermaßen bei der Stange gehalten. Mal sehen, wie lange.

Und Walter? Nun, auch er ist mit dem Kampf ums Dasein, ums sprichwörtlich tägliche Brot, mehr als beschäftigt. Und außerdem, Schwätzen war noch nie seine Sache. Das überlässt er lieber anderen. Deshalb musste auch ich mir Uli vorknöpfen, als er gleich nach dem Mittagessen zu seinen Freunden abzischen wollte. In pädagogisch unverantwortlich plumper Art – Tussi wäre entsetzt gewesen – drohte ich ihm gestern, als wieder einmal alles wichtiger als Lernen war: »Wenn du dich jetzt nicht auf deinen Hosenboden setzt und zuerst deine Schularbeiten machst, binde ich dich mit einer Kette, einschließlich Vorhängeschloss, an den Tischfuß.«

Gott sei Dank hab' ich mit Carlos und Moggi in dieser Richtung weniger Probleme, dafür andere. Aber was riet mir Tussi, als mein Nachwuchs wieder einmal so gar nicht meiner mütterlichen Idealvorstellung entsprach?

»Abwarten, bis d'Knöpf dran sind.«

Daran werde ich mich halten, auch wenn's schwerfällt, denn was bleibt mir schon anderes übrig?

Hilfe, Überfall!

Das Telefon klingelte laut und anhaltend. Ich war gerade dabei die Milchkannen zu spülen, und dachte nicht im Traum daran, mitten in der Arbeit aufzuhören. Im Haus waren mindestens zwei Leute, die weder behindert noch schwerhörig waren und sehr wohl auch einmal den Hörer abnehmen konnten.

Endlich! Das nervige Klingeln verstummte. Schon von weitem hörte ich Uli.

»Hilfe! Sie kommen! Die Steinenberger!« rief er, so laut er nur konnte. »Am Sonntag. Und ihr sollt keine Umstände machen, soll ich ausrichten, und viele Grüße von Onkel Wolfi.«

Wolfgang, genannt Wolfi, war mein Bruder. Dieser Bruder tanzte völlig aus der Reihe. Er war nämlich Künstler. Weiß der Kuckuck, woher er das Zeug dazu hatte.

Immerhin übte er auch noch einen anständigen, will heißen einkommensgesicherten Beruf aus. Als Kunstlehrer am Gymnasium der nahen Kreisstadt versuchte er, einem Haufen unkonzentrierter, schlecht oder gar nicht erzogener Kinder – so Wolfi – ausgerechnet Kunst näherzubringen.

Im Hauptberuf aber war er vor allen Dingen Künstler und – nebenbei – unverdrossener Weltverbesserer, ein Idealist wie er im Buche steht. Den nicht ausbleibenden Enttäuschungen zum Trotz hatte sich sein Idealismus erstaunlicherweise noch nicht abgewetzt. Seine Frau ist aus demselben Holz geschnitzt. Zum Glück, denn sonst wäre sie bestimmt schon längst auf und davon.

»Was für ein wunderschöner Regenbogen! Hier gefällt es mir«, freute sie sich, als sie auf der Suche nach einer Bleibe waren. Und der Regenbogen über dem weiten Horizont, der zauberhafte Blick über die Schwäbische Alb, gab dann auch den Ausschlag, warum sie sich ausgerechnet in diese Gegend, in dieses Haus verliebten und sich in Steinenberg festsetzten.

Kleinlaut gestand Wolfi etwas später, dass es sicher vernünftiger gewesen wäre, wenn sie mehr die Bausubstanz des Hauses als die wunderschöne Gegend betrachtet hätten. Erstere war nämlich bei weitem nicht so gut, wie der dicke Rauputz vermuten ließ. Dahinter verbargen sich so liederlich dünne Wände, dass fast kein Nagel hielt – und das bei Wolfis großen Bildern!

»Wenigstens einen Fuß sollten Idealisten noch auf dem Erdboden haben«, lautete Walters Kommentar dazu.

Und in der Tat, die Steinenberger waren ein Fall für sich. Ein Künstlerehepaar mit drei freiheitlich erzogenen Kindern, jedes eine Persönlichkeit für sich. »Vergesst ja nicht den Stall gut abzuriegeln«, mahnte Uli, als er zurück ins Haus rannte.

Beim letzten Besuch nämlich entdeckten wir die Jüngste zwischen den Kälbchen. Sie war von oben bis unten mit Kuhdreck verschmiert.

Die Steinenberger Kinder dürfen mehr oder weniger tun und lassen, was sie wollen, während sich ihre

Eltern mit geradezu aufreizendem Gottvertrauen anderem zuwenden. Ich mit meinen überholten Erziehungsvorstellungen kann dann mit meinen sehr realistischen Befürchtungen den drei Brummhummeln hinterhersausen, um das Schlimmste zu verhüten.

»Das ist doch nicht nötig, denen passiert nichts«, beruhigt mich dann mein stets zuversichtlicher Bruder.

Wir wussten also, was uns am Sonntag ins Haus stand, nämlich mindestens einige Stunden ständige Alarmbereitschaft und jede Menge Jubel, Trubel, Heiterkeit – wenn's gut ging.

Ich war froh, dass Moggi mir am Samstag ohne mürrisches Gesicht beim Kuchenbacken half. Und am Sonntagmorgen stellte sich sogar Uli freiwillig als Fleischteigkneter zur Verfügung und versuchte sich im Fleischküchle-Backen, während Carlos erklärte: »Damit du's weißt, spätestens nach 19 Uhr falle ich als Kindermädchen flach.«

»Gehe ich recht in der Annahme, dass du ab 19 Uhr Claudia zu betreuen hast? Oder zur Abwechslung Andrea? Geht's zum Discostampf oder zum lauschigem Mondscheinspaziergang?«

Bei Uli guckte die Neugier aus allen Knopflöchern. »Schleich dich!« gab Carlos kurz angebunden zurück und klaute ein Fleischküchle aus der Pfanne. Nun, ich hätte mir's am Sonntag einfach machen können, denn die Steinenberger waren pflegeleicht. Aber nur Brot und Wurst hinzustellen, fand ich langweilig. Wer erinnert sich schon daran? Und eines muss ich klarstellen, damit keine falsche Vorstellung aufkommt: Ich mag die Steinenberger. Jeden einzelnen, auch wenn sie, zugegeben, mich als Meute jedes Mal den letzten Nerv kosten.

Dass sie statt um halb drei erst gegen 16 Uhr eintrudelten, damit hatten wir gerechnet, das waren wir gewohnt.

Verspätungen waren bei Künstlern die Regel. Es hätte ihnen ebenso gut einfallen können, bei dem schönen Wetter vielleicht doch besser in die Wilhelma zu fahren, anstatt, wie ausgemacht, nach Krettenstetten.

Sie kamen also für Steinenberger Verhältnisse aufregend früh. Gegen 15 Uhr 45 fuhr ein Auto schwungvoll in den Hof. Bremsen quietschten, und Phylax raste wie toll um das Vehikel herum. In Nullkommanichts krabbelten nebst den Eltern der siebenjährige Fabian, Marc, fünfeinhalb, und die kleine Katrin mit dreieinhalb heraus.

Carlos spielte den Hilfspolizisten und lotste die ganze Gesellschaft, ehe sie auf dumme Gedanken kommen konnte, mit Umsicht am Stall vorbei in den Grasgarten. Dort sollte die Kaffeetrinkerei vonstattengehen. Als auch noch Walters Tante Berta, die mit dem Obstwiesle, und Oma Päule dazu kamen, erklärte Uli:

»Jetzt isch dr Bohnackersche Familienklan fast perfekt.«

Zeitlich begrenzt genoss Oma Päule ihre temperamentvolle Enkelschar aus Steinenberg sehr, waren sie doch stets alles andere als langweilig. Tante Berta jedoch traute ihren Augen nicht, als sie mit ansehen musste, wie Marc und Fabian geradezu gierig Kuchen und Sahne mit den Fingern aus dem Teller des anderen aßen. Und dass Ulla, meine Schwägerin, entzückt ausrief: »Ist das nicht köstlich!«, als Katrin, vor Vergnügen kreischend, mit dem Kronenkorken den Apfelsaft aus dem Glas löffelte und dabei ihr schönes Kleidchen völlig versaute. Also das ging doch zu weit, fand Tante Berta. Walter dagegen bewunderte mit der ihm eigenen Gelassenheit das sonnige Gemüt der Mutter, die, ohne ihnen zu wehren, sich über die kreativen Einfälle ihrer Sprösslinge von Herzen freuen konnte.

Ein Glück, dass Carlos, Uli und Moggi ihre Vettern und das Bäsle unter ihre Fittiche nahmen, so hatten wir Zeit, die Angelegenheit mit Oma Päules Haus – Abriss oder nicht – miteinander zu besprechen.

Für Wolfi war die Sache klar. »Ein Abriss kommt nicht in Frage. Euer Bürgermeister in Ehren, aber er ist in erster Linie Verwaltungsfachmann. Von alten Häusern – und erst recht von alten Bauernhäusern – versteht er keinen Fatz«, erklärte er knallhart.

»Vergiss nicht den Gemeinderat. Schließlich hat alles seine zwei Seiten«, mahnte ich. »Es gibt sehr wohl Gründe, die für einen Abbruch sprechen. Mit guten Argumenten kann man den Gemeinderat ohne weiteres davon überzeugen, für die großzügige Maßnahme, sprich Abbruch, zu stimmen.«

»Das ist richtig«, sagte Wolfi, »richtig ist aber auch, dass der Gemeinderat in vermutlich zwanzig Jahren weiß nicht was gäbe, wenn in der Hauptstraße noch *ein* Zeitzeuge aus dem letzten Jahrhundert stünde.« Walter schloss sich Wolfis Überlegungen an, gab aber zu bedenken, dass die Renovierung alter Häuser oft teurer zustehen käme als ein Neubau. Jedenfalls erklärte sich Wolfi am Ende der Debatte bereit, sich umzuhören und, falls erforderlich, sich beim Amt für

Denkmalpflege zu erkundigen, ob ein Abbruch nicht auch gegen die Interessen des Denkmalamtes wäre. So weit, so gut.

In der Zwischenzeit war die junge Wuselware wieder eingetrudelt und drängte nach Taten.

Purzel, das Kälbchen, das bereits zu einem recht ordentlichen Kalb herangewachsen war, wurde aus dem Stall geholt. Carlos band ihm einen Strick um den Hals, und unter seiner Aufsicht durften Fabian und Marc das Kälbchen im Grasgarten herumführen. Purzel allerdings wollte keineswegs immer so wie die zwei Buben. Es streckte die Beine, machte sich steif oder blieb einfach stehen, erst recht, als sie Katrin obendrauf setzten.

Nicht lange danach sahen wir mit Erstaunen, dass den munteren drei eine neue Idee gekommen war. Diesmal musste selbst Phylax dran glauben. Sie spannten ihn vor Katrins Puppenwagen. Und das Erstaunliche geschah: Brav wie ein Lamm zog Phylax den Puppenwagen und trottete damit durch den Hof. Doch als Katrin selbst in den Puppenwagen krabbelte, kam, was kommen musste. Das allerdings sahen wir nicht, dafür hörten wir es um so lauter. Phylax, der Gutmütige, raste plötzlich los, der Puppenwagen kippte um. Katrin lag auf dem Boden und plärrte, was das Zeug hielt.

Nun, die kleine Schürfwunde war schnell mit einem wunderschönen Pflaster überklebt, und nach der ersten Aufregung konnte das Kaffeetrinken weitergehen – so dachten wir. Aber wir hatten die Rechnung ohne Fabian gemacht.

Während Marc unter Ulis Aufsicht im Stall im ausgelegten Futterberg Weitsprungübungen machte und Katrin von Moggi betreut wurde, begab sich Fabian auf Erkundungsgang.

Plötzlich hörten wir hinter uns ein markerschütterndes Gebrüll. Alles sprang auf und rannte dem Gebrüll nach. Das Durcheinander war groß. Und da entdeckten wir ihn: Fabian, der mit seinen blonden Locken wie ein Engel aussah, lag im Gras und schrie Zetermordio. Er war auf den Kirschbaum gestiegen und wollte die noch fast grünen Kirschen pflücken, erzählte er unter vielen Schluchzern.

»Der arme Bub'. Er wird sich doch nichts gebrochen haben?«

Oma Päule konnte sich nicht beruhigen. Während Tante Berta sich ›glei denkt hat, dass no ebbes passierte.«

Wolfi schnappte den Unglücksraben und fuhr zusammen mit Ulla in die Ambulanz des Kreiskrankenhauses, Carlos mit dem Auto hinterdrein.

Oma Päule verbobberte schier, als sie nach mehr als einer Stunde noch immer nicht zurück waren. Während Walter und ich mit Unterstützung von Uli so schnell wir konnten im Stall fertig machten, blieb mir zum Glück nicht viel Zeit, mir Vorwürfe zu machen. Trotzdem, die nervende Sorglosigkeit von Ulla und Wolfi stieß mir wieder mal gehörig auf.

Endlich das Auto, sie kamen zurück.

»Fabian hat brüllt, wie wenn a Sau ab'gschtocha wird, hat sich ums Verrecke net beruhigt«, berichtete Carlos dramatisch.

Angeblich hatte Fabian mit erstaunlichem Durchhaltevermögen das ganze Krankenhaus zusammengeschrien. Schwestern und Pfleger kamen angestürzt, Fabian brüllte weiter, bis dem Arzt der Kragen platzte:

»Kerle, wenn'd jetzt net leiser schreisch, no kriegsch a Spritz.« Das wirkte.

Zum Glück war die Hand nur verstaucht. Die Prellungen an der Schulter würden nach einigen Wochen abgeklungen sein, beruhigte der Arzt. Beim Hinausgehen meinte er:

»Ihr Sohn hat's Zeug zum Politiker – bei der Stimm'!«

Mit einem dicken Verband kam Fabian aus dem Krankenhaus zurück. Er seufzte zwar unentwegt vor sich hin, aber »das gehört zum Ritual«, beruhigte mich Wolfi.

Das Vesper fand im Stehen statt. Es war schon dunkel, als die ganze Mannschaft sich in der Küche zusammenfand. Oma Päule und Tante Berta waren schon früher nach Hause gegangen.

Reichlich stillos stellten Moggi und ich Fleischküchle, Wurst und Ketchup auf den Tisch. Uli schnitt Brot, und Walter holte noch einen Krug Most, der schon ziemlich räs war, aber Wolfi wollte nichts anderes.

Die Kinder bekamen in die eine Hand ein Fleischküchle, in die andere ein Stück Brot. Fabian, der arme Tropf, noch etwas bleich, aber gefasst, hielt alles in der rechten Hand. Immerhin, sein Appetit hatte nicht gelitten. Katrinchen jedoch und ihre Mutter wirkten sichtlich erschöpft und mitgenommen, als sie sich von uns verabschiedeten.

Aber auch Moggi und ich waren erschöpft. Als das Auto mit sämtlichen Steinenbergern aus der Hofeinfahrt verschwunden war, setzten wir uns erst einmal auf die Hausstaffel und holten tief Luft. Ich war sicher, in den wenigen zurückliegenden Stunden, sind mir bestimmt ein paar graue Haare mehr gewachsen.

Aber was zählen ein paar graue Haare gegen zwei weiche Kinderarme?

Wie sagte Marc, als er mich mit verschmiertem Gesicht und Händen, die vor Dreck nur so strotzten, umarmte:

»S'war oifach wieder saumäßig schö' bei euch.«

Tags darauf entdeckte Uli an der frisch gestrichenen weißen Giebelwand des Geräteschuppens gelbliche, grünbraune häßliche Flecken. Sie stammten von halbverfaulten Äpfeln und großen feuchten Dreckbollen, die zum Teil noch an der Wand klebten. Keine Frage, Marc und Fabian hatten sich hier im Werfen geübt.

Zusammen mit Moggi begutachtete ich den kreativ gestalteten Giebel.

»Send halt d' Steinenberger, da kasch nix macha«, meinte Moggi und sah mich vielsagend an. Ich nickte und murmelte: »Ja, ja, die Steinenberger, des isch scho a besond're Rass.«

Warum Walter sogar Glaubenströpfchen schluckte

Wo Walter nur so lange blieb? Die Uhr zeigte bereits Viertel nach eins. Das Essen stand auf dem Tisch. Moggi und Uli waren kurz vorm Verhungern.

»Wir fangen an. Vater wird schon kommen«, sagte ich und füllte die Teller.

Als wir fast mit Essen fertig waren, erschien endlich Walter. Aber wie? Ohne seinen Schlepper und zu Fuß.

»So ein Mist! Ich wollte den Motor anlassen, aber nichts rührte sich. So ein Donndersglomb!« schimpfte er. »Carlos, du fährst nachher mit mir zusammen in den Bühl, vielleicht kriegen wir den Schlepper wieder flott.«

Ganz bekümmert saß Walter am Tisch und würgte sein Mittagessen hinunter. Nicht einmal für Susula, die ihm auf den Schoß gehopst war und gestreichelt werden wollte, hatte er Augen.

»Einen Geldscheißer sollte man haben«, seufzte er, »der Schlepper und das Auto, beide sind viel zu alt. Unter 100.000 läuft da gar nichts.«

Als er dann noch erzählte, dass dem Gemeinderat ein Baugesuch von Frieder Beißwenger vorlag, der beabsichtigte, einen Großstall mit Doppelmelkstand zu errichten, tat mir Walter richtig leid. Für Frieder schien alles kein Problem zu sein. Er hatte mehr als genug Äcker und Wiesen, und fast alle am richtigen Platz. Da konnte man wohl im großen Stil planen, und

Frieder Beißwenger war dazu offensichtlich wild entschlossen.

»Agrarmanager statt Landwirt«, sagte Walter, und ich hörte sehr wohl das Fitzelchen Bitterkeit heraus.
»Und nicht zu vergessen, die Agrarfabrik vor Ort«, warf ich ein. »Ob den Verbrauchern wohl Agrarfabrikprodukte schmecken werden? Ganz abgesehen davon, die Theoretiker am grünen Tisch denken nicht an Treibstoffmangel oder irgendwelche anderen Krisen.«

»Es wäre nicht das erste Mal, dass Mahner nicht ernst genommen würden«, sagte Walter und nahm seine Jacke vom Haken. Auf dem Weg zum Geräteschuppen übersah er sogar Phylax, der ihn freudig begrüßen wollte.

Selbst als am Nachmittag Frau Bergmann wie ein munterer Wirbelwind in den Hof hereingestürmt kam, hellte sich seine Miene nur wenig auf.

»Herr Bohnacker«, rief sie schon von weitem, »Herr Bohnacker, ich brauche Ihre Hilfe.« Energisch lief sie auf Walter zu.

»Um was geht's denn?« fragte Walter nicht gerade freundlich.

»In meinem Garten versuche ich zum ersten Mal Kartoffeln anzupflanzen. Da staunen Sie, was?« sprudelte es aus ihr heraus. »Wissen Sie, Herr Bohnacker, ich esse für mein Leben gern Kartoffeln. Sieglinde, wenn möglich. Als Nichtschwabe stehe ich eben nicht so auf Spätzle.«

Ihr perlendes Lachen hörte ich bis in den Geräteschuppen, wo ich gerade zu tun hatte.

»Meine Kartoffeln haben auch prächtig ausgeschlagen«, fuhr Frau Bergmann fort, »aber auf einmal bekommen die Blätter gelbe Flecken. Da stimmt doch irgendetwas nicht. Könnten Sie nicht einmal bei mir vorbeikommen und sich die Kartoffeln ansehen? Ich wäre Ihnen ja sooo dankbar!«

Nach diesem Redeschwall legte sie Walter bittend die Hand auf den Unterarm und verschlang ihn geradezu mit ihren großen braunen Kuhaugen.

Walter, dem heute mehr als sonst jedes Wort schwerfiel, brummelte:

»Ja, wenn Sie meinen, komm' ich bei Ihnen vorbei.«

»Ich hab's gewusst, dass Sie mir helfen werden. Viielen, viielen Dank!« Frau Bergmann überschlug sich fast vor Freundlichkeit.

»Übrigens«, fuhr sie fort, »neulich, der Artikel in der Zeitung, über die Versammlung vom Bauernverband, also, Ihre Argumente zur vorgesehenen Senkung der Weizenpreise fand ich sehr überzeugend. Im Gegensatz zu den Politikern kann ich nur sagen: weiter so!«

Eingehüllt in eine Wolke von Parfüm entschwand sie fröhlich winkend wie ein Wesen von einem anderen Stern.

Uli, der gerade in den Hof hereingeradelt kam, zog schnuppernd die Nase hoch.

»Donnerwetter! Duftschweif der gehobenen S-Klasse«, stellte er fachmännisch fest. Und Carlos, der alles mit angesehen hatte, fragte Walter ungeniert: »Darf ich nicht an deiner Stelle zu Frau Bergmann?« Ich aber in meinen verdreckten Schuhen, den altmodischen Schaffhosen und mit zerzausten Haaren kam mir wie der letzte Trottel vor.

Am Abend, als Walter den Brotkorb über den Tisch reichte, machte Carlos:

»Ohhh, viielen, viielen Dank, Herr Bohnacker.« Moggi und Uli grinsten übers ganze Gesicht. Walter aber war so in Gedanken versunken, dass er gar nicht bemerkte, wie gemein sein Ältester Frau Bergmann schändlich tat.

Doch es war nicht nur der kaputte Schlepper, der Walter im Magen lag. Der Abgabetermin der Steuererklärung rückte bedrohlich näher. Ausgerechnet im Sommer wollte das Finanzamt Auskünfte über seine finanziellen Verhältnisse. Und wer brütet schon gerne über der Steuererklärung, wenn die Einnahmen sich nach unten anstatt nach oben bewegen. Nachdem die Tiere versorgt, der Stall wieder in Ordnung war, zog Walter sich ins sogenannte Büro zurück, ein nüchterner, kleiner Raum neben dem hinteren Eingang. Dorthin kommt alles Schriftliche, Zeitschriften und Walters Fachbücher. Lediglich ein alter Schreibtisch, ein Stuhl und ein Regal mit langweiligen, grauweißen Aktenordnern stehen darin. Am liebsten hätte ich mich zu Walter gesetzt und die Berge von Belegen geordnet. Aber ich hätte nur gestört und ihn von der Arbeit abgehalten.

»Ach ja«, seufzte ich vor mich hin, »was bleibt mir anderes übrig, als Walter, so gut es eben geht, den Rücken zu stärken und allenthalben Zuversicht und Frohsinn zu verbreiten.«

Eine Frage aber, die immer wieder klein und biestig hochzuschwappen droht, unterdrückte ich diesmal erfolgreich. Wie die Frage lautet? Schlicht und einfach: Und wer küsst mich?

Diesmal allerdings hatte Walter meine Hilfe bitter nötig. Als er weit nach 23 Uhr seine Steuerzelle verließ, kam er mir richtig grau und abgeschlafft vor. »Komm, hier nimm von meinen Glaubensströpfle«, schlug ich ihm vor und tröpfelte ihm zehn Tropfen meines bewährten homöopathischen Kreislaufmittels auf einen Kaffeelöffel. Wider Erwarten schluckte Walter brav, wie ein Kind, alles hinunter, obwohl er sonst der Meinung ist, dass das Vorbeispringen am Nachttischschublädle, in dem meine Glaubensströpfchen aufbewahrt sind, genauso viel oder vielmehr genauso wenig helfe wie das Hinunterschlucken, nämlich rein gar nichts.

Um ihn noch etwas aufzumuntern und die Wirkung zu steigern, sagte ich mir: doppelt genäht hält besser und zitierte folgenden kernigen Spruch von Franz Josef Strauß seligWer im Leben um sich haut und dabei auf Gott vertraut, der hat nicht auf Sand gebaut.

»Vielleicht probierst du's mal damit«, schlug ich Walter vor.

»Und sonsch bisch g'sond?« war alles, was er darauf antwortete.

Als aber Walter sich im Bett ständig von einer auf die andere Seite wälzte und so gar nicht einschlafen konnte, holte ich ein zweites Mal mein Fläschchen aus dem Nachttischschublädle.

Walter schluckte gehorsam noch einmal weitere zehn Glaubensströpfle. Und ob er's glaubte oder nicht, er fiel in einen tiefen erholsamen Schlaf.

Na, wer sagt s denn?

Bauer mit Power

Eigentlich müsste ich mich glücklich preisen, jubilieren vom Morgen bis zum Abend, denn im Vergleich mit Bäuerinnen um die Jahrhundertwende führe ich als moderne Landfrau ein geradezu paradiesisches Leben, ganz besonders im Sommer.

Die meisten Bäuerinnen mussten damals gegen vier Uhr in der Frühe aufstehen. Um halb sechs spätestens gingen sie ins Feld und arbeiteten dort bis zum Abend. Der schweren Feldarbeit voraus und danach folgte die Hausarbeit. Das las ich in einem Bericht über die damalige Zeit. Wahrlich, man braucht nicht viel Phantasie, um sich vorzustellen, dass … *viel heimliches Seufzen, viel tapferes Aufraffen aus der nötigen Bettruhe, viel mühseliges Heimschleppen auf staubigen Landstraßen, viele vergossene Schweißtropfen in der Sommerhitze, viel treues Ausharren in der pflichtmäßigen Arbeit, viel Groll gegen die Härte des Geschicks und viel Entkräftung und heimlich getragene Frauenbeschwerden ausgehalten werden mussten, denn die Arbeit geschieht neben, mit und während der Mutterschaft und Aufzucht einer größeren Kinderschar.*

Ich schicke ein Dankgebet zum Himmel, froh darüber heute zu leben, denn mit der Ernte habe ich im Gegensatz zu meiner Schicksalsgenossin von damals nur wenig zu tun. Das ist inzwischen fast ausschließlich Männersache, erledigt der Mähdrescher in Lohnarbeit.

Bei etwas Glück und einigermaßen gutem Wetter ist die Getreideernte heute im Vergleich zu früher fast ein Spaziergang. Aber eben nur fast.

Obwohl das Korn prächtig auf den Halmen steht, die Kartoffeln gut angeschoben haben – irgendetwas läuft schief und nicht erst seit gestern.

Ich weiß nicht mehr genau, wie lange Walter am Samstagabend mit Martin Nägele, seinem besten Freund, noch bei uns zusammensaß. Kurz vor Mitternacht verabschiedete ich mich auf Französisch und ging ins Bett.

Ehrlich gesagt, Martin tat mir in der Seele leid. Weggucken hätte ich müssen, um die tief eingegrabenen Sorgenfalten auf seiner gebräunten Stirn zu übersehen. Sie kamen nicht von ungefähr. Zum ersten Mal in seinem Leben habe er sich Beruhigungstabletten verschreiben lassen, erzählte er, weil er nachts nicht mehr schlafen könne.

Ob mit Beruhigungstabletten seine Probleme zu lösen sind?

Martin Nägele und seine Frau gehören zu den 80 Prozent der Landwirte, mit deren Vollerwerbshof von durchschnittlich nur 20 ha kein Staat – oder richtiger – kein Geld mehr zu machen ist. Im Klartext: Nach der von der EG verordneten Radikalkur sollen über 40.000 (in Worten vierzigtausend) Landwirte den Bauernkittel endgültig an den Nagel hängen, und Martin Nägele ist einer von den Bedauernswerten. Er ist verbittert. Wen wundert's! Nach einer langen Reihe von Generationen, deren Leben zwar hart und mühsam war – aber immerhin konnten sie den Hof in die nächsten Hände übergeben – nun ausgerechnet derjenige zu sein, der die Stalltür für immer schließt, das will verkraftet sein. »Man will uns mit einem notdürftig getarnten Almosen abspeisen, dabei nähme fast jeder Landwirt die harte Arbeit in Kauf«, sagte Martin aufgebracht, »aber man sollte doch wenigstens sein Auskommen haben nach all der Schufterei. Ist das zu viel verlangt? An den Erhalt der Familienbetriebe glaubt sowieso nur noch der Weihnachtsmann. Der Agrarfabrik gehört die Zukunft.«

Ach, nur zu gut konnte ich Martin verstehen, und seine hängenden Schultern verrieten mir mehr als tausend Worte. Ich hielt es nicht mehr aus, hilflos daneben zu stehen und so gar keinen Trost parat zu haben – außer dem billigen: »Nur Mut, irgendwie geht's schon weiten.« Also stand ich auf, ging in die Küche und schnitt den Sonntagskuchen an. »Kommt, esst was. Ein Kuchen rutscht immer«, ermunterte ich die beiden und stellte noch eine Flasche Wein dazu. Einen roten, zur Beruhigung. Die letzte Bauernversammlung wollte schließlich besprochen sein. Das konnte dauern, denn anscheinend war es dort hoch hergegangen.

Der Referent vom Landwirtschaftsministerium war höchstpersönlich anwesend. Ihm wurde offensichtlich ganz schön eingeheizt. Auch von Martin.

»Wir Landwirte werden an der Nase herumgeführt«, erklärte er dem hohen Beamten, »während in der Bundesrepublik alle Welt ordentliche Tarifabschlüsse einsackt, mutet man uns Preisabschläge von sage und schreibe 30 Prozent zu.«

»Damit hattest du völlig Recht«, sagte Walter zu Martin. »Die Sprüche der Politiker kann niemand mehr ernst nehmen. Und schon gar nicht die beruhigenden Erklärungen dazu. Als ob der Regierung die Erhaltung der Familienbetriebe am Herzen liege, Pfeifendeckel!« Walter hieb mit der Faust auf den Tisch, dass ich erschrocken zurückfuhr, und Susula, die auf meinem Schoß lag, wie von der Tarantel gestochen hochsprang und davonsauste.

»Es wird bereits darüber nachgedacht«, setzte Walter seinen Bericht fort, »die erst kürzlich beschlossene Prämie wieder abzuschaffen. Da sieht man, was man denen wert ist: Einen Scheißdreck!«

So geladen hatte ich Walter schon lange nicht mehr gesehen. Er leerte seinen Kropf, und zwar gründlich.

»Wir hier auf der Alb mit unseren schwierigen Boden- und Wetterverhältnissen können doch unmöglich mit anderen Ländern wie Schleswig-Holstein oder Niedersachsen und schon gar nicht mit den U.S.A. konkurrieren. Unsere Karten sind wesentlich schlechter gemischt, warf ich Dr. Eckenfels vor.«

»Und was hat er geantwortet?« fragte ich.

»Das wirst du gleich hören und sehen.«

Walter zwinkerte Martin Nägele zu und stand auf. Er wölbte seinen Bauch nach vorn und ahmte die tiefe, etwas näselnde Stimme des Referenten nach. »… aber, aber meine Häären, so beruhigen Sie sich doch! Ich sage Ihnen nichts Neues, wenn ich Sie auf die Überschüsse hinweise. 26 Millionen Tonnen Getreide, 900.000 Tonnen Rindfleisch, 260.000 Tonnen Butter, 280.000 Tonnen Magermilch lagern in Kühlhäusern. Diese Überschüsse kann ich doch nicht einfach wegpusten. Ihre gute Ernte in Ehren, aber ich kann sehen, wie ich damit fertig werde.«

Martin grinste zu mir herüber und stand ebenfalls auf. Formvollendet verbeugte er sich vor Walter oder vielmehr vor Herrn Dr. Eckenfels.

»Gestatten Sie einen Vorschlag. Wäre es nicht ehrlicher, das Erntedankfest abzuschaffen? Ein Erntesegen kommt Brüssel doch höchst ungelegen, oder etwa nicht?«

Das war starker Tobak. Zumindest fand dies Frieder Beißwenger. Er ist nämlich nicht nur im Kreisbauernvorstand, sondern auch mit dem Referenten, den er von der Bauernschule her kennt, auf Du und Du. Das verpflichtet.

»Man darf sich eben nicht nur auf den Geldsegen aus Brüssel verlassen und die Hände in den Schoß legen. Man muss sich etwas einfallen lassen. Marktlücken nützen«, wies er die Anwesenden zurecht.

Den Zwischenruf »Jawohl, Herr Oberlehrer« überhörte er ebenso wie das laute Geräusper und Füßescharren. Schließlich wusste jeder der Anwesenden, Frieder Beißwenger hatte gut reden. Sein Hof ist seit eh und je der größte im Ort. Durch mehr als geschickte – manche behaupten sogar raffinierte – Landkäufe vergrößerte er ihn noch beträchtlich. Sein Lebensabend und der seiner Kinder war zweifellos gesichert, und deshalb fiel es ihm auch nicht schwer, Dr. Eckenfels Schützenhilfe zu leisten.

Die meisten Bauern aber sahen es anders.

Selbst Georg Mühlhäuser, der trotz der Brüsseler Agrarreform noch einigermaßen gut schlafen konnte, denn er hat rechtzeitig auf Schweinezucht und Schweinemast umgestellt, selbst er hielt mit seiner Kritik nicht hinter dem Berg.

»Uns hat man immer gepredigt: Produzieren, rationalisieren, spezialisieren. Das hat uns letztendlich Überschüsse gebracht und die Preise verdorben. Und jetzt sind wir die Dummen. Und noch etwas, eine Landschaft wie die unsrige, in ihrer Ausgewogenheit und Schönheit gibt es doch nur, weil wir Bauern diese Landschaft pflegen. Zählt das überhaupt nichts mehr?«

Der Beifall gab ihm recht. Aber wie üblich wurden seine Einwendungen mit schönen, geschickten Worten abgewiegelt, indem der Referent auf die anstehenden schwierigen Verhandlungen der EG verwies.

Walter hörte sich alles geduldig an, aber als vollmundig der »Bauer mit Power« gefordert wurde, dem allein noch Überlebenschancen eingeräumt wurden, wurde es Walter zu bunt. Er meldete sich zu Wort.

»Erlauben Sie eine Frage?«, wandte er sich an den Fachmann aus Berlin. »Rechnet man in der EG bis auf weiteres eigentlich weder mit Versorgungs-, noch mit anderen Krisen? Glaubt man allen Ernstes, es ginge bis in alle Ewigkeit so reibungslos weiter wie bisher? Lebensmittel im Überfluss und zu Schleuderpreisen? Tomaten aus Italien, Erdbeeren aus Spanien, Salat aus Frankreich. Erinnern Sie sich nicht mehr, wie im letzten Krieg Tausende bei den Bauern um Lebensmittel bettelten? Ein länger anhaltender Engpass in der Energieversorgung könnte bereits erhebliche Schwierigkeiten bei der Beschaffung von Lebensmitteln für die Bevölkerung mit sich bringen. Und wie, wenn ich Sie fragen darf, sollen dann Tausende von Einwohnern bei einer Handvoll Bauern noch um Lebensmittel betteln?« Aber schon wieder fuhr ihm Frieder Beißwenger übers Maul: »Was soll denn diese Schwarzseherei. Produzieren wir zu viel oder zu wenig? So gut wie unsere soziale Marktwirtschaft funktioniert kaum eine zweite auf der Welt.«

»Noch«, entgegnete ihm Walter und setzte sich.

Ehrlich gesagt, ich ärgerte mich nicht wenig, dass ich nicht zu der Bauernversammlung mitgegangen war. Nachdem, was Walter und Martin mir erzählten, wäre es wichtig gewesen, dabei zu sein, um mir selbst eine Meinung zu bilden.

Mehr noch, zu gerne hätte ich Dr. Eckenfels, oder noch lieber dem Landwirtschaftsminister in Berlin, so richtig fraulich emotional klar gemacht, was es bedeutet, wenn ausgerechnet die Bauern aus dem Dorf verschwinden. Das ist schließlich etwas anderes wie damals, als die Leinenweber den Maschinen weichen mussten. Als ob Lebensmittel mit Industrieprodukten zu vergleichen wären!

Vielleicht hätte ich dem hohen Herrn noch folgenden Spruch, der bei uns im Wohnzimmer hängt, mit nach Hause gegeben.

Gottes Segen und Bauernfleiß, ob man es auch selten preist, es erhält doch Stadt und Land, drum lasst uns gehen Hand in Hand.

Ein alter, überholter Spruch, das weiß ich selbst. Mir ist auch klar, mal angenommen ich hätte den Mut gehabt, dem Referenten oder wem auch immer Paroli zu bieten, dass dies lediglich mitleidig belächelt und als

»typisch Frau« abgetan worden wäre. Also kampflos aufgeben? Noi, grad mit Fleiß net!

Bei der nächsten Bauernversammlung bin ich dabei. Notfalls als einzige Frau. Das heißt, Tussi und ein paar weitere Landfrauen nehme ich vorsichtshalber zur Verstärkung mit, denn vereint sind wir stark. Wir werden, falls erforderlich, unseren Widerspruch anmelden. Ganz egal, ob's was bringt oder nicht. Gehorsam alles schlucken, was einem vorgesetzt wird, die Zeiten sind vorbei. Gott sei Dank. Trotzdem, ich mache mir nichts vor, kann nur hoffen, dass ich den Mut aufbringe, etwas zu sagen, und nicht, wie schon so oft, meinen Tiger nur auf dem Papier, bzw. in der Küche, brüllen zu lassen.

Als ich mich am nächsten Morgen bei Moggi über den ach so unvollkommenen Zustand in der Welt beklagte, reagierte diese abgeklärt cool: »So isch's halt. D'Welt isch lumpig ond bleibt lumpig. Also, warom regsch di uff?«

In mir aber regte sich sehr wohl Widerspruch. »Auch wenn die Welt lumpig ist, heißt das noch lange nicht, dass sie in Zeit und Ewigkeit so bleiben muss«, versuchte ich meiner fatalistisch eingestellten Tochter klar zu machen.

In Wirklichkeit ärgerte ich mich nicht nur über den schlechten Zustand der Welt, sondern zur Abwechslung wieder einmal über mich selbst. Mein schlechtes Gedächtnis – wie konnte ich nur! Hatte ich doch glatt vergessen, Walter auszurichten, dass Frau Bergmann angerufen hatte. O je, o je! Sie ließ ihm ausrichten, er solle doch mal bei ihr vorbeikommen und ihre Siiieglinde-Kartoffeln begutachten. Sie würden prächtig gedeihen. Walter würde sich darüber bestimmt freuen. Und wie! hätte ich am liebsten geantwortet. Bei der Kartoffelernte, die wir dieses Jahr erwarten, käme Walter aus dem Freuen gar nicht mehr heraus. Und nun auch noch die Siiieglinde-Kartoffeln von Frau Bergmann dazu. Ei der Daus, das konnte lustig werden!

Es tut sich was

Schneller als gedacht hatten Wolfis Bemühungen Erfolg. Schon am Samstag wollte Restaurator Dr. Wiedemann vorbeikommen, um sich Oma Päules Haus anzusehen.

»Aber gell, sag ja nirgends a Sterbenswörtle«, beschwor mich Oma Päule, »mir wartet erst ab, was der Restaurator sagt.«

Ich versprach's.

Walter konnte bei der Besichtigung leider nicht mit dabei sein. Er brauchte jede Stunde, denn es musste dringend das Öhmd eingebracht werden und, falls möglich, noch ein Acker Wintergerste. Für nächste Woche wurde schlechteres Wetter vorhergesagt, da musste er sich beeilen.

Dummerweise lief ich Frau Kußmaul in die Arme. Die hatte mir gerade noch gefehlt.

»Gell, der Riesaneubau von dr Frau Haug wächst scho saumäßig schnell in d'Höh'«, sagte sie und zeigte auf die aus der Erde herausragenden Mauern. »Bis November soll dr Supermarkt fertig sei.« Und schon im Weitergehen: »Ihr Carlos isch scho a hübscher Kerle. I han ihn mit dr Claudia Beißwenger gseha.« Herr, lass mich nicht platzen, dachte ich, und um Frau Kußmaul wenigstens ein klitzekleines bisschen zu ärgern, rief ich ihr nach:

»Schade, dass sie ihn nicht mit Beate, Tanja und Birgit gesehen haben.«

Frau Kußmaul verschlug's die Sprache.

Restaurator Dr. Wiedemann, ein großer, stattlicher Mann mit angegrauter Mähne, stand bereits mit Oma Päule und Wolfi vor dem Haus und notierte laut in sein Notizbuch: »*... traufständiges, zweigeschossiges Wohnhaus mit angebauter Scheuer in gleicher Firstrichtung, zweiläufige Staffel mit aufwendigen steinernen Brüstungsdocken als Zugang zum Hauptgeschoss.*«

Dr. Wiedemann versuchte nun an einigen Stellen, an denen der Putz etwas abgeblättert war, ältere Farbfassungen freizulegen. Aber allzu viel schien er nicht zu erwarten, denn er hörte bald wieder auf, an dem bröseligen Putz herumzukratzen.

»Man könnte natürlich noch eine umfassende Untersuchung veranlassen«, meinte er, »aber ob sich das lohnt? Sehen wir uns lieber das Innere des Hauses etwas genauer an«, schlug der Restaurator vor und schritt mit energischem Schritt die Staffeln hinauf. Wir drei hinterdrein.

Oma Päule war mordsmäßig aufgeregt, ich sah es an den roten Flecken an ihrem Hals. Sie erzählte Dr. Wiedemann, dass ihr Ururgroßvater das Haus einst von seinem Schwiegervater übernommen habe und es seither im Familienbesitz sei. Bisher habe es niemand gestört, dass das Haus etwas in die Straße hereinrage, aber seit nicht einmal mehr ein Bach in Windungen durch die Wiesen fließen dürfe, hätten anscheinend auch alte Häuser akurat abgezirkelt an der Straße zu stehen.

»Sie haben recht«, gab Dr. Wiedemann zu, »die Ortsdurchfahrten werden häufig ohne die erforderliche Rücksichtnahme auf historisch gewachsene Ortskerne durchgeführt.«

»Ich vermisse vor allem das geringe Problembewusstsein bei den offiziellen Stellen«, bemängelte Wolfi. »Man kann doch nicht einseitig die Belange des Verkehrs berücksichtigen. Haben wir nicht auch eine Verpflichtung der nachwachsenden Generation gegenüber? Hier zum Beispiel, wer kennt das noch, eine Falltüre.«

Wolfi zeigte auf die alten Steinplatten und die Falltüre, die in den Keller führte. Er öffnete sie, und wir stiegen auf den ausgetretenen Stufen hinunter.

Die Wasserrinne, oder die Brothenke, auf der die Brote sicher gelagert wurden und erst recht die Eichenbohlen für die Mostfässer, all das wäre für mich nichts Besonderes gewesen. Das hatte früher doch jedes Bauernhaus. Nicht so für Restaurator Wiedemann. Er interessierte sich für alles, auch für den gewölbten Kellerabgang, der von der Straße ins Haus führte und einst breit genug war für die großen Mostfässer. Wieder oben, wurde das Erdgeschoss besichtigt. Zuerst die Küche, die im hinteren Teil des Flurs untergebracht war, direkt neben dem Ausgang zum Garten.

Wolfi erzählte dem Restaurator alles Wissenswerte. Er zeigte ihm das Fensterbrett, auf dem einst die Milchkannen getrocknet wurden. Der alte Ablauf aus Stein würde noch in der Scheuer stehen und auch sonst sei oben auf der Bühne einiges an altem Gruscht vorhanden.

In Omas Päules Schlafzimmer aber kam Dr. Wiedemann ins Schwärmen. Dort stand ein Monstrum von Schrank. Ein Hochzeitsschrank aus der Spätbiedermeierzeit.

»Ein Prachtstück. Sogar das Schloss ist noch einwandfrei original erhalten.« Dr. Wiedemann sah's mit Freuden.

Während die Männer vor dem Schrank standen und sich längs und breits über Möbel von anno dazumal und noch früher unterhielten, beobachtete ich lieber die vor mir stehenden Exemplare der Neuzeit.

Wolfi zum Beispiel. Er kam heute nicht wie sonst üblich im obligatorischen Wollpullover, sondern hatte sich zur Feier des Tages in Schale geworfen. Weinrotes Jackett, schwarzes Hemd und schwarze Jeanshose. So vornehm kannte ich ihn gar nicht. Aber auch Herr Dr. Wiedemann konnte sich sehen lassen. Er trug ebenfalls eine schwarze Hose, dazu einen schwarzen Rollkragenpulli und eine auflockernde schwarzweiße Glencheckjacke.

Ich konnte mir ein Lächeln nicht verkneifen, als ich die beiden Männer so heftig diskutierend beieinander stehen sah. Irgendwie hatte ich das komische Gefühl, als ob mir Tussi triumphierend über die Schulter guckte:

»Und, was hab' ich gesagt, damals in Ulm?«

Damals, bei der Eröffnung der Kunstausstellung im Museum, machte sie sich nämlich über die vielen, vornehmlich in schwarz gewandeten Gestalten lustig.

Tussi, biestig, wie sie manchmal sein konnte, schüttelte folgenden gemeinen Reim aus dem Ärmel:

Der Künstler liebt es sehr zu leiden, muss darum stets in Schwarz sich kleiden. So abgehoben von der Masse fühlt er sich ganz als Nobelklasse.

Zu schade, dass Tussi die Nobelklasse nicht sehen konnte. Herr Wiedemann nämlich lag, trotz schwarzer Hose, vor lauter Begeisterung sogar auf dem Bauch, um sich den Schrank genauer von unten ansehen zu können. Von »leiden« keine Spur. Auch nicht bei Wolfi. Werde das Tussi noch beibringen. Vielleicht hilft's ihr, nicht so vorschnell zu verallgemeinern und im Bezug auf Künstler etwas vorsichtiger zu formulieren.

Trotzdem, in meinem bunt geblümten Rock kam ich mir, neben so viel Schwarz, richtig deplaciert vor. Aber das machte mir nichts aus, denn für mich ist Schwarz keine Farbe, sondern ein Zustand. Schon aus diesem Grund meide ich Schwarz, wo ich nur kann.

So mit schwarzen Gedanken beschäftigt, überhörte ich fast das Klingeln unten an der Haustüre.

»Nanu, du, Anni?« fragte ich erstaunt. Und als sei's noch nicht genug, kam auch sie, abgesehen von der schwarzrot gemusterten Bluse, in bedeutungsschwerem Schwarz.

»Von Ulla erfuhr ich, dass Dr. Wiedemann kommt«, erzählte sie, »du weißt doch, wie sehr ich mich für Antiquitäten interessiere.«

Oh ja, das wusste ich nur zu gut, obwohl in meinen Augen ein altes Haus und Antiquitäten immer noch zwei Paar Stiefel sind. Meine liebe Schwägerin war untröstlich, dass sie nicht früher kommen konnte. Ein Stau in Ulm wegen eines Verkehrsunfalls hatte sie aufgehalten.

Nun, von mir aus hätte der Stau in Ulm und um Ulm herum dreimal so lang sein dürfen, denn was zum Kuckuck hatte Anni hier zu suchen?

Ehe ich jedoch auf drei zählen konnte, hatte sich Anni bereits Dr. Wiedemann geschnappt. Temperamentvoll erzählte sie ihm alles Mögliche und Unmögliche über das Haus meiner Mutter. Wolfi stand wie ein Schulbub daneben und wusste nicht, wie ihm geschah.

»Haben Sie schon die Barockkommode im Wohnzimmer gesehen?« hörte ich Anni sagen, und Dr. Wiedemann wurde ins Wohnzimmer geschleppt. »Eine Barockkommode? Wo?« Dr. Wiedemann witterte eine weitere Überraschung. Aber diesmal wurde er enttäuscht.

»Zweites Wiener Barock, leider, gnädige Frau. Allerdings noch recht gut erhalten und mit hübschen Intarsien«, stellte er fest.

Anni aber gab sich nicht so schnell geschlagen.

»Und wie finden sie diese Tasse in der Glasvitrine?« Anni öffnete die Türchen vom Vitrinenschrank und holte eine Tasse heraus, als wäre sie hier zu Hause. Oma Päule, Wolfi und ich schauten uns belustigt an. »Sehen sie nur dieses zauberhaft zarte Blumenmuster. Sogar die Jahreszahl 1758 steht unten am Fuß auf der Tasse. Ist sie nicht wunderhübsch?«

Anni war nicht zu bremsen.

»Sie haben recht, eine wunderhübsche Tasse, jedoch aus einer wesentlich späteren Zeit, würde ich sagen. Etwa 1880. Die Zahl unten auf der Rückseite ist keine Jahreszahl, sondern die Fabrikationsnummer.« Restaurator Dr. Wiedemann betrachtete die Tasse eingehend von allen Seiten.

»Schade, dass sie am Rand etwas beschädigt ist. Für Liebhaber von Antiquitäten aus diesem Grund nicht mehr interessant.«

Leider wurde nicht nur Anni, sondern auch uns Scheuermanns ein Dämpfer verpasst, denn nicht nur die Tasse, auch der Zustand von Oma Päules Haus entsprach nicht ganz den hohen Erwartungen von Restaurator Dr. Wiedemann.

Wenigstens fünfzig Jahre älter hätte es sein sollen; dann, ja dann, hätte man drüber reden können. Sicher, man könnte mit viel Aufwand das ganze Haus sanieren, aber er würde davon abraten, lautete sein Rat. Schließlich könne man nicht jedes alte Haus erhalten, nur weil es alt sei. Selbst Wolfis Argument, es gäbe noch viel weniger ansehnliche Häuser, die mit Erfolg restauriert würden, wollte er nicht gelten lassen. Dr. Wiedemann vermisste die Besonderheit, die eine Erhaltung des Hauses gerechtfertigt hätte. Ziemlich geknickt und um eine Hoffnung ärmer standen wir vor Oma Päules Haus. Wie eine zu groß geratene Seifenblase zerplatzte unser Traum, vom Landesdenkmalsamt wenigstens moralische Unterstützung dahingehend zu erhalten, dass ein Abbruch einen Verlust für den Ortskern darstelle. »Dabei ist es fünf vor zwölf«, regte sich Wolfi auf. »Die wenigen halbwegs originalen Bauernhäuser vom letzten Jahrhundert und etwas früher kann man in Krettenstetten fast schon an einer Hand abzählen.«

Wolfi konnte und wollte nicht glauben, dass Oma Päules Haus nicht erhaltenswert im Sinne der Denkmalspflege sein sollte.

»Darüber ist das letzte Wort noch nicht gesprochen. So schnell gebe ich nicht auf«, protestierte er und »um nicht narret zu werden, brauche ich jetzt ein Bier.«

Daraufhin brauchte Anni dringend einen Kaffee, während es Oma Päule den Appetit verschlagen hatte.

Wolfi, der Menschenfreund, nahm Anni mit ins Schlepptau und marschierte spornstreichs mit ihr in Richtung »Hirsch«, damit sie endlich persönlich den neuen Biergarten begutachten könne. Und wer weiß, vielleicht träfe sie noch alte Bekannte. Das Argument zog.

Anni war's zufrieden, hatte sie doch in Wolfi einen geduldigen Zuhörer. Ihm konnte sie ausführlich erzählen, was und wo sie wieder ganz besonders günstige Raritäten aufgegabelt hatte. Ich aber schickte ein Dankgebet zum Himmel, enthob mich doch Wolfis Fürsorge der Verpflichtung Anni Gastfreundschaft anzubieten.

Bei mir im Haus waren nämlich weder die Küche, noch das Waschbecken im Klo und schon gar nicht alle Gläser blitzeblank geputzt. Dafür sorgte Uli, der mit einem handfesten Magen-Darminfekt das Bett hütete und ausnahmsweise alles Essbare ablehnte. »Des geht grad rom«, wusste Oma Päule zu berichten.

Anni, die außer ihrer unheilbaren Krankheit, dass es allen Leuten besser gehe als ihr, auch noch unter der Zwangsvorstellung litt, dass alle Viren es ausgerechnet auf sie abgesehen hätten, wäre sowieso geflüchtet, sobald sie von Ulis Unpässlichkeit erfahren hätte. Also war uns beiden geholfen, und ich konnte mich ausgiebig dem Pfefferminzteekochen, der Krankenbetreuung und vor allem den längst überfälligen roten Träuble widmen.

Eine Woche Kurzreport

Montag

Man soll nicht nur meckern, sondern auch loben. Bürgermeister Schäfferle überraschte mich positiv. Er kommt bei mir mindestens zwei Stäffele hinauf. Warum?

Nun, bei der letzten Sitzung beschloss der Gemeinderat einstimmig, auf Vorschlag von Bürgermeister Schäfferle, Geburtstagsbäume zu verschenken.

Ab Januar nächsten Jahres erhält jedes Neugeborene einen Baum als Geschenk von der Gemeinde. Der Baum wird auf der gemeindeeigenen Wiese hinter dem neuen Schulhaus gepflanzt werden. Dies ist als Maßnahme zur Förderung und Erhaltung der Streuobstwiesen gedacht. Alle zwei Jahre ist ein Obstblütenfest geplant.

Bravo Herr Schäfferle samt Gemeinderat! Schon heute erkläre ich mich bereit, zum ersten Obstblütenfest nicht nur einen, sondern mindestens drei Kuchen zu stiften.

Ein weiterer wichtiger Punkt in der Gemeinderatssitzung, die Ortskernsanierung. Damit soll's angeblich bald ernst werden. Oma Päule darf gespannt sein. Gemeinderat Läpple konnte nicht verstehen, warum sie so stur sei. Sie solle es lieber Frau Haug nachmachen. Ein bequemer Lebensabend sei doch auch was wert, meinte er.

Dienstag
Kaum zu glauben, aber wahr. Walter ließ sich von Frau Bergmann breitschlagen, im Singkreis mitzusingen. Wegen chronischen Männermangels droht dem Chor das Aus.

»Sie sind natürlich ebenfalls herzlich eingeladen. Wir können jede Stimme brauchen«, versicherte mir Frau Bergmann.

»Schau, schau«, bemerkte Tussi mit einem nicht zu überhörenden Unterton, als ich ihr die Neuigkeit erzählte. »Ich bin gewiss keine Schwarzseherin und will weiß Gott den Teufel nicht an die Wand malen, aber wenn ich mir die Bemerkung erlauben darf, meine liebe naive Lisa, die Musik war schon immer eine gefährliche Kupplerin.«

Also wirklich! Tussi ist zwar immer für eine Überraschung gut, aber diesmal schoss sie nicht nur einen, sondern mindestens drei Kilometer übers Ziel hinaus. Walter und Frau Bergmann? Da lachen ja die Hühner!

Mittwoch
Das hätte nicht kommen dürfen. Selten gut hatten die Obstbäume angesetzt und nun dies. Ein Unwetter, das sich gewaschen hatte, dazu Hagel. Zwei Drittel der Obsternte sind vernichtet, und wer weiß, wie viel vom verbliebenen Fruchtansatz noch vorzeitig abfällt. Walter ist richtig niedergeschlagen, zumal auch in den Weizenfeldern durch den starken Regen viele Halme plattgedrückt am Boden liegen.

Um Walter nicht noch mehr zu beunruhigen, versteckte ich heute Morgen den Wirtschaftsteil der Zeitung. Dort wurden weitere Preiseinbrüche bei landwirtschaftlichen Erzeugnissen angekündigt.

Donnerstag

Ideen muss man haben – und Schneid. Michael Stäbler hat offensichtlich beides. Seit letzter Woche tummeln sich sechs Bisons auf der Weide hinter seinem Haus. Am Sonntag pilgerte halb Krettenstetten zum Aussiedlerhof, um die fremdartigen Gesellen zu bestaunen.

Michael Stäbler hat die Tiere von einem Amerikaner gekauft. Bisonfleisch gilt bei Feinschmeckern als besondere Delikatesse. Verschiedene Restaurants der Nobelklasse haben bereits ihr Interesse daran angekündigt. Wer weiß, vielleicht macht das Beispiel Schule.

Am Spätnachmittag traf ich zufällig Lehrer Hermann. Ich erzählte ihm, was die Untersuchung durch Dr. Wiedemann ergeben hatte. Herr Hermann war überrascht, als er hörte, dass Dr. Wiedemann nicht unbedingt auf Restaurierung setzte. Das Recht auf Geschichte und das Recht auf Gegenwart seien eine Gratwanderung, meinte Herr Hermann. Leider hätten Bauernhäuser noch keine allzu große Lobby. Das könne sich aber ändern. Wenn es mir recht sei, setze er sich mit einem Verwandten in Verbindung, der gute Beziehungen zum Landesdenkmalsamt habe. Rate dieser auch von einer gründlichen Restaurierung ab, dann könne man immer noch überlegen, was zu tun sei.

Freitag
Das war längst überfällig. Endlich haben wir in Krettenstetten auch einen Landfrauenverein. Brigitte Mühlhäuser vom Egleshof hat sich dafür stark gemacht. Bis jetzt waren wir Krettenstetter Landfrauen nur bei den Regionalveranstaltungen der Landfrauen dabei. Das soll sich jetzt ändern. Fürs Winterhalbjahr wollen wir ein eigenes Programm zusammenstellen. Informationsabende, gesellige Abende und ein Ausflug stehen bereits auf der Vorschlagsliste. Landfrau werde wach! Bei der ersten »Vollversammlung« kamen immerhin einundzwanzig Landfrauen und Interessierte. Auch Tussi und ich waren dabei.

Samstag
Es geschehen noch Zeichen und Wunder. In einem Anfall von brüderlichem Großmut erklärte sich Carlos bereit, seine Schwester in die Anfänge des Gitarrenspiels einzuweihen. Moggi, auch sonst nicht gerade begriffsstutzig, kam mit der schwierigen Technik des Greifens erstaunlich schnell zurecht. Dafür gab's offensichtlich ein anderes Problem. Als ich die Treppe hochkam, hörte ich, wie Carlos pädagogisch sehr einfühlsam auf vorhandene Mängel aufmerksam machte.

»Du hast einen Takt wie ein Kuhschwanz.« »Wieso?«

»Der geht auch immer hin und her.«

Au weia, ich fürchte, das saß.

Was Uli heute aus der Schule mit nach Hause brachte, saß ebenfalls.

Eine glatte Fünf stand groß und anklagend unter dem Englischtest. Auch Prozentrechnen scheint nicht seine starke Seite zu sein. Von sieben Aufgaben hatte er lediglich zwei richtig. Muss mit Walter und Carlos darüber reden. So kann's nicht weitergehen. Pubertät hin, Pubertät her. Jetzt sind deutliche Worte und Taten nötig.

Sonntag
Vor lauter Bisons, Landfrauen und Gitarrenspiel hätte ich doch fast vergessen, vom Knüller der Woche zu berichten. Man höre und staune!

Nach der Versammlung der Freiwilligen Feuerwehr wurde Walter von Frieder Beißwenger beim gemütlichen Teil noch zu einem Viertele Wein eingeladen.

»I muss mit dir schwätza, Walter, wegen deiner Wies beim Wacholderweg«, erklärte er.

Ausgerechnet die große Wiese am Haidbuckel, Walter war überrascht. Der Boden war karg, alles andere als das, was man unter einem saftigen Wiesenboden verstand, und ausgerechnet diese Wiese wollte Frieder Beißwenger kaufen. Angeblich, um seine beiden links und rechts neben unserer Wiese liegenden Grundstücke großzügiger mit Maschinen bewirtschaften zu können.

»Die Wies'« bringt dir sowieso nicht viel. Stimmt's, oder hab' ich recht?«

Diesmal hatte Frieder recht. Allzu viel brachte die Wiese nicht. Der Preis, den Frieder bot, war gut, um nicht zu sagen recht gut. Eine unerwartete Geldspritze für den anstehenden Stallumbau, goldrichtig, fand ich. Aber Walter verpasste meinen finanziellen Phantasien einen Dämpfer.

»Nichts überstürzen, abwarten und Tee trinken«, erklärte er.

»Ausgerechnet Tee!« gluckste ich.

Dieses unmögliche Gesöff, wie Walter es nennt, nimmt er nur in Ausnahmefällen freiwillig zu sich. Also, wenn er sterbenskrank im Bett liegt, und danach sah er im Augenblick ganz und gar nicht aus.

Von Tussis Unkrautphilosophie bis zu Liebesbriefen

Am Morgen, als ich, mit Augen voller Schlaf, die Stalltüre öffnete, schlug mir die wohlbekannte, von Gülle und vergorener Silage herrührende, dicke, schwere Luft entgegen.

Die meisten Tiere lagen noch träge am Boden. Einige drehten den Kopf, zerrten unruhig an der Kette und begrüßten mich mit einem tiefen lautstarken »Muuhh«. Blacky mit ihren, wie ich finde, besonders schönen dunklen Augen, glotzte mich mit langsamem Blick unverwandt an, und Milli, die Sanfte, wedelte zum Morgengruß eifrig mit dem Schwanz hin und her. Es verging viel Zeit, bis Walter wahre Berge von Futter verteilt hatte. Und noch mehr Zeit verging, bis bei allen Milchkühen das Euter gewaschen und das Melkgeschirr angelegt war. Witzig, wie unterschiedlich die Euter sind. Pelzig oder unbehaart, schlapprig oder prall.

Meistens rede ich mit jeder Kuh. Ich kenne jede ihrer Eigenheiten und bin sicher, dass die Tiere im Innern spüren, dass ich für ihr Wohlergehen zuständig bin. Am liebsten füttere ich die Kälbchen. Zu drollig, wenn sie am Fläschchen saugen und nicht genug bekommen können.

Doch heute blieb wenig Zeit zum »Small Talk im Stall«, wie Moggi unsere allmorgendliche Unterhaltung zu bezeichnen pflegt. Ich hatte mir nämlich fest vorgenommen, noch ehe die Sonne zu hoch steht, endlich energisch dem nicht mehr zu übersehenden Unkraut im Vorgarten zu Leibe zu rücken. Tag für Tag schiebe ich diese mühsame Arbeit vor mir her, und dementsprechend sah es vor dem Haus aus.

Während ich zwischen rosarotem Phlox und weißen Margeriten auf dem Boden kniete und im Ruckzuckverfahren dem üppig wuchernden Unkraut den Garaus machte, fiel mir unwillkürlich wieder Tussis Unkrautphilosophie ein.

»Ist Unkraut nicht geradezu ein Paradebeispiel für das Böse in der Welt?«

Mit dieser Frage überfiel sie mich, als ich sie bei der ach so beliebten Beschäftigung des Unkrautzupfens in ihrem Garten antraf.

Auf so etwas Ausgefallenes konnte natürlich nur Tussi kommen, dachte ich, und hatte Schwierigkeiten, ihrem geistigen Höhenflug so unvorbereitet zu folgen. Vermutlich guckte ich sie an wie eine Kuh, wenn's donnert.

»Nun, was sprießt und sprosst im Frühling zuerst aus dem Boden?« fragte mich Tussi langsam und bedächtig wie einen Erstklässler, den man nicht entmutigen darf.

»Das Unkraut«, antwortete ich brav.

»Ganz recht«, lobte mich Tussi.

»Schau dir das an! Ungedüngt und ohne Pflege breitet es sich rücksichtslos aus.«

Temperamentvoll schleppte mich Tussi zu den Gartenbeeten.

»Die modernen Unkrautschützer in Ehren«, ereiferte sie sich, »aber würde ich nicht wenigstens in größeren Abständen hier Unkraut rupfen, müsste ich die Radieschen mit der Lupe suchen. Ganz zu schweigen von der hundsgemeinen Vogelmiere, die sich in Kürze im ganzen Rasen und in sämtlichen Blumenbeeten ausgesät hätte. Alles, was recht ist, aber soweit geht meine Liebe zum Unkraut nun auch wieder nicht«, erklärte Tussi mit hochroten Wangen, um anschließend zur wichtigsten Aussage ihrer Unkrautphilosophie zu kommen.

»Nun mal ehrlich, wächst hier das Unkraut nicht hemmungslos, ja geradezu unverschämt? Überall drängt es sich dazwischen, und eh man sich's versieht, zack, ist alles überwuchert. Und genauso«, behauptete Tussi, »verhält es sich mit dem Bösen in der Welt.«

Ich konnte nur staunen über ihren erstaunlichen Einfall, den sie mit geradezu missionarischem Eifer vortrug. Hingebungsvoll fuhr sie fort: »Das Gute aber muss ständig gehegt und gepflegt werden, sonst wird nie etwas daraus. Eine mehr als anstrengende Angelegenheit«, Tussi seufzte und deutete vielsagend auf den Unkrautberg zu ihren Füßen.

Seit jenem Tag fällt mir jedes Mal beim Unkrautjäten Tussis tiefschürfende Betrachtung über das Böse in der Welt ein. Angesichts des übermächtig wuchernden Unkrauts in meinem Vorgarten und meinen inzwischen gemachten Lebenserfahrungen kann ich nur zustimmen.

Zehn dumpfe Schläge von der Kirchturmuhr rissen mich jäh aus meinen laienhaft philosophischen Gedankengängen. Mir fiel nämlich siedend heiß ein, dass nicht ein einziges Rädchen Wurst mehr im Kühlschrank vorhanden war. Und das alte Stück Käse, das einsam vor sich hintrocknete, würde nicht einmal Uli, unser Allesfresser, hinunterdrücken. Also nichts wie ab ins Haus.

Als ich mich umgezogen, meine Haare gekämmt und die hundsgemeinen Schrunden an meinen Händen mit Ringelblumensalbe eingeschmiert hatte, schaute ich beim Vorbeigehen noch rasch in den Spiegel. In frischgewaschenen Jeans und dem neuen türkisfarbenen Polohemd eigentlich ein erfreulicher Anblick, trotz einem Kilo zu viel auf den Hüften, stellte ich halbwegs zufrieden fest.

Und dennoch, mir wurde wieder einmal glasklar bewusst, dass in der Werbung so gut wie nie Landfrauen auf der Bildfläche erscheinen. Ja, man könnte glauben, sie existierten nicht. Anscheinend ist mit ihnen kein Blumentopf zu gewinnen. Aber wann, frage ich, haben Landfrauen schon Zeit sich so herauszuputzen wie die Supermusterstrahlefrauen in der Werbung?

Und Kleider? Ach du lieb's Herrgöttle von Biberach! Selbst wenn ich's Geld habe, heißt das noch lange nicht, dass ich auch die Zeit hab', in die Stadt zu rennen und mir einen flotten Fummel zu kaufen. Um mich zu trösten, sage ich mir laut vor: Das war bekannt. Also bitte, kein unnötiges Heulen und Wehklagen!

Doch komisch, heute beim Metzger hatte ich schon wieder das seltsame Gefühl, auf dem falschen Dampfer zu sein.

»Und wohin geht's denn dieses Jahr in den Urlaub, Frau Müller? Oh, nach Portugal. Nicht schlecht«, meinte der Hirschwirt.

Frau Maurer hatte den Urlaub auf den Malediven schon hinter sich, und Frau Österle flog demnächst nach Teneriffa.

Und Bohnackers? Bei denen reichte es noch nicht einmal nach Italien.

Nicht, dass ich neidisch bin, aber auf das größte Schwabenkompliment ›Sie sehet aber arg abg'schafft aus‹ kann ich wahrlich verzichten.

Nur einmal fuhren wir mit Moggi und Uli eine Woche nach Kärnten. Und das auch nur, weil Fritz, Walters Bruder, acht Tage von seinem Urlaub opferte. Zusammen mit Carlos schmiss er den Laden. Zum Glück hatten die Kühe nichts gegen einen Pfarrer im Kuhstall. Wer weiß, vielleicht dachten sie auch, endlich mal was anderes.

Ob Gerstenbergers nicht doch das bessere Los gezogen haben, ging es mir durch den Kopf, als ich die Hauptstraße hinunter zur Sparkasse ging.

Sie wohnen nicht weit weg von uns. Schon seit mehr als einem Jahr haben sie ihren Hof aufgegeben. Rolf Gerstenberger arbeitet jetzt bei der Gemeinde, und Traudel, eine Klassenkameradin von mir, bekam eine Stelle im Nachbarort als Putzfrau im Hallenbad.«

»Ob ds glaubsch oder net«, erzählte sie mir nicht ohne Stolz, »i werd' beneidet, weil i zom Schaffa an weißa Schurz a'zieh' darf.«

Ob mit oder ohne weiße Schürze, mich braucht niemand zu beneiden. Ich traute mich heute fast nicht auf die Bank, weil unser Girokonto schon wieder überzogen ist. Ich bekam zwar anstandslos das gewünschte Bargeld, aber Herr Merkle, der Sparkassendirektor, wollte – wenn ich schon mal da sei – noch etwas mit mir besprechen. Er kam auch gleich zur Sache. Um nicht zu viel Überziehungszinsen bezahlen zu müssen, würde er uns zu einer Umschuldung raten, schlug er mir vor. Ich versprach, mit Walter darüber zu reden.

Angesichts unserer finanziellen Situation überfällt mich des Öfteren ein Gefühl der Schwäche, und mit Grausen denke ich an den großen Schlepper. Zwar konnte er nochmals repariert werden, aber allzu lange macht er's bestimmt nicht mehr. Und ein neues Auto ist auch längst überfällig.

Dabei betont Walter immer wieder, dass wir vergleichsweise in einer rosigen Lage sind. Noch hat unser Hof die erforderliche Größe, um rentabel zu sein. Auch konnten wir Milchquoten dazukaufen. Aber um welchen Preis? Der Landwirt, der verkaufen musste, erzählte mir, dass er deswegen das schlimmste Weihnachten seines Lebens verbracht habe. Aber was sollte er auch anderes machen?

Als er zwei seiner Kühe verkaufte, bekam er dafür nicht mehr als für eine einzige Kuh im Jahr davor. Und nicht viel anders sieht es beim Weizen aus. Beste Qualität liegt weit unter dem Preis, den man sonst für ausgesprochenen Futterweizen bekam. Nicht umsonst sagte Herr Merkle zu mir:

»Machen Sie sich nichts vor, liebe Frau Bohnacker, die Europäische Gemeinschaft macht ihren Reibach vor allem durch den Handel mit Industrieprodukten. Was glauben Sie, wer zuerst geopfert wird, wenn es hart auf hart geht? Die Industrie oder die Landwirtschaft mit den vergleichsweise wenigen Arbeitsplätzen?«

Eine Antwort auf seine Frage erübrigte sich.

Nun, ich versprach Herrn Merkle, bei Gelegenheit Walter vorbeizuschicken, um das Finanzielle in Ruhe durchzusprechen.

»Aber verstehen Sie mich nicht falsch«, sagte der Sparkassendirektor zu mir, »*Sie* brauchen sich keine Sorgen zu machen.« Und fast schon unter der Tür: »Unter uns, liebe Frau Bohnacker, nehmen Sie es mir nicht übel, aber wollen Sie nicht doch noch einmal mit Ihrer Mutter wegen ihrem elterlichen Haus sprechen. Sie müssen doch zugeben, dass der gebotene Preis kein Pappenstiel ist. Es wäre doch auch in Ihrem Interesse oder etwa nicht? So leid mir's tut, aber Zeit lässt nun einmal Werte veralten.« Die liebe Frau Bohnacker war an diesem Morgen aber gar nicht lieb, sondern etwas boshaft aufgelegt. Sie wusste nur zu gut, dass die Bank ein weit größeres Interesse an Oma Päules Haus hatte als umgekehrt. Und so dumm war sie nun auch wieder nicht, als dass sie nicht sehr wohl durchschaute, dass der gebotene Preis zwar der guten Lage entsprach, aber auch nicht mehr. Und noch ein anderer Gedanke setzte sich widerborstig in meinem Kopf fest. Ob Werte oft nur deshalb veralten, weil sie nicht liebevoll gepflegt wurden? Wäre es nicht sinnvoller zu versuchen, Erhaltenswertes zu erhalten, es behutsam mit dem heute selbstverständlichen Komfort zu ergänzen, anstatt gleich mit dem Abbruchbagger anzurücken?

So in Gedanken versunken stand ich auf einmal vor Oma Päules Haus oder vielmehr vor ihrer »Bruchbude«. Zugegeben, es müsste manches gerichtet werden. Der Verputz bröckelte an einigen Stellen ab, die Fensterrahmen konnten einen neuen Anstrich gebrauchen und noch etliche Kleinigkeiten mehr. Aber deshalb gleich das ganze Haus abreißen? Ich konnte Oma Päules Aufregung versteh'n.

Oma Päule gefiel mir übrigens gar nicht in letzter Zeit, deshalb wollte ich kurz bei ihr vorbeisehen. »Des isch's Herz. Da kann mer net viel mache«, erklärte sie mir in bestimmtem Ton, als ich sie Tage zuvor hinter dem Haus, ausgerechnet beim Hacken, antraf. Sie keuchte wie eine schwindsüchtige Kuh, dachte aber nicht einen Augenblick daran, mit der anstrengenden Arbeit aufzuhören.

»Wo käm' mer denn da hin?«

Ich war allerdings anderer Meinung und dafür, dass sie endlich zum Arzt ging. Aber aus lauter Angst vor dem Untersuchungsergebnis, handelt sie lieber nach dem altbewährten Rezept: I mess mi net, no han i koi Fieber.

Heute jedoch kam mir's Päule erstaunlich munter, um nicht zu sagen putzmunter vor. Sie hatte mich kommen sehen und erwartete mich bereits unten am Treppenaufgang. Flink wie ein Wiesel lief sie die Treppe hinauf. Keine Spur von Schwäche. »Weißt du schon das Neueste aus Steinenberg?« sprudelte es aus ihr heraus.

»Nein, keine Ahnung. Hoffentlich nichts Schlimmes.«

Ich war auf alles gefasst.

»Wie man's nimmt. Wie man's nimmt«, orakelte Oma Päule und wiegte bedenklich ihren weißen Kopf.

»Jetzt mach's net so spannend«, sagte ich ungeduldig. »Also, stell dir vor …« begann Oma Päule ihren Bericht und erzählte ausführlich, was sich in Steinenberg ereignet hatte.

Also, Fabian und Marc, die munteren Knaben, stöberten im Kämmerle unter dem Dach. Und was entdeckten sie dort? Einen alten Schuhkarton voll mit Briefen. Alte Liebesbriefe von Ulla.

Einfallsreich wie Kinder nun einmal sind, kam den zwei Lausern die naheliegende Idee, damit Briefträger zu spielen. Sie hängten sich eine alte Ledertasche um, stopften die gefundenen Briefe hinein und machten sich auf den Weg. Erst als eine Nachbarin meine Schwägerin Ulla wegen der überraschenden Briefsendung ansprach, flog alles auf. Ulla, die Ärmste, wusste nicht, ob sie lachen oder weinen sollte. Oma Päule und ich, wir schmunzelten natürlich über den neuesten Streich des hoffnungsvollen Steinenberger Nachwuchses.

Außerdem gedachte ich, mit der nicht alltäglichen Neuigkeit mein einfaches Mittagessen, bestehend aus Leberspätzle und Salat, etwas aufzuwerten. Gewissermaßen als Ersatz fürs fehlende Dessert.

Uli, nicht dumm, nahm sofort den Faden auf, erklärte, er würde auch sooo gerne Postbote spielen. Ob Moggi ihm nicht mit ein paar Liebesbriefen aushelfen könnte? Schneller, als er denken konnte, zog Moggi ihn an den Haaren.

»Hier hast du deine Liebesbriefe«, sagte sie, »kannst noch mehr davon haben.«

Als Carlos seinem Bruder vorschlug: »Frag doch Mutter, wo sie ihre Liebesbriefe versteckt hat«, nahm Walter Ulis neuesten Berufsplänen gleich den Wind aus den Segeln. Es sei zwecklos, stellte er klar, auf der Bühne oder sonst wo nach Liebesbriefen zu suchen, er habe damals alles sofort mündlich erledigt.

Leider, fügte ich in Gedanken hinzu. Eines allerdings hatte Walter vergessen. Im zarten Alter von neunzehn Jahren bekam ich sehr wohl einen kleinen, zerdrückten Liebesbrief von ihm. Aber aus lauter Angst, er könnte entdeckt werden, spülte ich ihn, nachdem ich ihn gelesen hatte, vorsichtshalber sofort mit einer großen Portion Wasser das Plumpsklo hinunter. Und dort unten ruht er heute noch.

Mehr Frust als Lust

Schon beim Aufwachen spürte ich, der Wurm ist drin. Lag's am Wetter, den tiefhängenden, grauen Wolken, die schon seit Tagen keinen Sonnenstrahl hindurchließen oder gar an den falschen Hormonen, wie Carlos frotzelt, wenn meine Stimmungsfahne ins Loch rutscht.

Sei's, wie's sei, als um halb sechs der Wecker so unverschämt hartnäckig klingelte, drehte ich mich einfach noch einmal auf die Seite. Ich hatte es satt, satt bis obenhin, Tag für Tag, sonntags wie werktags, morgens in aller Frühe im Stall zu stehen.

Ach, wenigstens ein einziges Mal bis mittags um zwölf im Bett liegen bleiben und schlafen dürfen, was das Zeug hielt. War das zu viel verlangt? Und dann noch dieses elende Sudelwetter, dieses ständige tropf, tropf, tropf vor meinem Fenster, ich konnte es nicht mehr hören!

Als ich den letzten Rest Energie zusammenklaubte, es endlich schaffte, aus dem kuschelig warmen Bett zu krabbeln und lustlos ins Bad trottete, entging mir nicht Walters seltsam prüfender Blick. Er sprach Bände. Als begeisterter Frühaufsteher hatte er nur wenig Verständnis für mein nicht zu unterdrückendes Schlafbedürfnis. Für ihn gingen die Rindviecher allemal vor.

Im Stall schlurfte ich wie eine ausgebrannte Tranfunzel von Kuh zu Kuh, brauchte doppelt so lange wie sonst, das Melkgeschirr anzulegen. Walter sah mich nur an und sagte nichts. Ich sagte auch nichts, und so ergab kein Wort das andere. Wie aufmunternd.

Reiß dich zusammen, sagte mein Verstand. Weiter unten aber, der Bauch, weigerte sich. Ich konnte mich noch so anstrengen, es funktionierte nicht. Vermutlich Schaltschwierigkeiten im Gehirn. Obwohl ich extra lang duschte, sehr viel Seife verwendete und erst recht viel kaltes Wasser, um mehr Schwung zu bekommen, hielt sich der Erfolg in Grenzen. Als ob man Unlust und Schlaf so mir nichts, dir nichts mit Seife abwaschen und in den Abfluss spülen könnte.

Später, beim Frühstück ging es weiter. Unnötigerweise stieß ich mit dem großen Zeh an den Tischfuß und sah nur noch Sternchen. Die Butterdose fiel mir vor Schmerz aus der Hand – natürlich mit der Butter nach unten. Wenn schon, denn schon! Susula sauste aufgeschreckt, mit gesträubten Haaren, aus der Küche. Die Glückliche, sie konnte flüchten, aber ich?

Mir blieb nur der stumme Blick zur Decke mit der irrigen Hoffnung auf Hilfe von oben. Doch was sah ich? Rote Flecken von verspritztem Tomatenketchup und jede Menge Spinnweben. Letzteren rückte ich mit dem Besen zu Leibe. Wer aber, so fragte ich, fegt die klebrigen Spinnweben, die sich über mein Gemüt legten, zur Seite?

Draußen vor dem Fenster sah es nicht viel besser aus. Im Hof bildeten sich viele kleine, traurige Pfützen, und am Wäscheseil hingen die Regentropfen wie aufgereihte Tränen.

Sonst half immer der Trick mit Mozart. Tussi verriet ihn mir: »Der Meister möge mir verzeihen, aber wenn ich so gar keinen Bock auf Putzen habe, lege ich ein flottes Klavierkonzert von Mozart auf und – hast du nicht gesehen – nicht nur der Küchenboden ist rucki-zucki sauber.«

Wenn's bei mir doch auch so einfach ginge, seufzte ich. Wie gerne würde ich Mozart hören, wenn's sein müsste, sogar bis er mir zu den Ohren heraushing.

Nun, bei Tussi ist eben vieles anders. Von wegen trübsinnig. Das Wort kommt in ihrem Sprachschatz nicht vor. Sie ist ein Glücksfall der Natur.

»Wolken? Na und?« würde sie sagen, »nichts weiter als eine Ansammlung von Wasserdampf. Das geht vorüber.«

Nicht so bei mir. Ich kam mir vor wie Sisyphus' Schwester; hatte Bleigewichte an den Füßen und einen Wackerstein im Kopf. Das Schlimme dabei, keine Aussicht auf Besserung, so redete ich mir ein, in Jahrzehnten nicht. Meine Sisyphusarbeit, die endet erst im Grab. Schluchz! Mein Selbstmitleid feierte hundsgemeine Triumphe.

Immerhin, ein klitzekleiner Lichtblick erhellte mein trauriges Erdenlos, ich brauchte mich einige Wochen nicht um Ulis Schularbeiten zu kümmern. Die Sommerferien hatten begonnen. Uli war wohlversorgt in einem Zeltlager am Bodensee. Wenigstens einer weniger, der mich ärgert, dachte ich erleichtert.

Nächste Woche will Carlos zusammen mit zwei Kameraden und dem Fahrrad in Richtung Frankreich aufbrechen, und Moggi geht kurz darauf mit einer Schülerfreizeit an die Nordsee. Sie freut sich schon riesig auf diese Reise.

Ich gönn's unseren Kindern von Herzen, dass wenigstens sie hinauskommen und etwas anderes sehen, wenn wir schon nicht zusammen in Urlaub können.

Am Abend, es regnete noch immer, hellte sich meine Stimmung nur wenig auf, dafür aber krochen Düfte gleich pfundweis durchs Haus. Ganze Schwaden drangen aus dem Schlüsselloch der Badezimmertür.

»Carlos geht auf die Balz, man riecht's«, spottete Moggi. Aber nicht nur Carlos hatte, ehe er von dannen schoss, sich mit einer Duftwolke eingenebelt, die der Barockzeit zur Ehre gereicht hätte, auch Moggi umwehte ungewohnter Duft.

Gegen halb acht läutete es Sturm. Zusammen mit ihrer Freundin und ein paar Klassenkameraden wirbelte sie, für meine Begriffe eine Spur zu aufgemotzt, davon. In Blaubeuren sang angeblich ein ›irre toller‹ Liedermacher, den man unbedingt gehört haben muss.

»Dass du mir ja spätestens um elf zu Hause bist!« rief ihr Walter nach und – »fahrt vorsichtig!«

Es war nicht mehr zu übersehen, auch Moggi drängte außer Haus. Letzte Woche kreuzte schon zum zweiten Mal ein blonder hochgeschossener Jüngling mit einem Geigenkästle unter dem Arm auf und fragte nach ihr.

Unwillkürlich fiel mir ein, wie mich damals, als ich ungefähr im gleichen Alter wie Moggi war und zum ersten Mal einen Lippenstift ausprobierte, meine Mutter im Flur erwischte.

»So laufscht du mir net rom«, sagte sie zu mir, »wenn des dr Vaddr sieht, na kaascht was erleba!« Und zack spuckte sie auf ihren Schurzzipfel und wischte mir damit den Mund ab. Pfui Kuckuck, schmeckte das scheußlich!

Ich hab' natürlich daraus gelernt und die Lippen erst zwei Straßen weiter angemalt.

Aber seltsamerweise zogen nicht nur die zwei Ältesten, sondern auch Walter einen Duftschweif von beachtlicher Länge hinter sich her.

Der Singkreis hatte Sonderprobe, und Walter, der Pflichtbewusste, nimmt es mit den Proben sehr genau. Am Sonntag findet nämlich im Kirchgärtle eine Sommerserenade statt. Ganz klar, dass alles klappen muss.

Aber, bildete ich es mir nur ein oder legte Walter tatsächlich einen ungewohnten Sauberkeitsfimmel an den Tag? Frisches Hemd, frische Socken und frisch gekämmtes Haar. Adrett, adrett. Tussis Warnung fiel mir wieder ein, und ein nie gekanntes Gefühl des Misstrauens flutete plötzlich in mir hoch. Lisa pass auf, sagte ich zu mir, schließlich kann man für keinen Mann die Hand ins Feuer legen. Nicht einmal für Walter, obwohl ich ihm in diesem Punkt vertraue. Dafür umso weniger meinen lieben Geschlechtsgenossinnen. Ob er deren raffiniert ausgelegten Fallstricken gewachsen ist? Das wagte ich doch sehr zu bezweifeln. Mann ist nicht aus Holz. Und so gesehen konnten selbst Siiieglinde-Kartoffeln gefährlich werden, flüsterte mir Tussi ins Ohr. Auch wenn ich weit und breit keinen Grund hatte, an Walter zu zweifeln, ließ allein die Möglichkeit dieser niederschmetternden Erkenntnis nicht nur meinen Frust, sondern auch eine ordentliche Portion Zorn in mir wachsen.

Oh, diese Männer! Ein paar große, braune Glubschaugen und schon bleibt der Verstand im Schublädle. Zum Durchschütteln!

Und, als sei das Maß noch nicht voll, hat Walter vor lauter Proben doch glatt unseren Hochzeitstag vergessen. Ist das nicht zum Heulen?

Womit also sich in diesem Jammertal trösten? Eine Schachtel Pralinen lag oben im Schrank und lachte mich herausfordernd an. Eine wohlig süße Lust auf Untergang überkam mich. Jawohl, sagte ich mir, ich esse jetzt Pralinen – ohne jede Gewissensbisse wohlgemerkt –, ich esse, bis mir schlecht wird. Und die Männer, diese eitlen Einfaltspinsel, sind, wie an so vielem Elend in der Welt, schuld daran. Mutterseelenallein, kreuzunglücklich wie schon lange nicht, versumpfte ich mit einer Pralinenschachtel auf den Knien vor dem Fernseher. Nicht einmal Gregory Peck, der Held meiner unruhigen Jugendträume, löste den Knoten in meiner Brust. Zwei Mandelsplitter lagen einsam und verlassen in der Schachtel, als ich kurz vor zehn alle und alles dorthin wünschte, wo der Pfeffer wächst, und mir die Bettdecke über die Ohren zog.

Ein Zipfel Paradies

Elf Stunden später. Der Regen hatte zum Glück nachgelassen. Mehr schlecht als recht entstieg ich den Pfuhlen. Immerhin fühlte ich mich etwas besser.

Ob es an den Pralinen lag? Schließlich wird Schokolade eine stimmungsaufhellende Wirkung nachgesagt. Also öfters einen Pralinentag? Warum nicht, wenn nichts Besseres zur Hand ist. Heute hatte ich Besseres. Es war Tussi, die mir die Pistole auf die Brust setzte, mich im Hauruck-Verfahren aus meinem Stimmungstief herauskatapultierte.

»Ich fahre heute nach Ulm, und du kommst mit!« bestimmte sie am Telefon.

»Ja aber …« wagte ich immerhin einzuwenden. »Kein ja aber, ich merk' doch an deiner Stimme, dass du nicht ganz ok bist«, schnitt mir Tussi energisch das Wort ab. Ihre Argumente kamen wie aus der Pistole geschossen, Gegenwehr ausgeschlossen.

»Eine Fahrt nach Ulm ist das beste Gegenmittel, glaub mir. Deine Drei kommen bestens ohne dich zurecht. Schadet zudem überhaupt nichts, wenn sie mal allein wursteln müssen. Nudelsuppe und Fruchtjoghurt reichen, um die Deinen vor dem Hungertod zu bewahren. Bei mir zu Haus gibt's heut auch nicht mehr. Kurz nach elf hole ich dich ab. Also bis dann, Tschüüss!«

Zack, der Hörer wurde aufgelegt.

Es war mehr als die obligatorische Viertelstunde später, als Tussi in rasantem Tempo in die Hofeinfahrt brauste. Bei ihr kam, wie so oft, im letzten Moment etwas dazwischen. Heute war's Daniel, der wieder mal Terror machte, und psychologische Kriegsführung braucht Zeit.

Tussi strahlte, stand wie die verkörperte gute Laune vor der Tür. Ihre Haare, mit viel Gel beschmiert, standen unternehmungslustig in die Höh. Den hellgelben, kurzen Rock hatte ich auch noch nicht an ihr gesehen.

»Sonderangebot, schnurzbillig«, erklärte sie. »Und für dich suchen wir heute auch was Flottes. Das muntert auf.«

Walter, der gerade aus dem Geräteschuppen kam, blieb kurz stehen und begrüßte Tussi.

»Gell, eine gut aufgelegte Frau ist mehr wert als ein gehackter Rübenacker«, sagte sie zu ihm. »Der Acker kann warten.« Sprachs und schnappte mich am Ärmel.

Kilometer um Kilometer wurde mir wohler ums Herz, sogar die Sonne blinzelte durch die Wolken. »Ich hab dir's doch gesagt, heute Mittag wird's schön«, jubelte Tussi und drückte aufs Gaspedal, dass das Auto einen Satz nach vorn machte.

Ich genoss die Fahrt über Land und ließ meine Augen über die sommerliche Weite schweifen. Kleine Buchenwälder, umsäumt von hohen Tannenbäumen, unterbrachen malerisch hellgelbe Getreidefelder und ausgedehnte Wiesen. Dazwischen immer wieder Hecken und bewaldete, sanfte Kuppen, die in den blauen Himmel ragten, der mit dicken Haufenwolken garniert war. Ich konnte mich nicht satt sehen an der herben Schönheit der Landschaft.

Natürlich hatten wir uns während der Fahrt viel zu erzählen. Auch das Neueste von Frau Kußmaul. Ja, die Gute hieß tatsächlich so, obwohl Frau Klatschmaul wesentlich besser zu ihr gepasst hätte.

Den lieben langen Tag hockt sie nämlich am Fenster und bewacht die Hauptstraße. Das gibt vielleicht Gesprächsstoff. Ob sie unser Gespräch mit Dr. Wiedemann auch beobachtet hat? Gesagt hat sie jedenfalls noch nichts. Das Allerschönste aber an Frau Kußmaul ist ihre bekannte schwäbische Sparsamkeit. Darin ist sie absolut Spitze. Dabei hätte sie's gar nicht nötig. Frau Kußmaul, um die Mitte siebzig, hat genug ›Sach‹ und nicht wenig auf der Bank. Aber's Anhäufeln ist halt gar zu schön, als dass man's lassen könnt'.

Leider ging's Frau Kußmaul schlecht. So schlecht, dass sie sich nicht mehr alleine versorgen konnte. Das alte Leiden mit dem Kreuz. Frau Hudelmaier von der Nachbarschaftshilfe schaute aus diesem Grund jeden Tag zu ihr herein und erledigte das Notwendigste. Morgens wurde Frau Kußmaul zuerst der Kaffee ans Bett gebracht. Frau Hudelmaier verwendete dazu jedes Mal ein frisches Filterpapier. Aber nicht lange.

»So eine Verschwendung«, beschwerte sich Frau Kußmaul, »das Filterpapier kann man doch mindestens zwei oder sogar dreimal benützen.«

Sprach's und versorgte sich von da an lieber wieder selbst, auch wenn's ihr verdammt schwerfiel.

»Potzsapperlott, was sind wir doch für Verschwender!« hielten Tussi und ich uns, ohne eine Spur von Reue, vor. Anscheinend sind wir alles, bloß koine rechte Schwaba. Wo soll des bloß enda?

Um unsere Verschwendungssucht so richtig unter Beweis zu stellen, schlugen wir gleich kräftig zu. Tussi brauchte dringend ein paar neue Schuhe und ich ein leichtes Sommerkleid. Trotz der niedrigen Getreidepreise, heute war mir alles egal – und Frau Kußmaul bestärkte mich darin zum Trotz. Was bringt schon das dauernde Verzichten, wenn man dabei seelisch vor die Hunde geht? Dieser Preis ist zu hoch, daran gab's für uns keine Zweifel. Noch sind wir in den besten Jahren, auch wenn der Lack ein paar Kratzer abbekommen hat, sagten wir uns. Es reicht, wenn wir im Alter die entsagungsvolle Nonne hervorkehren, da bleibt sowieso nichts anderes übrig.

Darum heute ist heut! Ich ließ mir an der Kasse ein blaugrün gemustertes Kleid aus erstaunlich wenig Stoff einpacken. Tussi und die Verkäuferin fanden es ›geradezu aufregend apart‹.

Einkaufen ist anstrengend, Einkaufen macht hungrig. Aber der obligatorische Kaffee stand erst später auf dem Programm. Also gingen wir in den nächstbesten Bäckerladen um die Ecke.

»Nimm du lieber etwas Vollwertiges, das hält länger vor«, riet mir meine besorgte Freundin, während sie selbst genussvoll in ein mit Nougat gefülltes Croissant biss. Als ob mir das nicht auch gut täte!

So mit Essbarem versorgt, studierten wir ausgiebig die Schaufensterauslagen, vornehmlich Elektrogeschäfte. Bei Krohmers war nämlich die Wohnzimmerlampe zu Bruch gegangen – aber wie!

»Ich konnte dieses scheußliche Hängegebaumel aus altmodischem Glas ohnehin nicht mehr ertragen. Bei unserer letzten Einladung am Samstagabend, dachte ich ›jetzt oder nie‹. Grad mit Fleiß stieß ich so heftig an die Lampe, dass sie endlich kaputt ging«, gestand Tussi.

»Und Robert? Hat er deine Blitzaktion gebilligt?«

»Natürlich nicht, du kennst ihn ja. Er hat's gemerkt, dass ich es mit Absicht tat, aber vor den vielen Gästen wollte er kein Theater veranstalten, was ich knallhart einkalkuliert hatte. Außerdem, als sparsamer Hausvater, fand er eine neue Lampe kropfunnötig. Frau Kußmaul lässt grüßen!«

»Recht hat er«, hielt ich meiner verschwendungssüchtigen Freundin vor. »Überleg mal, wie viele Jahre du, anstatt einer Lampe, Filtertüten hättest kaufen können. Wenn Frau Kußmaul wüsste, wie du mit dem Sach' umgehst. Einfach unmöglich!« Tussi gelobte Besserung, wollte aber wohlweislich für nichts garantieren.

Nun, Krohmers Lampe war nicht mehr zu retten, eine neue musste wohl oder übel her. Und wir fanden auch bald eine besonders geschmackvolle und nicht einmal teure Lampe, die Robert, wenn nicht am ersten, so doch in den kommenden Tagen, bestimmt gefallen wird. Davon waren wir überzeugt. »Siehst du, man muss sich nur zu helfen wissen«, belehrte mich meine Freundin.

Nachdem wir Kleid, Schuhe und Lampe im Auto verstaut und die Parkuhr mit neuem Münzgeld gefüttert hatten, brauchten wir zur Stärkung dringend einen Kaffee.

Mit Blick auf das altehrwürdige Münster, dessen gewaltige Schönheit ich nie genug bestaunen kann, ließen wir uns, umgeben von bunten Blumenkübeln, in einem bequemen Plastiksessel im Freien nieder.

»Ach, tut das gut, einmal andere Mostköpfe zu sehen als die von Krettenstetten«, freute sich Tussi und streckte die Füße weit von sich.

Großzügig, wie sie ab und zu sein konnte, genehmigte sie mir diesmal sogar ein herrlich ungesundes Stück Sahnetorte.

»Cholesterinwerte hin oder her, Lebensfreude dient auch der Gesundheit«. Darauf einigten wir uns. Solchermaßen gerechtfertigt musste sogar noch ein Apfelstrudel dranglauben. Wie gesagt, Einkäufen macht hungrig.

Aber was ist Ulm ohne einen Blick auf die Donau? Wir ließen uns durch das bunte, geschäftige Gewusel in der Fußgängerzone treiben, marschierten hinunter zum Fischerviertel. Ganz jung kamen wir uns vor, als wir mit einem dicken Eis in der Hand auf einem Mäuerle saßen und die Füße baumeln ließen. Vor uns die Donau, hinter uns die geschichtsträchtigen alten Häuser mit den hübschen Giebeln und über uns der blaue Himmel. Ach, was war Faulsein schön. »Faulheit ist das letzte Stück, das uns vom Paradies übrig geblieben ist«, zitierte Tussi tiefbefriedigt, während sie sich die Finger abschleckte.

Ich glaubte nicht richtig gehört zu haben.

»Was für eine Gemeinheit! Warum vernehme ich diesen wichtigen Satz erst heute? Den hat man uns Schwaben glatt unterschlagen«, beschwerte ich mich bei Tussi.

»Wundert dich das?« fragte sie, »wo doch im Ländle Faule mehr gefürchtet sind als Teufels Großmutter.« Unser Eis zu Ende schlotzend hegten wir den Verdacht, dass es die bayrischen Bauern vermutlich nicht mit so vielen und stupfigen Dornen und Disteln zu tun hatten wie die Bauern im Musterländle. Wer weiß, argwöhnten wir, vielleicht hat irgendein Griesgram mit Absicht noch einige Säcke zusätzlich ausgesät, damit's ja niemand zu wohl wird, und jeder merkt, dass man nicht mehr im Paradies ist. Zutrauen täten' wir's manchen, auch heute noch. Denen, die zum Lachen in den Keller gehen.

Gott sei Dank gehörten wir nicht zu dieser bedauernswerten Gattung. Ha, ha, ha, wir konnten lachen und wie! Und faul sein konnten wir erst recht. Übermütig schworen wir uns, dieses letzte Zipfelchen vom Paradies festzuhalten und notfalls mit Zähnen und Klauen zu verteidigen.

Faul-fröhlich eingestimmt wie schon lange nicht machten wir uns auf den Heimweg. Bei einem Wäldchen, kurz vor Krettenstetten, hielt Tussi an. Schnell holte ich mein neues Kleid aus der Tüte und verschwand hinter einer Tannenschonung. »Man kann dich springen lassen«, lautete Tussis Urteil, als ich aus dem Tann gestapft kam.

Gerade noch rechtzeitig, ehe die Arbeit im Stall losging, lieferte mich Tussi im Hof ab.

»Donnerwetter«, staunte Walter, als ich neugewandet aus dem Auto stieg, »i han gar nemme g'wisst, was du für schöne Füß hascht.«

»Ein Geschenk an mich zum 24. Hochzeitstag«, entgegnete ich und ging, Walters Schreckensruf missachtend, ins Haus. Einen Hochzeitstag vergisst man schließlich nicht ungestraft.

Nach dem Vesper fand ich's an der Zeit, die Edelmütige hervorzuheben.

In Ulm dachten wir nämlich nicht nur an uns selbst. Aufgekratzt wie wir waren, kauften Tussi und ich für unsere Göttergatten progressive Unterwäsche. »Damit endlich frischer Wind in die Feinrippschublade kommt«, begründete Tussi die Extraausgabe.

Die Reklame geht schließlich nicht spurlos an uns vorbei.

Mutig wählten wir je einen pinkfarbenen Tangaslip mit buntem Gummiband und farblich elegant gemusterte Boxershorts mit zwei aufgedruckten kleinen Elefanten, die eine Blume im Rüssel trugen. Besonders Letzteres fand Tussi »köstlich, einfach köstlich!«

»Hier ein kleiner Gruß aus Ulm.«

Ich legte ein Päckchen auf den Tisch.

»Das trägt Mann jetzt. Unterhosenmuffel sind out«, klärte ich Walter auf, als er auspackte. Irritiert hielt er den Tangaslip und zwei Boxershorts in die Höhe.

»Echt stark. I ka nemme! Unser Vaddr em Tanga und en Boxershorts«, wieherte Moggi respektlos. Als ob Walter dafür zu alt sei!

Zwei Stunden später hatte sich Carlos den Tangaslip unter den Nagel gerissen, während Walter noch immer Mühe hatte, sich mit den Boxershorts anzufreunden.

Am Abend, ich war schon dabei ins Bett zu gehen, erzählte mir Walter fast nebenbei, dass Frieder Beißwenger ihn nochmals wegen der Wiese am Wacholderweg angesprochen hätte. Ob Walter sich nicht bald entscheiden könnte. Über den Preis könne man ja reden. Er wäre bereit, höher zu gehen. Noch immer in Hochstimmung konnte ich Walters Zögern nicht verstehen.

»Jetzt denk net immer oms Eck. Dem Mutigen gehört die Welt und das Geld. Frieder will di bestimmt net anschmiera«, hielt ich Walter vor.

»Ja du und der Beißwenger«, Walters Stimme klang nicht gerade begeistert. »Denk doch einmal nach! Frieder Beißwenger drückt, wo er kann, den Preis. Der macht keinen Sozialtarif. Warum also jetzt?« Diese Frage hing noch im Raum, als ich mit einem Eis in der Hand im Traum nochmals die Donau entlangspazierte und versuchte das letzte Zipfelchen Paradies festzuhalten.

Schlechte Tage, gute Tage

Dass Wilhelm Busch mit der Landwirtschaft nicht viel am Hut hatte, merkt man allein schon daran, dass er glaubte, nichts sei schwerer zu ertragen als eine Reihe guter Tage. Auf *die* Idee wäre ich nie gekommen. Im Gegenteil. Ich sehne mich nicht nach einer, sondern nach mindestens drei Reihen guter Tage und bin sicher, ich würde sie bestens ertragen. Ja, es wäre mir ein Vergnügen.

In der letzten Woche kam, wie meistens, alles zusammen. Carlos kehrte von seiner Frankreichreise zurück. Braungebrannt und mit einer Vagabundenschmutzschicht überzogen, die sich erst nach einer Stunde Einweichen in der Badewanne langsam aufzulösen begann.

»Schö' war's, oheimlich schö'. Vive la France!« wiederholte Carlos immer wieder, noch ganz erfüllt von den vielen neuen Eindrücken.

Auch Moggi kam übersprudelnd vor Begeisterung von der Nordseeküste zurück. Die Schülergruppe einschließlich der Leitung war, laut Moggi, einfach Spitze.

Spitze waren aber auch die Wäscheberge, die meine zwei Urlauber mit nach Hause brachten. Dazu kam noch unsere Wäsche: Jede Menge Arbeitshemden und Hosen von Walter. Ich kam mir vor wie in einer Großwäscherei.

Walter und ich haben uns in der vergangenen Woche nicht oft gesehen. Walter tauchte nur sporadisch auf, schlang sein Essen hinunter, und ab ging's. Die Ernte war in vollem Gange. Das Wetter ließ nichts zu wünschen übrig. Aber weiß man, wie lange? Bis zur Dunkelheit ratterten die Mähdrescher und schluckten Korn, soviel sie nur kriegen konnten. Zum Einsammeln der Strohballen mussten auch Carlos und ich mit hinaus aufs Feld, und im Garten reiften die Bohnen, Mirabellen und Brombeeren um die Wette. Nein, ich kann nicht behaupten, dass es mir langweilig wurde. Ich hatte nicht einmal Zeit für ein Telefonschwätzle mit Tussi. Meist verlöschten erst kurz vor Mitternacht die Lichter im Haus.

Aber heißt es nicht in der Bibel, *... Und wenn's köstlich gewesen ist, so ist es Mühe und Arbeit gewesen.*

An diese Worte musste ich denken, als es wie ein Lauffeuer durch den Ort ging, von welch schrecklichem Unglück Familie Schurr betroffen wurde. Dichtgedrängt standen wir am Freitag zusammen mit vielen anderen Dorfbewohnern in der überfüllten Aussegnungshalle. So viele Leute hatte ich schon lange nicht mehr bei einer Beerdigung gesehen. Wer konnte, wollte dem allseits geachteten und beliebten Mann die letzte Ehre erweisen, und Frau Schurr und die zwei Kinder sollten die große Anteilnahme spüren. Walter und ich konnten es noch immer nicht glauben, dass Eberhard Schurr, nicht mal fünfzig Jahre alt, mitten aus dem Leben gerissen wurde. Er kam bei einem Sturz im Futtersilo ums Leben. Bei der Arbeit im Heustock stürzte er ab. Niemand wusste genau, wie es geschah.

Wie schnell angesichts eines solchen Schicksals die eigenen Probleme winzig klein werden, ja fast keine Probleme mehr sind, und welch ein Geschenk ist es, wenn man jeden Tag arbeiten kann, dachte ich. Walter erging es nicht anders.

»Was geht es uns doch gut. Alles gesund, kein Krieg und jeden Tag mehr als genug zu essen. Wahrlich, wir haben keinen Grund zum Jammern«, sagte er, noch immer ganz erschüttert, als wir nach der Beerdigung nach Hause gingen. Überall standen Leute in Grüppchen zusammen, um das traurige Geschehen zu bereden.

Zwei Tage später, am Sonntag, schien die Sonne vom wolkenlos blauen Himmel. Walter hielt es im Haus nicht mehr aus.

»Komm, lass uns wenigstens einen Sonntag wieder so richtig wandern.«

Ich hatte nichts dagegen. Das Mittagessen fiel für uns zwei aus. Belegte Brote mussten genügen. Den Rest der Familie wusste ich gut versorgt. Moggi bekochte Uli und Carlos. Sie hatte aus der Freizeit ein ›geiles Rezept‹ mitgebracht.

Walter und ich warfen uns in die Wanderkluft, und ab ging's mit dem Auto in Richtung Pappelau.

An einem kleinen Feldweg stellten wir das Auto ab. Die Sonne stand hoch, uns wurde heiß. Deshalb marschierten wir an Mais- und etlichen noch nicht gemähten Kornfeldern vorbei dem ausgedehnten Wald zu.

»Tut das gut, einfach ohne großes Ziel loszuziehen.

Man spürt richtig, wie sich die Muskeln lockern. Und dazu die herrliche Luft! Ahhh!« Walter machte ausgiebig Streckübungen und so in Form holte er tüchtig aus, als wollte er Gott weiß wohin wandern. Ich aber genoss vor allem die wohltuende Stille ringsum, das Rauschen der Baumwipfel, hier und da ein paar Vogelstimmen, Geraschel im Unterholz und irgendwo weit weg das eintönige Motorengeräusch eines Flugzeugs. Sonst war nichts zu hören. Sonnenstrahlen tanzten auf dem Weg vor uns her, und Waldglockenblumen und Brombeeren standen am Wegrand.

Wir sprachen nicht viel. Zu sehr waren unsere Gedanken mit dem großen Leid beschäftigt, das Familie Schurr getroffen hatte.

Leben, gesund sein, Zeit haben für- und miteinander, was für eine Gottesgabe! Dies wurde uns deutlich bewusst, und wir genossen die wenigen Stunden mehr als sonst.

Der Wald wurde lichter, wir wanderten am Rand entlang, spürten den weichen Boden unter unseren Füßen und ließen unsere Augen über das satte Land streifen, dessen Horizont im blauen Mittagsdunst verschwamm.

An einem besonders schönen Plätzchen setzten wir uns ins trockene Gras. Ich packte die mitgebrachten Brote und einige Klaräpfel aus. Plötzlich sprang Walter auf, rieb sich den Hosenboden und rief: »Auaaa! So eine Gemeinheit, nicht einmal am Sonntag lassen einen die Disteln in Ruhe.«

»Damit dir's nicht zu wohl wird. Was eine richtige Distel werden will, sticht beizeiten«, sagte ich, und lenkte ihn mit einem dick belegten Wurstbrot von seinen Schmerzen ab.

Auf dem Rückweg begutachtete Walter die Felder, an denen wir vorbeikamen. Der Mais stand außergewöhnlich hoch. Wie Soldaten ragten die grünen Stengel in die Höhe. Beim Weizen dagegen sah es schlecht aus.

»Ziemlich starker Pilzbefall«, Walter schüttelte den Kopf. »Man kann sagen, was man will, früher bei der Dreifelderwirtschaft hatte man damit viel weniger Probleme.«

Wir waren noch ein gutes Stück vom Parkplatz entfernt, wer begegnete uns an der Wegbiegung? Martin und Hanna Nägele. So eine nette Überraschung. Sie hatten den gleichen Weg wie wir, also machten wir uns gemeinsam auf den Rückweg.

Und wie's halt so geht, ruckzuck waren wir wieder mitten drin in der Wirklichkeit, hatten kaum noch Augen für die vielfältige Natur ringsum.

Ob Walter den Bericht in der Zeitung gelesen hätte, wollte Martin wissen.

»Was für einen Bericht?«

»Das Interview mit Dr. Eckenfels. Er ist der Ansicht, dass man sich von der flächendeckenden Landwirtschaft trennen müsse. Annähernd 300 Hektar zu bewirtschaftende Fläche seien in Zukunft erforderlich, um einen Gewinn zu erarbeiten. Überlege einmal, was das für uns bedeutet.«

Walter konnte es sich sehr gut vorstellen, ganz besonders, wenn, wie bereits vorgesehen, die Subventionen noch weiter abgebaut werden.

»Dann können wir auf der Alb einpacken. Man darf raten, ob in Krettenstetten noch zwei oder vielleicht nur noch ein Bauer übrigbleibt.«

»Kein Wunder, dass es fast keine Jungbauern mehr gibt. Abgesehen davon, wer bewirtschaftet dann noch Feuchtwiesen, Waldränder und Hanglagen? So billig wie wir Landwirte macht das keiner.« Darüber machten sich weder Martin noch Walter Illusionen. »Und was wird, wenn die Böden durch intensive Bewirtschaftung kaputt gehen? Boden wächst schließlich nicht nach.«

Auf die Frage von Hanna Nägele wusste niemand eine Antwort. Dieser Fall war nicht vorgesehen.

Umso mehr waren Walter und ich erstaunt, dass Martin seinen Hof nun doch nicht aufgeben will. »Nach reiflicher Überlegung habe ich mich entschlossen, auf ökologischen Landbau umzustellen, auch wenn wir nicht so viel Hektar Land haben wie ihr. Noch bekommt man Zuschüsse in den ersten Jahren der Umstellung. Ich hab' sogar schon einen Großbäcker an der Hand, der mir Getreide abkauft«, sagte Martin. »Und Ferien auf dem Bauernhof sind ebenfalls im Gespräch.«

Walter und ich waren sprachlos.

»'s ging alles ziemlich schnell«, gestand Martin, »ich hatte noch nicht einmal Zeit, mit dir darüber zu reden.«

»Uns tät's ganz arg freuen, wenn ihr euern schönen Hof nicht aufgeben müsst. Wir drücken euch die Daumen«, sagte ich und wünschte Martin und Hanna von Herzen das wichtige Quäntchen Glück, das man auch dafür so dringend braucht.

Ehrlich gesagt, ich konnte mir gut vorstellen, dass ihre Pläne trotz der gegenwärtigen schlechten Situation in die Tat umzusetzen sind. Hanna Nägele ist eine patente Frau, weiß wo's lang geht, und Martin scheut keine Arbeit. Das sind immerhin zwei wichtige Voraussetzungen.

Das Allerneueste aber erfuhren wir von Martin erst zum Schluss. Bei Frieder Beißwenger halten demnächst Computer Einzug im Stall. Man stelle sich vor, während Frieder Beißwenger frühstückt, bekommen Bräunli und Greti ihr Futter in maßgeschneiderten Tagesrationen per Knopfdruck.

Martin und Walter hatten sich vor einigen Monaten einen solchen Musterbetrieb bei einer Fahrt mit dem Bauernverband angesehen. Imponierend in der Tat. Aber für Nägeles und unseren vergleichsweise kleinen Betrieb nicht vorstellbar – noch nicht?

Bis jetzt können sich solch moderne Errungenschaften nur ganz große Betriebe leisten. Solche, die auch die dicksten Subventionen einstreichen. Und zwar so viel, dass für uns unten nichts mehr übrig bleibt.

Und wenn man's genau nimmt, muss ich mir aus diesem Grund weiterhin neue Vorhänge im Wohnzimmer verkneifen. Bin gespannt, ob ich jemals meine uralten, langweiligen Vorhänge loswerde. Neue Bremsbeläge fürs Auto, eine neue Lichtmaschine, die's angeblich nimmer lang tut, stehen auch noch an, und die haben allemal Vorfahrt.

»Immer das blöde Geld«, jammerte ich Walter im Auto vor. Er zuckte die Schultern. Ihn trifft's weniger. Zumindest was die Vorhänge betrifft. Er hält's mehr mit Frau Kußmaul und begnügt sich zur Not sogar mit einem Rupfensack. Aber ich bin leider aus anderem Holz geschnitzt. Ab und zu braucht der Mensch auch Rosen und nicht nur Schwarzbrot, sage ich mir. Aber auf die Rosen, in meinem Fall auf die Vorhänge, werde ich wohl ein Weilchen warten müssen.

Trotz meiner hausfraulichen Vorhanggedanken genossen wir den sonnigen Tag bis zur letzten Minute. Ein ausgiebiges Vesper in einem Wanderwirtschäftle wäre natürlich zu schön gewesen, aber die Sonne stand schon tief im Westen. Unsere Viecher hatten vermutlich längst nichts mehr zum Wiederkäuen.

Kaum zu Hause gab's eine weitere Neuigkeit. Mit allem hatten wir gerechnet, nur nicht damit, dass noch jemand im Ort gestorben war.

»Duplizität der Fälle«, meinte Carlos altklug. Er erzählte uns, dass Beißwengers Luisle gestorben sei. Man stirbt doch nicht so mir nichts dir nichts im Sommer, hätte Oma Päule dazu gesagt. Aber mit einer Lungenentzündung ist eben nicht zu spaßen. Immerhin, Luisle Beißwenger starb in gesegnetem Alter.

Blitzschnell überlegte ich: Wer weiß, vielleicht will Frieder Beißwenger unsere Wiese nun gar nicht mehr? Das wäre ein schöner Strich durch unsere Stallrechnung. Sapperlot aber auch! Schon wieder geistert das blöde Geld durch meine Gedanken. Schluss damit, wies ich mich zurecht.

Die Jugend ist gut dran, sie nimmt vieles leichter. Und Carlos nimmt vieles ganz besonders leicht. Er schob sein Fahrrad aus dem Schuppen, schnallte sich die Gitarre über und drehte eine Ehrenrunde im Hof.

»Der Tantentod zur rechten Zeit hat manchen schon von Not befreit, fideralala, fideralala, fiderala-lala, schmetterte er in voller Lautstärke nach der Melodie von *Ein Vogel wollte Hochzeit machen* in den Abendhimmel.

Also, das ging Walter doch zu weit.

»Etwas mehr Respekt vor der Verstorbenen, wenn ich bitten darf«, rief er Carlos nach und »was sollen denn die Nachbarn von uns denken?«

Aber ich fürchte, Carlos, der herzlose Mensch, bekam dies nicht mehr mit, er war längst über alle Berge auf und davon.

Von Festen und fest feiern

Oma Päule fiel mit der Tür ins Haus.

»Damit du's weißt, Ulis Geburtstagswunsch übernehme ich«, ließ sie mich wissen.

Ich verstand nur Bahnhof.

»Ja hat er denn noch nichts gesagt?«, fragte sie erstaunt.

»Nicht, dass ich wüsste«, antwortete ich wahrheitsgemäß.

Auf alles wäre ich gekommen, nur nicht darauf, dass sich Uli zu seinem Geburtstag ausgerechnet einen Esel wünscht. Oder besser gleich zwei.

Walter, der ebenfalls vom Geburtstagswunsch seines Jüngsten überrascht wurde, wollte zuerst nicht so recht.

»Mir hent schon g'nug Viecher«, stellte er wenig begeistert fest.

Aber nach und nach verschwanden seine Bedenken. Im Sommer könnten die Esel – Walter sprach bereits in der Mehrzahl – im Schuppen auf der Hagwiese beim Wald untergebracht werden. Bis zum Winter müsste man wohl oder übel im großen Geräteschuppen etwas Platz schaffen. Das Unterbringungsproblem war also vom Tisch. Ein anderes dagegen nicht.

An was liegt es nur, dass mir jedes Fest einen gehörigen Schrecken einjagt? Früher, so kommt es mir wenigstens vor, habe ich Kindergeburtstage mit links geschmissen. Hatte selbst den größten Spaß an den Vorbereitungen. Auch wenn ich mir die Zeit buchstäblich stehlen musste, ließ ich mir immer etwas Besonderes einfallen.

Heute dagegen würde ich um jedes Fest am liebsten einen großen Bogen machen, sacke vor lauter Unlust einige Zentimeter in mich zusammen und seufze vor mich hin. Ob's wohl am Alter oder vielmehr am Altern liegt?

Ganz vorsichtig fragte Uli an, ob er mit seinen Klassenkameraden nicht in der großen Garage seinen Geburtstag feiern dürfe. Es wäre ja noch eine Woche Ferien, und sie würden alles selbst vorbereiten – vielmehr fast alles – fügte er vorsichtshalber hinzu. Dabei schaute er mich so unverschämt treuherzig an, dass ich's ihm natürlich nicht abschlagen konnte. Innerlich aber machte ich das Kreuz.

Mindestens fünfzehn halbwüchsige, kraftstrotzende, unternehmungslustige Kerle, dazu etliche kichernde angehende Backfische in Haus und Hof. Das konnte heiter werden!

Aber wenn ich ehrlich bin, plagte mich weniger die angekündigte Invasion, die glaubte ich zu überleben, sondern die Vorstellung, dass meine liebe Schwägerin Anni ebenfalls aufkreuzen würde, machte mir zu schaffen. Ihre Pflicht als Patentante nimmt sie sehr ernst, das musste man ihr lassen, aber ich durfte es ausbaden.

Normalerweise hätte ich die Wochenendputzerei Marke »Standard« durchgezogen, aber wenn meine liebe Schwägerin kommt, leide ich unter der grässlichen Zwangsvorstellung, es nicht unter »de luxe« abzutun. Dabei verlangt Anni weiß Gott nicht, dass ich wegen ihr das Klo, die Küche und auch den unteren Stock sauberer als sonst putze. Ist sie aber im Haus, habe ich ständig das blöde Gefühl, dass ihre Argusaugen ausgerechnet die Ecken entdecken, die nicht gründlich geputzt sind, oder sie die Schublade aufzieht, die nicht aufgeräumt ist. Und als sei der Teufel mit im Spiel, holt sie garantiert die Gläser aus dem Schrank, die nicht blitzblank abgetrocknet sind. Ich kann von Glück sagen, wenn sie nicht gegen das Licht gehalten werden. Fleckenlose Gläser sind nun einmal Annis Steckenpferd.

Am allermeisten aber ärgere ich mich über mich selbst. Ich könnte mich links und rechts ohrfeigen, dass ich so idiotisch auf Annis Besuche reagiere, mich jedes Mal selbst ins Bockshorn jage.

Immer wieder ertappe ich mich, dass ich unter ihrem kritischen Blick kleiner und kleiner werde. Spüre, wie meine Minderwertigkeitskomplexe zu sprießen beginnen, als seien sie mit Spezialdünger begossen worden.

»Dir kann man net helfen, wenn du wegen Tante Anni so einen Zirkus veranstaltest«, setzte mir Moggi den Kopf zurecht, als sie mich den Besteckkorb schrubben sah.

Keine Frage, Moggi hatte recht. Wäre es nicht viel wichtiger, dafür zu sorgen, dass Ulis Geburtstag ein fröhlicher Sonntag wird, an dem ich nicht abgezappelt herumzwirble, sondern ausgeglichen bin und eine harmonische Stimmung verbreite. Davon haben alle etwas, jedenfalls mehr als von blank polierten Gläsern.

Am Geburtstagmorgen – ich zog extra mein neues Kleid an – großes Frühstück. Ich holte das uralte Kaffeeservice von Walters Großmutter aus dem Schrank.

Am Anfang unserer Ehe hätte ich es beinahe auf den Flohmarkt gegeben. Der geschwungene Goldrand, die kleinen, bunten Blumen darauf. Scheußlich! Inzwischen finde ich das über hundert Jahre alte Geschirr wunderhübsch. An Geburtstagen und besonderen Festtagen wird damit der Tisch gedeckt. Wie froh bin ich, dass ich es nicht hinausgeworfen habe. Ob dieses Kaffeeservice nicht auch ein Beispiel dafür ist, dass Altes einen Wert haben kann, der nicht in Geld auszudrücken ist? Bei uns jedenfalls signalisiert es ›Festtag‹.

Das fiel sogar Carlos auf.

»Oho, sogar Urgroßmutters Tassen werden zur Feier des Tages aus dem Tresor geholt.«

Carlos setzte sich betont vornehm auf seinen Platz, zupfte eine nicht vorhandene Krawatte zurecht und strich sich seine Locken aus der Stirn.

»Von mir aus kann's losgehen. Bitte, Minna, schenken Sie ein.«

»Selber Minna«, sagte Moggi ungnädig und drückte Carlos die Kaffeekanne in die Hand. Dieser schenkte sich ein und wandte sich an's Geburtstagskind. »Nur noch zwei Jahre, dann kommst du ins Gefängnis – falls du etwas angestellt hast.«

»Etwas Netteres ist dir wohl nicht eingefallen?« Walter fand Carlos' Bemerkung alles andere als passend.

»Es ist immer gut, wenn man weiß, was auf einen zukommt«, verteidigte sich Carlos und stopfte sich mit Hefenkranz, auf den er zuvor dick Butter und Marmelade geschmiert hatte, den Mund voll. »Damit das Leben mit zunehmendem Alter nicht gar so traurig für dich wird, hier eine Kassette mit deiner Lieblingsgruppe.«

Carlos zerstrubbelte liebevoll Ulis sorgfältig frisiertes Haar, was einen empörten Aufschrei zur Folge hatte, denn Uli war eitel. Nicht umsonst schenkte Moggi ihm ein nobles Duftwässerchen.

Ehrlich gesagt, ich war schon erleichtert, dass Ulis Geburtstag ein froher und kein chaotischer Tag wurde, wie ich's insgeheim befürchtet hatte. Trotzdem, das Chaos blieb nicht aus.

Es begann bereits am Samstag, als Uli mit einigen Klassenkameraden anrückte und die Garage in ein Kaffeehaus umwandelte, und erst recht am Sonntag, als eine Meute Halbwüchsiger zu Fuß oder mit dem Moped mit Hallo und Radau in den Hof einfiel. Aber was las ich über das Chaos? Chaos ist die Regel, Ordnung die Ausnahme. Na also!

Und so breitete sich ein Chaos voller Leben oder vielmehr ein Leben voller Chaos bei uns aus.

Das Lachen der jungen Leute flog über Häuser und Felder. Ihre unbekümmerte Fröhlichkeit vermischte sich mit den leuchtend bunten Farben des sommerlichen Tages.

Nur Anni, meine liebe Schwägerin, kam wie immer schwarz gewandet. In schwarzer Hose und schwarzer, ärmelloser Bluse glich sie einem Nachtvogel, der sich verflogen hatte. Aber schwarz steht nun mal für vornehm.

Schwager Hannes liebte es glücklicherweise weniger vornehm. Heilfroh, wenigstens für ein paar Stunden den Bürgermeister einschließlich Krawatte ablegen zu können, entstieg er dem Auto in uralten, kurzen Hosen, die er trotz Protest von Seiten seiner lieben Gattin anbehielt. In diesem Aufzug fühle er sich, wie er erklärte, einfach »sauwohl«.

Aber als mich Anni in meinem neuen kurzen Kleid über den Hof kommen sah, reagierte sie prompt. Ohne Gruß legte sie gleich los:

»Ist das Kleid für dein Alter nicht ein bisschen zu kurz?« fragte sie mich spitz.

»I wo«, stand mir Walter bei, »mir g'fällt's.«

»Und mir auch«, bestätigte Hannes augenzwinkernd, »flott siehst du aus.«

Anni strich sich wortlos das einzige widerspenstige Haar aus der Stirn, ließ uns stehen und marschierte in Richtung Grasgarten davon. Den ohrenbetäubenden Lärm aus der Garage ignorierte sie. Von uns war sie anscheinend schon einiges gewohnt.

Walter nahm die Gelegenheit beim Schopf und beriet sich mit Schwager Hannes wegen Frieder Beißwengers Angebot.

»Zugreifen, wer weiß, ob du für diese Wiese je wieder einen Interessenten findest«, lautete Hannes' Rat.

Nach dem Kaffee, als alle gestärkt waren und sich die Verstimmung mit viel Sahne einigermaßen geglättet hatte, kam die Attraktion: Julia und Dalia, die beiden Esel.

Unbeschreiblich die Freude bei Uli und rührend die Freude bei Oma Päule. Sah ich sie nicht verstohlen zwei Tränen wegwischen, als sie von Uli mit einem dicken Schmatz bedacht wurde?

Unwillkürlich musste ich daran denken, wie Oma Päule, freigiebig wie sie war, einmal den Kindern von nebenan eine Riesenschüssel herrlich dunkler Brombeeren schenkte.

»Etwas weniger hätt's auch getan«, konnte ich mir nicht verkneifen.

Oma Päule sah's anders.

»Was man mit Freude gibt, kommt zurück«, behauptete sie.

Nicht immer, aber meistens ist Oma Päule mit dieser Einstellung nicht schlecht gefahren. Heute zumindest kam jede Menge Freude zurück. Das konnte ein Blinder sehen.

Carlos hatte aus zwei Rädern von einem alten Fahrrad ein kleines Wägelchen gezimmert. Davor wurden Julia und Dalia gespannt. Jeder wollte das lustige Gespann im Hof herumfuhren. Das war vielleicht ein Gejohle. Erst recht, als das junge Gemüse mitsamt den Eseln hinaus auf die Straße ging. Walter und ich waren bereits beim Füttern. Ihr Gelächter drang durch die Stallfenster zu uns herein.

Aber wie sagte der General zu seinen Soldaten? Die schlechte Nachricht zuerst: Es gibt heute nur Regenwürmer zum Essen – die gute Nachricht: Sie reichen nicht für alle.

Bei uns war's umgekehrt. Also die gute Nachricht zuerst. Nicht nur die Regenwürmer, o pardon, die gegrillten Würstchen, auch die Salate reichten für alle. Aber Ulis Geburtstag bestand trotzdem nicht aus

Friede, Freude, Eierkuchen. Und wieder einmal war es Carlos, der mich granatenmäßig ärgerte, auch wenn ich, zur Tatzeit noch selig schlafend, erst später mitbekam, was er sich geleistet hatte.

Warum, um alles in der Welt, musste er ausgerechnet heute in der Früh in ziemlich besäuseltem Zustand nach Hause kommen? Aber das war nicht alles. Er hatte auch noch den Hausschlüssel vergessen. Und was machte der Heidablitz in seinem bodenlosen jugendlichen Leichtsinn? Um niemand aus dem Schlaf zu klingeln, schleppte er die größte Leiter heran, die er finden konnte, und stellte sie unter Moggis Fenster, das weit offen stand. Sein Dullo verlieh ihm anscheinend bärenstarke Kräfte.

Die Vögel zwitscherten bereits ihr Morgenlied, als Carlos, Sprosse für Sprosse, nach oben kletterte und in Moggis Zimmer stieg. Ausgerechnet in dem Moment, als er seinen Fuß über die Fensterbrüstung setzte, wachte Moggi auf. Ihr Entsetzensschrei drang leider nicht bis in unser Schlafzimmer.

Aber Carlos beruhigte Moggi schnell, ja er hatte sogar noch eine weitere Überraschung für seine Schwester parat. Aus seiner Hosentasche zog er eine Blindschleiche und ließ sie auf ihrer Bettdecke kringeln. Was mich mein Ältester Nerven kostet! Wohlweislich nahm ich ihn vor Ankunft der Gäste aus Hagenloh nochmals ins Gebet, sich bitte etwas zusammenzunehmen und erst dann aus dem Nähkästchen zu plaudern, wenn Anni und Hannes wieder abgefahren wären. Schließlich brauchte nicht auch noch der letzte Rest vom guten Eindruck zum Teufel gehen. Carlos hat sich sogar weitgehend daran gehalten, aber eine Schandtat hat Anni doch noch mitbekommen, ohne dass ich's verhindern konnte.

Die Würstchengrillerei fand hinter der Scheune im Grasgarten statt. Auch wir Erwachsene setzten uns zu den jungen Leuten. Ja, selbst Phylax durfte dabei sein. Faul und zufrieden lag er unter dem Tisch und fraß die zugeworfenen Wurstzipfel auf.

Carlos, ein dankbares Publikum vor sich, gab zum Gaudium aller, einige seiner Erlebnisse zum besten. Gerade in dem Augenblick, als er von einer Wette berichtete, die er gestern Nacht gewonnen hatte, tauchte Anni auf. Oder begann Carlos erst dann zu erzählen, als er Anni durchs Gras kommen sah?

Bei einer Feierei in einer Hütte, so Carlos, fing er zu vorgerückter Stunde eine dicke Fleischmuck', die mit viel Gebrumm ständig ums Licht herumschwirrte.

Um fünfzig Euro, wettete Carlos, würde er die Fliege bei lebendigem Leibe mit einem Schluck Bier hinunterspülen. Er gewann die Wette. Voller Stolz wedelte er mit dem gewonnenen Geldschein in der Luft herum.

Die Jungen und Mädchen, einschließlich Schwager Hannes, schrien und lachten vor Vergnügen, dass man es drei Häuser weiter noch hören konnte. Mein Musterkind hatte es wieder einmal geschafft, er war der Held des Tages.

Tante Anni aber verzog keine Miene und lehnte das kurz darauf angebotene Glas Bier angeekelt ab. Dies konnte ich ihr nicht einmal verdenken.

»Uli«, sagte sie beim Abschied zu ihrem Patensohn, blickte dabei aber in Richtung Carlos, »denk dran:

Rede wenig, denke mehr – vieles Schwätzen bringt nicht Ehr.«

»Aber klar doch, Tante Anni, und vielen, vielen Dank für den tollen Kassettenrekorder«, sagte Uli und strahlte seine Patentante aus allen Knopflöchern so herzerfrischend ehrlich an, als ahnte er, dass es nicht schaden konnte, wenn sie wenigstens *ein* Familienmitglied in guter Erinnerung behielt.

»Mein schwarzer Alptraum fährt dahin«, kommentierte Carlos von Weitem die Abschiedsszene und wirkte keineswegs traurig, als das Auto aus der Hofeinfahrt verschwunden war.

Ulis Marktlücke und ein paar Pfund Liebe extra

Hätte man mir vor Wochen erzählt, es gäbe für mich in Bälde genügend Zeit, um jede Menge Zeitungen und sogar Bücher zu lesen, so hätte ich geantwortet: Schön wär's. Meistens nämlich reicht es mir zu kaum mehr als zum flüchtigen Durchlesen der Tageszeitung. Vielleicht noch am Wochenende die Fachzeitung für Landwirte und ab und zu einen Blick in einen der alten ›Spiegel‹, die Carlos zum Nachstudium im Klo gestapelt hat. Nur an verregneten Sonntagen finde ich manchmal Zeit, die zurechtgelegten Zeitungen und Bücher etwas gründlicher durchzulesen.

Zum Glück versorgt mich Tussi mit Interessantem aus Politik und Wissenschaft, damit auch ich, wie sie sagt, wenigstens halbwegs up to date sei. Ihr Herz ist des Öfteren voll und dementsprechend läuft ihr Mund über. Ich profitiere davon, bin also nicht gänzlich unbeleckt von den Erkenntnissen und Segnungen der modernen Zeit. Doch jetzt, wo ich tatsächlich genug Zeit zum Lesen habe, finde ich diesen Zustand alles andere als erfreulich. Dass mir auch so etwas passieren musste! Mit einem Gipsbein ist man der Schraubenschlüssel im Getriebe. Ausgerechnet am Mittwoch, dem dreizehnten, blieb ich beim Einkaufen mit dem Absatz am Randstein hängen und überdrehte mir den Fuß nach hinten. Einfach so.

Alles halb so wild, dachte ich, so was passiert öfter. Aber dann, am Abend, als die Schmerzen immer schlimmer wurden, kam mir die Sache nicht mehr geheuer vor. Ob ich nicht doch zum Arzt gehen sollte?

Schneller als gedacht landete ich im Krankenhaus. Knöcherne Absprengung am Fersenbein lautete die niederschmetternde Diagnose.

Drei Tage musste ich zur Beobachtung im Krankenhaus bleiben. Heute, sieben Tage später, humple ich noch immer mit Krücken und Gipsbein durch die Gegend. Ausgerechnet jetzt, wo drei Bäume brechend voll hängen mit Frühzwetschgen, die Betten schon letzte Woche hätten überzogen werden müssen und die Arbeit überall Juhee schreit. Wahrlich eine schöne Bescherung!

Dabei fing die Woche so gut an. Ein halbwegs friedlicher Sonntag lag hinter mir. Nicht einmal über meine drei Racker musste ich mich groß ärgern, nur das übliche. Am Montagmorgen allerdings begann der Friede bereits wieder zu wackeln.

Uli, unseren kleinen Sauigel, schickte ich nochmals ins Bad zurück, erklärte ihm unmissverständlich: »Mit so dreckigen Fingernägeln kommst du mir nicht aus dem Haus. Da muss man sich ja schämen.« »Des sieht doch koi Mensch«, maulte er zurück.

Am Abend, Walter fuhr mich in die Elternversammlung, war es mit dem Rest der friedlichen Stimmung vorbei, denn das, was ich dort erfuhr, haute mich fast um.

Ausgerechnet Frau Hämmerle, die Obergoschere, deren saudummes Letteng'schwätz man fast nicht mit anhören kann, ausgerechnet sie musste mir die Augen öffnen.

»Ja waaas, des hent Sie net g'wißt?« Sie schaute mich ungläubig an. »I han halt denkt, bei Bohnackers isch's Bargeld knapp.«

Ich wusste nicht, über wen ich mich mehr aufregen sollte, über Uli oder Frau Hämmerle. Beide hätte ich am liebsten in der Luft zerrissen. Das halbe Dorf wusste anscheinend Bescheid, bloß wir nicht. Also, das ist schon ein starkes Stück!

Anscheinend gibt es, laut Frau Hämmerle, seit neuestem nicht nur *einen* oft begangenen Weg, sondern deren zwei. Nicht nur Stäblers Bisons, nein, auch Bohnackers Esel sind einen Spaziergang wert. Sogar auswärtige Autos sollen bei der Hagwiese schon gesichtet worden sein.

Natürlich wussten wir, dass Uli und seine Freunde viel Zeit bei Julia und Dalia, den beiden Eseln, verbrachten. Schließlich musste Uli die zwei versorgen. Als Oberbastler hatte er für seine Tiere immerhin eine ganz passable Unterkunft zusammengezimmert. Das musste man ihm lassen. Aber, dass Uli gegen Entgelt Kinder auf Julia und Dalia reiten ließ und sogar im Wägelchen spazieren fuhr, davon hatten wir keine Ahnung.

Mein erster Gedanke: Was werden bloß d' Leut' von uns denken?

D' Leut! Diese bedrohliche, unheilsschwangere Messlatte konnte ich trotz mehrerer gutgemeinter Befreiungsversuche von Seiten Tussis noch immer nicht ganz aus meinem Unterbewusstsein verbannen. Zu sehr hatte sich diese diffuse Kontrollinstanz dort festgefressen. Aber nachdem ich zweimal tief durchgeatmet und mich etwas beruhigt hatte, betrachtete ich die Angelegenheit einmal anders herum. Nüchtern, sachlich, modern. Schließlich studiere ich nicht umsonst ab und zu den Wirtschaftsteil der Zeitung. Also, warum und über wen oder was rege ich mich eigentlich auf?

Uli hat doch haargenau nur das gemacht, was Frieder Beißwenger und Konsorten landauf, landab als allein seligmachendes Evangelium der Marktwirtschaft verkünden: Marktlücken entdecken, Innovationen ausbrüten, umsetzen und zu Geld machen. Und ausgerechnet dafür soll ich Uli jetzt zur Schnecke machen? Das wäre nicht nur falsch, das wäre sogar krottenfalsch, sagte ich mir, denn nach den heute geltenden Spielregeln müsste ich ihn für seinen genialen Einfall loben.

Brav mein Sohn, weiter so. Ich werde noch einmal stolz auf dich sein. Und einen schönen Gruß an Frau Hämmerle, sie soll mir mal den Buckel runterrutschen!

Wow, dieser ungewohnte Gedankensprung in die Marktwirtschaft hatte mich richtig angestrengt. Aber ich war auch ein klein wenig stolz auf mich, als Hausfrau und quasi »Dummchen der Nation«, zu solch erkenntnisträchtiger Folgerung gelangt zu sein. Was bin ich doch für ein kluges Kind. Und noch dazu vom Land!

Walter jedoch, noch nicht ganz auf meinem hohen Erkenntnisstand, knöpfte sich nach alter Manier den Jungunternehmer erst einmal vor und fragte Uli, wie er ›zu sowas‹ gekommen sei und was er sich eigentlich dabei gedacht habe.

»Des hat sich halt so ergeba«, gestand Uli kein bisschen schuldbewusst.

Carlos gab ihm Schützenhilfe.

»Jetzt machet no koin Aufschtand, des isch doch a prima Idee.«

Und er berichtete uns, Julia und Dalia seien in kurzer Zeit zum Geheimtipp für Eltern mit jüngeren Kindern geworden. Die beiden Esel, die sich an den Zaun drängten, wurden mit Begeisterung von den jungen Spaziergängern gefüttert und gestreichelt. Dabei blieb es nicht lange. Nachdem Uli ein paar Sprösslinge auf den Eseln reiten ließ oder im Wägelchen herumkutschierte, sprach sich dies offensichtlich herum. Die Eltern begeisterter Kinder zeigten sich erkenntlich.

Uli und seine Freunde, einschließlich Carlos, gedachten diese Einnahmequelle auszubauen. Sie verlangten einen kleinen Obolus fürs Reiten und Herumkutschieren, um damit Investitionen zu finanzieren. Im Frühjahr wollten sie sogar einen Getränkestand organisieren, eventuell Sitzgelegenheiten und sonst noch einiges. Dazu zwei Ziegen, Hasen und andere Tiere. Der Phantasie waren keine Grenzen gesetzt. Schließlich hatte sich nicht nur im Märchen schon manch grauer unscheinbarer Esel zum Goldesel gemausert.

Walter jedenfalls war platt, platter ging's nicht mehr. Soviel Energie hätte er seinem verträumten, etwas langsamen Uli gar nicht zugetraut.

»Ihr seid mir zwei elende Strick'«, bewertete Walter den Einstieg seiner beiden Buben in die Marktwirtschaft, wobei offenblieb, ob dies nun als Lob oder Tadel gemeint war.

Einen Tag später, am Dienstagabend, ging ich schon wieder auf die Rutsch. Zum Stammtisch der Landfrauen. Pfarrer Metzger hatte in einem Gespräch mit unserer Vorsitzenden vorgeschlagen, beim Gemeindefest am Erntedank eventuell einen Naturalienstand aufzubauen und entsprechendes Informationsmaterial bereitzulegen. Dies wäre doch eine gute Gelegenheit, miteinander ins Gespräch zu kommen. Viele Bewohner des großen Neubaugebiets z.B. hätten kaum eine Ahnung, was für Veränderungen im ländlichen Raum anstünden.

Wir Landfrauen fanden diese Idee gut, mussten uns aber Gedanken machen, wie diese am besten umzusetzen wäre.

Es wurde spät, viel später als gedacht, als ich nach Hause kam. Walter, der während des Krimis vor dem Fernseher eingenickt war, fuhr erschrocken hoch, als ich ins Wohnzimmer kam.

»Gestern beim Elternabend, heute bei den Landfrauen und wo bist du morgen?«, meckerte er und gähnte, als wollte er die ganze Welt verschlingen. Um ihn nicht unnötig zu reizen, gab ich mich friedlich.

»Morgen werde ich, wie sich's gehört, als treusorgende Frau und Mutter zu Hause sein und Zwetschgen aussteinen, bis mir das Messer aus der Hand fällt.«

Vorsichtshalber verschwieg ich ihm das Wichtigste. Neben Brigitte Mühlhäuser sollte nämlich auch er einen kleinen Beitrag zur Situation in der Landwirtschaft einbringen. Eine kurze Rede ans Volk. Doch diese Nachricht wollte ich ihm lieber erst morgen, nach einem nahrhaften Frühstück, unterzujubeln versuchen. Keine leichte Aufgabe. Aber irgendwann kann er ruhig mal ins kalte Wasser springen, sprich den Mund aufmachen, fand ich.

Jetzt sitze ich im Wohnzimmer auf dem Sofa, das Gipsbein ausgestreckt auf einem Stuhl, und komme mir vor, wie Frührentnerin auf Zeit. Ein komisches Gefühl. Es macht mich ganz kribbelig, einerseits Zeit, andrerseits die anstehende Arbeit ständig vor Augen zu haben und nur weniges tun zu können. Öfter, als mir lieb ist, muss ich mich hinsetzen und den Fuß hochlegen.

Doch dieser Zustand hat auch sein Gutes. Nicht nur im Krankenhaus, auch zu Hause komme ich zu einem Lesestündchen und mehr. Ich schwelge in Klatsch und Tratsch, bin endlich über alles informiert. Ich weiß jetzt, wo's bei welchen Grafen oder Schauspielern kriselt, erfahre, dass die munteren Königskinder des englischen Hofes wieder einmal für Wind im Blätterwald sorgen, erhalte Tipps für Ehe und Gesundheit und noch vieles, vieles mehr. Trotzdem bin ich alles, nur nicht glücklich. Mir geht's, um die Umgangssprache zu benützen, echt beschissen. Wie der erste Mensch humple ich durchs Haus. Jede Treppe ist ein Problem. Zwar kann ich im Sitzen Salat waschen, Zwetschgen entsteinen, nähen und andere Kleinigkeiten erledigen, aber bei den meisten Arbeiten falle ich flach.

Jeder im Haus ist zusätzlich mit eingespannt. Kein Wunder, dass die Kinder lange Gesichter ziehen und alles andere als begeistert sind.

Carlos muss morgens beim Füttern und Melken helfen und dementsprechend früh raus. Ich mache für ihn einen extra starken Kaffee, damit er in der Schule nicht einschläft. In wenigen Monaten steigt das Abitur. Ein Schulnickerchen ist nicht drin. Moggis Einsatzgebiet ist – die Emanzen mögen mir's verzeihen – hauptsächlich die Küche. Uli, der Arbeitsfreudige, zieht den Staubsauger durch die Wohnung und besorgt, im Wechsel mit Moggi, die Einkäufe. So schlagen wir uns eben durch, so gut oder schlecht es geht.

Dabei müsste es diese Woche geradezu blendend um mich bestellt sein, denn welch frohe Botschaft las ich in meinem Horoskop?

Es könnte Ihnen nicht besser gehen. In Ihrem Arbeitsgebiet laufen Sie zur Hochform auf Sie strotzen nur so vor Arbeitskraft. Ihre Kontoauszüge geben Grund zur Freude …

Der reinste Hohn! Und welche Enttäuschung! Nicht einmal auf die Sterne ist heutzutage mehr Verlass, es sei denn, der letzte Satz meines Horoskops trifft zu:

Amor hat Sie voll im Visier. Aus Ihren Augen leuchtet das gewisse Etwas. Die Liebe hat Hochsaison.

Na bitte, wenn dies kein Trostpflaster ist. Ich hätte nichts gegen ein paar Pfund Liebe extra, doch ich fürchte, auch in diesem Punkt liegt die Verheißung voll daneben.

Bis jetzt habe ich jedenfalls noch nicht viel gespürt, obwohl ich mich redlich mühte, Walter mit dem gewissen Leuchten in meinen Augen zu ermuntern. Aber wenn Walter abends ins Bett steigt, ist er zum Umfallen müde, denn er hat eine ordentliche Portion Mehrarbeit zu bewältigen. Ein paar tiefe Atemzüge, und schon liegt er nicht in meinen, sondern weit, weit entfernt, in Morpheus' Armen, und ein Gipsbein ist das letzte, was ihn von dort zurückholen könnte.

Steinchen und Brocken

Es war nicht das erste Mal, dass Tussi, die treue Seele, uns mit ihren Kochkünsten beglückte. Während ich im Krankenhaus lag, versorgte sie die Meinen, nach Moggis Beschreibung, mit einer ›Riesenlasagne de luxe‹ und einem handfesten Gemüseeintopf. Meine Restfamilie schlug zu, als hätte sie eine dreiwöchige Hungerkur hinter sich gebracht.

Aber auch bei Oma Päule wurden wir verwöhnt. Als ich nach Hause kam, gab's aufgezogene Dampfnudeln und Apfelbrei. Ein seltenes, weil zeitaufwendiges Essen, das schon lange nicht mehr bei uns auf dem Speisezettel stand. Walter, Carlos und Uli spachtelten wie die Scheunendrescher.

Oma Päule, die längst vergessen hatte, welch ungeheure Mengen in einem Bubenmagen verschwinden können, staunte nicht schlecht. Vor allem Uli wickelte für zwei.

»Dia Buba esset euch no zom Haus naus«, argwöhnte sie nicht zu Unrecht.

»Die Vielfresserei ist bei Bohnackers erblich bedingt. Im Alter von zwanzig Jahren normalisiert sich die Entgleisung des Stoffwechsels von selbst«, entschuldigte Walter den unverschämten Appetit seines Jüngsten.

Oma Päule beruhigte diese Auskunft ungemein. Doch jetzt ist bei Bohnackers Schluss mit Extrawürsten.

Während ich, mit Essensgedanken im Kopf, versuchte, oben im Bad sitzend das Waschbecken zu säubern, klingelte es. So schnell ich konnte, humpelte ich nach unten.

Tussi stand unter der Haustüre. In der einen Hand eine Riesenschüssel Kartoffelsalat, in der anderen eine Portion Fleischkäse und unter den Arm hatte sie noch einen Blumenstrauß geklemmt.

Ohne vorbereitende Einleitung legte sie gleich los: »Weißt du schon den Unterschied zwischen verheiratet sein und nicht verheiratet sein in Krettenstetten?«

»Wie bitte?« Ich begriff nicht ganz, was »verheiratet sein oder nicht verheiratet sein« mit Kartoffelsalat und Leberkäs zu tun hatte.

Als Tussi mein belämmertes Gesicht sah, lachte sie erst einmal lauthals auf.

»Also pass auf«, versuchte sie zu erklären, »erstens, ich habe für uns Kartoffelsalat gemacht, und weil ich heute Zeit hatte, habe ich für Bohnackers gleich eine ordentliche Portion mitgemacht.«

Sie stellte die Schüssel auf den Küchentisch, und drückte mir den Blumenstrauß in die Hand.

»Hier, ein kunterbunter Gruß aus unserem Garten. Und jetzt zu Lene Baier. Du weißt doch, dass sie vor etwa zwei Monaten geheiratet hat.«

Natürlich wusste ich das. Nicht nur ich, jeder im Ort wunderte sich, dass Lene trotz ihrer gut vierzig Jahre noch unter die Haube gekommen war. Lene betreibt die einzige Gärtnerei am Ort, und nach dem Tod ihrer Mutter erbt sie das recht gut gehende Geschäft. Keine schlechte Partie also. Aber bei Lene, von Natur ziemlich stiefmütterlich bedacht, wollte keiner so recht anbeißen. Umso größer die Überraschung, als sich schließlich doch noch einer fand: Ein Riesenmannsbild, dazu alles andere als schlank. Es traf sich gut, denn als Gärtner verstand er etwas vom Fach und schaffen konnte er auch.

»Als ich gestern bei Lene Baier einen Blumenstock kaufen wollte, wer stand neben mir?« Tussi sah mich vielsagend an. »Frau Hämmerle. Naseweis, wie sie nun einmal ist, fragte sie Lene ungeniert: ›Ond wia isch's, wenn mr verheiratet isch?‹ – ›Ha, wia soll's au sei?‹ antwortete jene, ›au net anders, wia vorher, außer dass mr no mehr' schaffa muass.‹ So, meine Liebe«, meinte Tussi, »jetzt weißt du's, falls du nicht schon von selbst darauf gekommen bist.«

Aber meine Freundin hatte noch eine weitere Neuigkeit für mich parat.

»Am Freitag fahre ich nach Blaubeuren zu einem Vorbereitungswochenende mit dem hochtrabenden Titel: *Kommunikative Gruppendynamik in Theorie und Selbsterfahrung.*«

»Kommuni … waas bitte?«

Zum zweiten Mal an diesem Morgen hatte ich Schaltschwierigkeiten. Tussi gab mir Nachhilfeunterricht. Allerdings wurde ich nicht sehr viel klüger dabei.

»Das ist nicht mit ein paar Worten zu erklären. Ich erzähl dir's dann später genau«, vertröstete sie mich. »Weißt du, ich muss langsam anfangen, mich wieder mit Sozialpädagogik zu beschäftigen«, erklärte sie. »Irgendwann, so Gott will, möchte ich noch etwas anderes tun, als nur braves Hausmütterchen sein. Mehr als zwanzig Jahre Familieneinsatz sind genug.

Deshalb habe ich mich zu einem Vorbereitungskurs zum Wiedereinstieg in den Beruf angemeldet.«

Ich staunte Bauklötzchen.

»Ja und die liebe Familie? Kein Protest?«

»Anfangs schon«, gestand Tussi, »aber sechs Vorbereitungswochenenden, verteilt auf sechs Monate, sind eine vergleichsweise kleine Kröte, die müssen sie schlucken. Das ist zu verkraften. Robert ist zwar noch am Schlucken, aber er schafft's, ich bin zuversichtlich. Weißt du«, fuhr sie fort, »ich muss höllisch aufpassen, nach so vielen Jahren Brutpflege genügend Schwung und Begeisterung hinüberzuretten. Als idealistischer Realist mache ich mir nichts vor. Es fließt vermutlich noch viel Wasser die Donau hinab, bis ich das neue Ufer erreiche. Aber Wagnis ist Sein.« Mit einem solch pathetischen Ausspruch beschloss Tussi ihre Rede an mich.

Wenn mich aber nicht alles täuschte, hatte Tussi bereits mehr als den großen Zeh in die Donau gestreckt. Ihre Stimme hatte nämlich den gewissen entschlossenen Tonfall, den ich nur allzu gut kannte und der nicht zum ersten Mal Tatenfrohes anzukündigen pflegte.

Aber heute hatte auch *ich* etwas auf dem Herzen, das ich loswerden wollte.

Nicht nur Walter und mir, auch Carlos schien es aufgefallen zu sein, dass Moggi sich verändert hatte. Aus unserer unkomplizierten, allzeit fröhlichen Moggi war eine ›Moggi-Bocki‹ geworden, wie Carlos seit neuestem seine Schwester recht unfreundlich betitelte. Statt wie früher ständig mit Freundinnen unterwegs zu sein, verdrückte sie sich nun meistens in ihr Zimmer und las oder werkelte herum. Meldet sich ein Jüngling am Telefon, flötet sie keineswegs liebenswürdig in die Leitung, nein, sie lässt den jungen Herrn der Schöpfung abfahren, dass es nur so rauscht. Gestern Abend hörte ich, wie Uli zu ihr sagte:

»Gib's doch zu, du hast deine Tage. So grätig wie du heute bist, kann's nicht anders sein.«

»Pass auf, dass du nicht etwas ganz anderes als deine Tage kriegst!«, gab sie ihm zurück.

Der Schuh, der durch den Flur gesegelt kam, verfehlte nur knapp die Lampe an der Wand.

»Ich werde einfach nicht mehr schlau aus ihr«, klagte ich Tussi mein Leid. »Ein Hauch von Kritik und Moggi ist auf hundert. Mit Samthandschuhen fasse ich sie an und bekomme nur muffelige Antworten.«

Nein, Moggi machte es mir wirklich nicht leicht. Ich habe den Eindruck, sie kann sich selbst nicht leiden und hadert mit dem Schicksal, das ihr eine blühende Gesundheit bescherte. Wahrscheinlich hätte sie sogar einen Bandwurm in Kauf genommen, um dem allseits propagierten Schönheitsideal: klapperdürr mit Leidenstouch näherzukommen. »Lass ihr Zeit, sie häutet sich«, riet mir Tussi, »da zieht man sich am liebsten in eine Ecke zurück. Bis die neue Haut gewachsen ist, ist man mehr als verletzlich. Danach wird's wieder leichter, für Moggi und für dich«, tröstete mich Tussi. »Ich war auch kein leichter Fall für meine Familie, das kannst du mir glauben.«

»Ach ja, die Krankheit Jugend«, seufzte ich, »da muss jeder durch, der eine mit mehr, der andere mit weniger Beschwerden.«

Tussi nickte nur und meinte: »Wem sagst du's!«

Aber wer weiß, dachte ich ein paar Stunden später, vielleicht sind wir Erwachsene blind und ungerecht. Vielleicht ist alles ganz anders. Jedenfalls traute ich meinen Ohren nicht, als ich am Nachmittag Moggi am Telefon zu einer ihrer Freundinnen sagen hörte: »Meine Mutter ist so schwierig in letzter Zeit.«

Ich war wie vor den Kopf gestoßen. Ob ich mit meinen ständigen Bemühungen um das Wohlergehen der Familie ihr das Leben nicht leichter, wie ich dachte, sondern im Gegenteil nur schwerer mache? Kompliziert, kompliziert!

Und, als lägen nicht schon genug Steine im Weg, kam von ganz anderer Seite noch ein weiterer dicker Brocken dazu.

»Sag mal, habt ihr die Wiese am Wacholderweg schon verkauft?« wollte Schwager Hannes am Telefon wissen.

»Noch nicht, aber am Samstag soll der Verkauf perfekt gemacht werden«, antwortete ich wahrheitsgemäß.

»Gut, sehr gut«, sagte Hannes, »durch Zufall, man hat schließlich seine Beziehungen, habe ich erfahren, dass genau dort ein großer Golfplatz entstehen soll. Einschließlich einem Teil des Haidbuckels.«

Mir verschlug's die Sprache. Nicht Walter. Als ich ihm die Sensation brühwarm servierte, legte er los, wie ich ihn schon lange nicht mehr gehört hatte.

»Dieser Erdafetz, dieser elende Siach, dieser Donderslomp'«, schimpfte er so laut, dass man es auf der Straße hören konnte. »Jetzt ist mir alles klar. Mich

Grasdackel hätte er mit einem Nasenwasser abgespeist und er hätte das Geschäft seines Lebens gemacht. Zum auf dr Sau 'nausfahra!«

Walters Blutdruck näherte sich dem Gefahrenpunkt. »Ich sehe nicht ein«, ärgerte er sich, »dass man für ein paar gut betuchte Hansel mehr als 50 Hektar Land, davon gut 20 Hektar besten Ackerboden in schönster Lage, hergeben soll. Und von wegen Volkssport, da lachen ja die Hühner! Das großherzige Angebot, der notleidenden Landwirtschaft auf die Beine zu helfen, auf dieses Feigenblatt kann ich verzichten. Unsere miserable wirtschaftliche Situation kommt den Investoren gerade recht. Über die erheblichen Veränderungen in der Landschaft setzt man sich großzügig hinweg, Hauptsache der Rubel rollt.« Walter machte aus seinem Herzen keine Mördergrube. »Aber dei'm Frieder werd' ich's zeiga«, drohte er.

Jetzt war's an mir, wütend zu sein.

»Zum Kuckuck, was soll denn das«, empörte ich mich auch nicht gerade im sanftesten Ton und stampfte mit meinem Gipsbein auf, »jetzt kapier's doch endlich, er ist nicht *›mein Frieder‹.«*

Ich weiß nicht, wer sich anschließend verbissener in die Arbeit stürzte. Walter oder ich.

Nach dem Vesper – Walter hatte ein längeres Gespräch mit Hannes geführt – rief er Martin Nägele an. Sie verabredeten sich im »Hirsch« zu einem Glas Bier.

Hopfen und Malz, Gott erhalt's dachte ich bei mir und setzte auf die beruhigende Wirkung des Biers, denn mit so offenen Nervenenden hatte ich Walter schon lange nicht mehr erlebt.

Während ich im Hof und in der Scheuer, mühsam genug, allerlei Geräte zusammenräumte, wurde ich das ungute Gefühl nicht los, dass die kommenden Wochen und Monate vermutlich weit weniger friedlich verlaufen würden als die vergangenen. Dabei stand uns wegen der Umbauerei schon genug Ärger ins Haus. Aber wie war das doch gleich mit den Disteln und Dornen?

Überraschende Wendung

Schade, dass man ein Gipsbein nicht zur Hölle schicken kann. Ich hätt's getan, mit Wonne, wenn es etwas gebracht hätte. Mein sprichwörtlicher Klotz am Bein wurde mir von Tag zu Tag lästiger.

»Mit zwei Wochen müssen Sie mindestens rechnen«, sagte der Arzt im Krankenhaus zu mir.

Noch keine zehn Tage sind vorbei, aber die Humpelei mit den Krücken habe ich satt bis obenhin. Ganz im Stillen jedoch denke ich: Eigentlich schadet es gar nichts, dass jeder im Haus einmal merkt, was Frau und Mutter alles zu werkeln hat.

Uli sehnt vermutlich am meisten den Tag herbei, an dem ich wieder wie auf Knopfdruck funktioniere. Es ist unübersehbar, seine Einsatzfreude nähert sich unaufhaltsam dem Nullpunkt.

Walter ist mit seinem Jungknecht nicht zufrieden. »Wo hast du dich bloß wieder so lange herumgetrieben?« schimpfte er, als Uli viel später als abgesprochen unter der Stalltüre erschien.

Dazu Ulis Langsamkeit. Nicht zum Mitansehen, wie er über den Hof schlurft. Nur keine unnötige Energieverschwendung, lautet seine Devise. Ausdauer und Tempo scheint er höchstens dann zu entwickeln, wenn sich's für ihn lohnt.

Aber eigentlich wollte ich weder über Uli, noch über mein Gipsbein lamentieren, sondern von Herrn

Rosenbaum berichten, seines Zeichens Restaurator beim Landesdenkmalamt. Er kreuzte nämlich gestern Nachmittag überraschend bei Oma Päule auf. Das heißt, ganz so überraschend auch wieder nicht. Herr Hermann verständigte uns zuvor und ich wiederum Wolfi, der mich im Auto zum Tatort mitnahm.

Restaurator Rosenbaum und Herr Hermann verspäteten sich etwas, und so hatte Wolfi Zeit, Oma Päule und mir in Kürze das Neueste von Steinenberg zu erzählen.

Dort war zur Abwechslung diesmal Marc von der Schaukel gepurzelt. Er schlug sich so gekonnt das Kinn auf, dass der Arzt die klaffende Wunde zusammenklammern musste.

»Das war vielleicht ein Affentheater«, stöhnte der geplagte Vater.

Aber auch Katrin sorgte für Aufregung. Wolfi erzählte lachend, dass sie in seinem Arbeitszimmer versucht hatte, ausgerechnet im Papierkorb Feuer anzuzünden. Ein Brand konnte in letzter Minute verhindert werden. Oma Päule schlug entsetzt die Hände zusammen.

Nicht nur aus diesem Grund schließt Wolfi seit neuestem sein Zimmer ab. Mir scheint, seine Nerven sind doch etwas dünner geworden.

»Dia Rambass' send aber au zom an d' Wand bäbba«, klagte er im schönsten Schwäbisch. Ob damit die Schüler oder sein eigener Nachwuchs gemeint war, blieb offen.

Leider erfuhren wir nicht mehr von Wolfis bewegtem Familienleben, denn die Herren waren inzwischen eingetroffen.

Nach einer herzlichen Begrüßung ließ sich Restaurator Rosenbaum von Oma Päule alles Wissenswerte über das Haus erzählen. Ich hatte also Zeit, ihn etwas zu begucken.

Zuerst fiel mir sein pausbäckiges weiches Gesicht mit Brille auf, hinter deren dicken Gläsern die braunen Augen fast verschwanden. Eine dunkle Lockenpracht umrahmte den imposanten Kopf. Der nicht zu übersehende Bauchansatz ließ darauf schließen, dass er irdischen Freuden, wie Essen und Trinken nicht ablehnend gegenüberstand. Dafür schien er auf Kleidung nicht allzu großen Wert zu legen. Diese war, im Gegensatz zu der von Dr. Wiedemann, weniger modisch, sondern vor allem praktisch. Allerdings verzichtete auch er nicht auf Schwarz. Sein Hemd hatte diese Farbe. Außerdem sorgte ein kleiner, goldener Ohrring dafür, dass man ihn nicht versehentlich mit einem Spießbürger verwechselte. Alles nur das nicht!

Mit erstaunlichem Schwung, den man ihm gar nicht zugetraut hätte, nahm Herr Rosenbaum die Steinstaffeln und – hast-du-nicht-gesehen – riss er alle Türen auf, schaute kurz hinein, und schon war er im oberen Stock. Wir erwartungsvoll hinterdrein. »Ein richtiger kleiner Zündkegel«, flüsterte mir Wolfi ins Ohr. »Bin gespannt, was er herausfindet.« Gesprächig schien der Restaurator jedoch nicht zu sein. Er hatte es mehr mit den Händen, klopfte und schabte geradezu mit Leidenschaft an den Wänden herum, betrachtete die Türfüllungen mit einer Genauigkeit, als ob er noch nie eine gesehen hätte. Ab und zu murmelte er: »Mhm, mhm und o ja« vor sich hin.

Mehr erfuhren wir zunächst nicht.

Erst als er in Oma Päules Schlafzimmer den alten Hochzeitsschrank sah, entfuhr Herrn Rosenbaum ein vollständiger Satz mit Subjekt, Objekt und Prädikat.

»Donnerwetter, das ist ein handwerkliches Meisterstück.«

Er konnte also reden, das ließ hoffen. Und, einmal erwärmt, erfuhren wir Erfreuliches.

Dem Restaurator gefiel vor allem, dass die innere Raumaufteilung so gut wie nicht verändert worden war, die schlichte Geschoßtreppe und das Dachgeschoß noch vorhanden waren. Wichtig schienen ihm auch die alten Fachwerkfelder mit dem Lehmverstrich und dem ursprünglichen, darüber liegenden Kalkanstrich, den Herr Rosenbaum ausfindig machen konnte. Er begann bereits zu planen.

An den Außenwänden sollte das verputzte Fachwerk freigelegt werden. Mit Hilfe von Dorfentwicklungsmitteln, die er befürworten würde, könnte an eine Instandsetzung ohne allzu große Mehraufwendungen gedacht werden. Vermutlich müsse er aber noch weitere Untersuchungen vornehmen. Auf jeden Fall könne er heute schon so viel sagen, dass ein Abbruch des Hauses einen Verlust für das Ortsbild darstellen würde.

»Jetzt da guck na!«, sagte Oma Päule und strahlte übers ganze Gesicht.

Er werde, wenn die Untersuchungen abgeschlossen sind, den Befund der Bestandsaufnahme der Gemeinde zuleiten, versprach Herr Rosenbaum. »Vergessen Sie die Straße nicht«, erinnerte Wolfi.

»Die Straße?« Herr Rosenbaum blickte Wolfi durch seine dicken Brillengläser verständnislos an.

Lehrer Hermann erklärte ihm, dass die Gemeinde im Zuge der Ortskernsanierung und einer damit verbundenen vereinfachten Straßenführung den Abbruch des Gebäudes erwäge.

Die Überlegungen der Gemeinde Krettenstetten schienen den Restaurator nicht zu überraschen.

»Das alte Lied«, klagte er, »wie macht man es der Gemeindeverwaltung klar, dass Rathaus, Kirche und ein paar Häuser drum herum als Kulturdenkmal einfach zu wenig sind und man andere wichtige Häuser wegen der Straßenführung nicht der Planierraupe opfern darf.«

Der Mensch wird mir immer sympathischer, dachte ich, und staunte nicht nur über sein fachliches Wissen, sondern vor allem über die Zielstrebigkeit, die er an den Tag legte.

Später, bei einem einfachen Vesper in Oma Päules Wohnzimmer, diskutierten die Männer noch lange angeregt über Sinn und Unsinn von Restaurierungen, altes Glump oder Kulturdenkmal. Und man war sich einig, dass die Meinungen darüber nicht nur in Krettenstetten weit auseinander gingen.

Ich aber hätte mich wieder einmal prügeln können, dass ich vor lauter alten Bauernhäusern ganz vergaß, bei den anwesenden klugen Männern abzuklopfen, wie sie zu einem ganz anderen, nicht minder wichtigen Thema standen, nämlich Golfplatz ja oder nein. Wir Bohnackers saßen jetzt ganz schön in der Zwickmühle. Einerseits käme uns ein warmer Geldregen mehr als gelegen, andererseits aber stößt Walter die neue Masche, Golfplatz kontra Bauernsterben, ganz gewaltig auf. Was also tun? Walter hat seine Zusage, die Wiese am Wacholderweg zu verkaufen, vorsichtig ausgedrückt, hinausgezögert.

»... ond wenn i finanziell auf em Zahnfleisch daherkomm', i verkauf net!« wetterte er beim Stallmisten.

Frieder Beißwenger war natürlich alles andere als entzückt, um nicht zu sagen stinksauer, über Walters Rückzieher. Ja, er pokerte sogar, dass er dann eben anders disponieren würde. Das kann man ernst nehmen oder nicht, Tatsache ist, Frieder Beißwenger sitzt am längeren Hebel, und vermutlich gucken Bohnackers in den Mond.

»Ich bin nicht nur ein Simpel, ich bin ein Obersimpel. Es könnte mir doch, weiß Gott, egal sein, ob es in Krettenstetten einen Golfplatz gibt oder nicht? Wahrscheinlich bin ich falsch erzogen worden«, sinnierte Walter, als er merkte, in welch komplizierten Zwängen er steckte, und dass leider alles seinen Preis hat. »Wäre ich doch nur Pfarrer oder Lehrer geworden«, jammerte er – »dann könnte ich mir meine Einstellung eher leisten, aber so?« Wie gut, dass bald Sonntag ist, dachte ich. Ein bisschen Abwechslung wird Walter auf andere Gedanken bringen.

Der Singkreis macht nämlich einen Ausflug ins Tannheimer Tal. Für Sänger mit guter Kondition wie Walter ist eine Bergwanderung vorgesehen. Weniger Wanderfreudige können zum idyllisch gelegenen Vilsalpsee spazieren und beim Kaffeetrinken die prächtige Bergkulisse bestaunen.

Es hätte so schön sein können. Carlos hatte versprochen, zusammen mit einem Freund einschließlich

Moggi im Stall einzuspringen. Ach, ich hatte mich so auf die vergnüglichen Stunden im Gebirge gefreut. Aber mit Gipsbein? Nein danke!

Wie ein Invalide nur auf dem Bänkle zu hocken und die Berge zu bewundern, das halte ich nicht aus. Und so fährt Walter eben ohne mich. Hoffentlich kann er in der herrlichen Bergwelt für einige Stunden seinen Ärger mit dem geplanten Golfplatz vergessen.

Zum Scheibenschießen

Es ist nicht zu fassen, unglaublich aber wahr. Nur meine altmodische Erziehung hielt mich davon ab, in einen langanhaltenden Schreikrampf zu verfallen und meinerseits den Arzt zu schocken, obwohl der am wenigsten dafür konnte. Der langen Rede kurzer Sinn: Mein Gips am Bein war unnötig. Ist das nicht zum Scheibenschießen?

Seit zwei Wochen bin ich meinen Gipsklotz los. Im Krankenhaus entließ man mich mit der tröstlichen Versicherung »es werde schon werden«, aber es »wurde« nicht. Nach wie vor hatte ich Schmerzen und Schwellungen, besonders am Abend. Deshalb ging ich zum Hausarzt. Der überwies mich zum Unfallarzt.

Nachdem dieser eingehend das Röntgenbild betrachtet hatte, erklärte er mir trocken:

»Ich kann weder Vernarbung noch Verwachsungen erkennen. Das war höchstens eine Bänderzerrung. Den Gips hätten Sie sich sparen können. Die Schmerzen werden zwar noch einige Zeit anhalten, aber das ist kein Grund zur Besorgnis. Schonen Sie den Fuß, so gut es geht.« Ich schnappte nach Luft, glaubte nicht recht gehört zu haben und kochte vor Empörung. Meine ganze Beherrschung musste ich zusammenkratzen, um nicht auf dem Absatz kehrt zu machen und ins Krankenhaus zu rennen und dem studierten Herrn im weißen Kittel dort gründlich den Marsch zu blasen.

Ob der überhaupt eine Ahnung hat, wie man sich mit Gipsbein schinden muss, noch dazu als Bäuerin? Und gar nicht zu reden davon, dass ich wegen diesem unnötigen Gipsklumpen auch noch auf den Ausflug ins Tannheimer Tal verzichten musste. Also wirklich, meine Toleranz wurde gefährlich überstrapaziert. Deshalb wiederholte ich immer wieder gebetsmühlenhaft:

»Nicht ausrasten, Lisa, sieh's positiv. Es hätte alles viel schlimmer kommen können.«

Mit solch kindlichen Beschwörungen versuchte ich mein aufgewühltes Innenleben einigermaßen unter Kontrolle zu halten, zumindest solange ich noch im Sprechzimmer saß. Schließlich wollte ich nicht als ungehobeltes Trampeltier in unliebsamer Erinnerung bleiben.

Als ich zu Hause von meinem Glück, oder besser Unglück, erzählte, empfahl mir Carlos, der Lebenskünstler, mich endlich etwas moderner zu geben und den neuen Trend zu beherzigen:

»Don't worry, be happy!«

Als Mensch, der immer strebend sich bemüht, versuchte ich mein Möglichstes. Aber anscheinend bin ich ein Spätzünder, wenn nicht gar ein hoffnungsloser Fall. Ich schaffte es einfach nicht, auf Kommando happy zu sein, und noch weniger, mein Bein zu schonen. Kein Wunder. Vor der Scheuer, in der Scheuer, überall standen volle Säcke herum, übereinander, nebeneinander.

Äpfel, Birnen und Kartoffeln, alles ist dieses Jahr früher dran. Alles will aufgelesen, aussortiert und versorgt sein. Vor allem die Kartoffeln machen Walter Sorge. Sie müssen so schnell wie möglich vollends aus dem Boden. Die feuchte Witterung in den letzten Tagen vergrößert die Ausfälle, das sieht kein Bauer gern.

Stichwort neue Kartoffeln. Unter vorgehaltener Hand gestehe ich: für neue Kartoffeln lasse ich sämtliche Spätzleschüsseln stehen. Am liebsten mag ich die braunen Knollen schlicht und einfach mit Quark, buntem Salat und vielen frischen Kräutern. Wenn ich jedoch Kartoffelbrei mit Hackbraten und einer guten Soße koche, fallen meine Männer und auch Moggi wie hungrige Wölfe darüber her. Mindestens die doppelte Menge Kartoffeln wie sonst koche ich für den gebissschonenden Brei.

Nicht ohne Hintergedanken stellte ich genau dieses Essen auf den Tisch. Als Walter mit prall gefülltem Magen, vom Verdauen etwas träge, um nicht zu sagen erschöpft und unfähig zum Widerspruch am Tisch saß, erinnerte ich ihn, dass es allmählich an der Zeit wäre, seine Rede fürs Gemeindefest aufs Papier zu bringen.

»Da hascht mr was Schönes eingebrockt«, beklagte er sich zu Recht.

Zugegeben, ich an seiner Stelle würde vor lauter Herzklopfen und Schweißausbrüchen keinen einzigen Satz herausbekommen. Aber diese Tatsache behielt ich wohlweislich für mich. Ich ermunterte Walter:

»Das schaffst du lässig. Ganz bestimmt. Es ist doch wichtig, dass möglichst viele Leute kapieren, was nicht nur uns, sondern auch ihnen bevorsteht. Eine stinklangweilige Reißbrettlandschaft, mit Golfplätzen garniert.«

»Ich mach's ja schon«, fügte sich Walter mit sichtlicher Begeisterung ins Unvermeidliche. Vermutlich aber wünschte er sich im Stillen ein liebes, braves trotteliges Fraule, das sich möglichst wenig um Gott und die Welt kümmert und ihm vor allen Dingen keine Rede aufhalst, die er nicht halten will. Wie herrlich bequem wäre das.

Schon zu spät, beende ich gnadenlos meinen Gedankengang. Wo kämen wir denn hin, wenn alle so dächten?

Aber auch wir Frauen, etwas genauer wir Landfrauen, liegen nicht auf der faulen Haut. Für den Gemeindenachmittag am Erntedankfest, den wir mitgestalten, ist noch viel Vorbereitung nötig. Eine große Pinnwand sowie einprägsames Informationsmaterial ist bereits organisiert, ebenso der Naturalienstand und wer was dazu beisteuert. Dass jede der Frauen für die Kaffeetafel einen Kuchen bäckt, versteht sich von selbst. Als kleinen Knüller gibt es sogar eine eigens ausgedachte Szene vor Walters Ansprache. *Fast wie im richtigen Leben*. Hanna Nägele spielt darin eine waschechte Bauersfrau, die – traurig genug – ergreifend echt bettelt:

»Buab, om was i di bitt', werd alles, bloß koin Bauer.«

Nicht nur mit diesem Nachmittag, auch mit der nächsten Gemeinderatssitzung beschäftigte sich mein Hausfrauengemüt. Ich musste dringend bei Tussi vorbei. Sie macht sich ziemlich rar in letzter Zeit. Wahrscheinlich wird sie schon fleißig mit Lernen beschäftigt sein, dachte ich und wollte sie nicht davon abhalten.

Aber in der nächsten Gemeinderatssitzung stehen zwei wichtige Punkte auf der Tagesordnung. Ganz harmlos unter *Verschiedenes* versteckt, geht es um die Voranfrage bezüglich des Golfplatzes. Außerdem liegt das Untersuchungsergebnis von Restaurator Rosenbaum vor. Darüber soll unter *Bauangelegenheiten* gesprochen werden.

Die liebe Tussi traf ich, versteckt hinter dem Perückenstrauch, selig schlafend im Liegestuhl an. Ein paar Alibibücher lagen achtlos im Gras verstreut. Ich pirschte mich vorsichtig heran und warf Steinchen in ihren Schoß. Sie fuhr erschrocken hoch und blinzelte mich verschlafen an.

»Süßes Nichtstun. Sieht so der Wiedereinstieg in den Beruf aus?« herrschte ich sie an.

»Noch nie etwas von ›im Schlaf lernen‹ gehört?, konterte Tussi und räkelte sich so elegant im Liegestuhl, dass jeder Entspannungsapostel seine helle Freude an ihr gehabt hätte.

Leider hatte ich nur wenig Zeit. Also erklärte ich ihr kurz den Grund meines Kommens.

»Einen Golfplatz in Krettenstetten? Endlich mal was Neues«, fand sie.

Ob der wohl zur Selbstbestätigung und Sinnfindung Midlife-Crisis-geschädigter Himbeerbubis herhalten müsse?, lästerte sie. Und selbstverständlich komme sie mit zur Gemeinderatssitzung.

Zurück, zu Hause, wollte ich Wolfi noch schnell telefonisch über den Stand der Dinge unterrichten, aber Carlos hatte das Telefon in Beschlag genommen und sich Süßholz raspelnd im Wohnzimmer breit gemacht.

»D'Claudi isch am Telefon«, verriet mir Moggi und grinste vielsagend.

Nun, über die Freundschaft von Claudia Beißwenger und Carlos mache ich mir nicht allzu viele Gedanken. Carlos, dieser aus der Art geschlagene Sohn, schart wie ein Pascha noch andere Damen um sich. Sein Harem ist nicht schlecht bestückt. Beate mit dem langen blonden Zopf, Susi mit den schrägstehenden, grünen Augen, Alexa mit den superlangen Wimpern und Streichhölzlesfrisur und nicht zuletzt Claudia, die mit ihrem kurzen, braunen Wuschelkopf halbwegs normal aussieht. Mit diplomatischem Geschick verteilt Carlos seine Gunst auf all seine Gespielinnen und noch ein paar mehr, ohne dass er bis jetzt in ernste Turbulenzen geraten wäre.

»Rein wissenschaftliche Neugier, nichts weiter«, wiegelt Carlos meine mütterlich besorgten Vorhaltungen ab. »Außerdem, was willst du, Leben bedeutet Vielfalt. Die Natur ist darauf angelegt. Reg dich also bitte nicht künstlich auf. Du schadest nur deinem Blutdruck.«

Rotzfrech, kann ich dazu nur sagen.

Als ich Walter über Carlos' vitale Freizeitbeschäftigungen aufklärte, nahm dieser sich vor, die überschüssigen Kräfte seines Ältesten sinnvoller einzusetzen. Beim Kartoffeln ausbuddeln zum Beispiel und in Bälde beim Stallumbau.

»No hat's schnell a End' mit der Rumschwanzerei«, redete sich Walter ein, der es gar nicht gerne sah, wenn Carlos so oft lostigerte.

Harem! Allein das Wort erregte, ob ich wollte oder nicht, meine Phantasie. Insbesondere, als ich in der

Waschküche einen weiteren Arm voll Arbeitshosen, Hemden und Handtüchern zu dem bereits dort aufgehäuften Wäscheberg legte.

Wahrlich, ich hätte nichts dagegen gehabt, für ein paar Stunden mit einer Haremsdame zu tauschen. Schon der Gedanke, dass ich nicht in Schaffkleidung, sondern in dekorativen Stoffhüllen, faul und genießerisch auf weichem Kissen ruhend, mir, sooft ich Lust verspürte, herrlich sahnige Pralinen, paradiesische Früchte oder andere Köstlichkeiten in den Mund stopfen könnte, ließ mir mein Dasein hier wie ein graues Nichts Vorkommen. Und erst recht die Vorstellung, dass Worte wie Putzlumpen, Schrubberbürste, Aufräumen, Wäschebügeln, Kühe melken zu lächerlichen Fremdwörtern ohne Bedeutung zusammenschrumpfen würden, ließ mich geradezu erschauern. Hach, was für ein Leben! Allerdings, ob ich als Suleika so hurtig angesprungen käme, wie es der winkende Sultan gewohnt war, diese Frage ließ ich wohlweislich lieber offen, aber sonst?

Erstes Scharmützel

Nicht erst seit heute, nein schon immer bereitete mir der Satz aus der Bibel: *Wer hat, dem wird gegeben* einiges Kopfzerbrechen. Ich kann es drehen und wenden, wie ich will, mein Gerechtigkeitsgefühl wehrt sich vehement gegen eine solche Aussage. Doch die Erfahrung zeigt, genau so läuft's in der Welt. Bestes Beispiel *»mein Frieder«*.

Warum, frage ich mich, kann er eigentlich seinen Rachen nie voll genug bekommen? Raffgier, reine Lust am Scheffeln? Oder ist sein ›Immer-Mehr‹ ein Automatismus, der, einmal in Gang gesetzt, nicht zu bremsen ist?

»Der probiert alles, Hauptsache, es bringt Geld«, brachte es Martin Nägele auf den Punkt, als Frieder nach dem Hormonskandal klammheimlich seine Kälberzucht einschlafen ließ und nach geschickten Grundstücksverkäufen auf Mietshäuser setzte. Der im schönsten Erholungsgebiet von Krettenstetten geplante Golfplatz reiht sich nahtlos ein.

Frieder Beißwenger war schon immer mehr Unternehmer als Bauer. Wahrscheinlich ist es das, was mir an ihm aufstößt. Dass mit der Natur anders als mit Maschinen umgegangen werden muss, dieses Gefühl scheint ihm im Laufe der Zeit abhanden gekommen zu sein. Anders kann ich's mir nicht erklären, dass er seine Felder auf Teufel komm raus spritzen lässt. Ja, ganz richtig, er lässt, denn mit diesem gefährlichen Zeug bringt sich niemand von Beißwengers in Gefahr, o nein. Ein Landwirt vom Nachbardorf übernimmt diese Drecksarbeit gegen Bares.

»Des kan i leida wie's kalte Wasser en de Schuh'«, entrüstete sich Walter, als er davon erfuhr.

Aber dieser Hans-Dampf-in-allen-Gassen ist trotz allem kein Ekel im Quadrat. Auch Walter muss zugeben, Frieder Beißwenger versteht sein Geschäft. Er findet schnell Kontakt und versprüht, besonders wenn er etwas erreichen will, einen für Schwaben geradezu ungewöhnlichen Charme. Der allerdings schlägt schnell ins Gegenteil um, wenn es nicht so läuft, wie Frieder es sich vorstellt. Bis jetzt lief es meistens so, wie er sich's vorgestellt hat und beim angepeilten Golfplatz scheint es nicht viel anders zu sein.

Bei der gestrigen Gemeinderatssitzung konnte ich Frieder jedoch nicht entdecken. Er zog es vor, diskret im Hintergrund zu bleiben. Normalerweise sind nur wenige oder gar keine Zuhörer bei den Gemeinderatssitzungen. Diesmal war es anders. Die Stühle reichten nicht aus für die vielen Interessierten. Es mussten noch weitere herbeigeschleppt werden.

Tussi erspähte ich sofort. Sie saß in der Nähe des Fensters. Und welche Überraschung, sie kam nicht allein. Sogar Robert hatte sich aufgeschwungen, die Sitzung mit zu verfolgen. Das freute mich, denn ich gebe viel auf seine sachlich fundierte Meinung, selbst wenn ich sie nicht immer teile. Auch Lehrer Hermann hatte noch einen Platz ergattert und winkte uns zu.

Martin und Hanna Nägele kamen mit Verspätung.

»I will wissa, was da gschwätzt wird«, flüsterte Martin seinem Freund Walter zu und setzte sich auf den letzten freien Platz.

Die Geduld der Zuhörer wurde jedoch auf eine harte Probe gestellt. Der ganze Sermon von Punkt eins *Austausch der Wasserleitung in der Querstraße* bis Punkt acht *Gestaltung des Volkstrauertags* musste zuvor abgesessen werden, bis endlich das zur Sprache kam, was uns interessierte.

Ich hielt es fast nicht mehr aus, rutschte unruhig auf meinem Stuhl hin und her und schaute ständig auf die Uhr. Nicht nur die langweiligen Beratungsthemen, auch drei Stunden fehlender Schlaf machten sich äußerst unangenehm bemerkbar. Ein Kälble, das es gestern Nacht partout nicht eilig hatte, auf diese schnöde Welt zu kommen, war schuld daran. Immer wieder wollten mir die Augen zufallen. Es war grässlich. Zum Glück bewirkte ein diskreter Rippenstoß von Walter, dass ich nicht tatsächlich vor den Augen aller einschlief und gar vom Stuhl fiel. Aber dann …

»Wir kommen zum Punkt *Verschiedenes*«, hörte ich Bürgermeister Schäfferle von weit her sagen. Plötzlich war ich hellwach, denn welch erregender Augenblick, zum ersten Mal fiel in Krettenstetten öffentlich das Wort ›Golfplatz‹.

Bürgermeister Schäfferle legte sich, wie könnte es anders sein, mächtig ins Zeug. Nach seiner Meinung würde eine solche Anlage dem wachsenden Bedürfnis der Bevölkerung Rechnung tragen. Gleichzeitig erfahre Krettenstetten als Gemeinde eine nicht zu unterschätzende Aufwertung. Stichwort Fremdenverkehr. Und nicht zu vergessen die Investitionen in zweistelliger Millionenhöhe. Bürgermeister Schäfferle bat die Gemeinderäte eindringlich, dem vorliegenden Antrag zuzustimmen, damit die Vorprüfung eingeleitet werden könne. Aber ganz so einfach, wie Herr Schäfferle es sich vorgestellt hatte, wurde der Punkt Golfplatz doch nicht abgehakt. Nicht alle Gemeinderäte beurteilten das Projekt so positiv wie er. Schon allein der Flächenbedarf von ungefähr 50 ha wurde in Frage gestellt.

»Wer garantiert, dass der Landverbrauch nicht auf die doppelte Menge steigt?« fragte Gemeinderat Läpple. »Und wozu brauchen wir eigentlich einen Golfplatz?«

»Sia brauchet natürlich koin meh, aber mir«, konterte einer der Befürworter des Golfplatzes nicht gerade feinfühlig.

Der als ›Grüner‹ geltende Gemeinderat Ungerer beklagte, dass das Projekt klammheimlich in die Wege geleitet wurde und er, als Naturschutzbeauftragter, von dieser flächenfressenden Planung nur durch Zufall Wind bekommen habe. Rund 20 Prozent der benötigten Fläche müssten aus der landwirtschaftlichen Produktion genommen werden. Das könnte zu existenziellen Problemen der Landwirte führen. Martin und Hanna Nägele nickten zustimmend. Sie wollten nämlich noch weitere Äcker und Grünland dazupachten. Dies Vorhaben könnte aber in Frage gestellt sein, denn kein Landwirt ist in der Lage, die hohen Pachtsummen aufzubringen, die die Golfplatzbetreiber zu zahlen bereit sind.

SPD-Gemeinderat Wölfle vertrat die Auffassung, dass für die Ökologie, trotz vieler schöner Worte, unter dem Strich letztendlich nichts dabei herauskomme.

Ganz klar, dass sich daraufhin die Befürworter des zukünftigen Golfplatzes starkmachten. Vom Einklang mit der Natur und von der Freizeitgesellschaft war die Rede. Selbst »The spirit of the game« musste herhalten, um die Notwendigkeit eines solchen Platzes zu unterstreichen.

Am Ende der langen Debatte wurde mit zwei Stimmen Mehrheit der Vorprüfung zugestimmt. Bürgermeister Schäfferle lehnte sich befriedigt in seinen Sessel zurück.

»Jetzt isch en Krettenstetten für G'sprächsstoff g'sorgt«, kommentierte neben Walter ein Zuhörer die Abstimmung.

Aber es gab ja noch einen weiteren spannenden Punkt auf der langen Tagesordnung. Das Untersuchungsergebnis von Restaurator Rosenbaum. Es lag den Gemeinderäten zur Kenntnisnahme vor.

Restaurator Rosenbaum, dem es Oma Päules Haus offensichtlich angetan hatte, tauchte nämlich noch zweimal bei ihr auf. Wiederum besah er sich das Haus von hinten und vorne, kratze und schabte am Putz und den Balken herum. Dann stand sein Urteil fest. Was Wolfi und Herr Hermann vermutet hatten, wurde von ihm bestätigt. Das Haus, ein sogenanntes Einhaus, was bedeutet, dass sich alles, Wohnung, Stall und Scheune, unter einem Dach befindet, stamme aus der Zeit um 1800. Ein charakteristisches Beispiel für diese Bauweise.

»Gerade im ländlichen Raum sind solche Häuser besonders vom Abbruch bedroht. Man muss auch Denkmäler verteidigen, die noch keine Lobby haben. Ihr Haus gehört dazu«, erklärte der Restaurator.

»Dr. Wiedemann kam, wie Sie wissen, zu einem ganz anderen Ergebnis. Gibt's deswegen Probleme?« fragte Wolfi.

»Überhaupt nicht. Sein Spezialgebiet ist das siebzehnte Jahrhundert. Aus diesem Grund ist sein Blick für das neunzehnte Jahrhundert etwas getrübt«, bemerkte mit einem leisen Lächeln unser pausbäckiger Fachmann. »In diesem Fall hat sich Dr. Wiedemann eindeutig geirrt. Es wird mir ein Vergnügen sein, ihm mein Untersuchungsergebnis unter die Nase zu reiben.«

Sieh da, sieh da, dachte ich, es menschelt halt überall, auch im Landesdenkmalsamt.

Nie aber hätte ich gedacht, dass Restaurator Rosenbaum so schnell reagieren würde. Schon nach acht Tagen lag ein Schreiben von ihm im Briefkasten. Alle Achtung! Mein Vorurteil, die Behörden arbeiten im Schneckentempo, werde ich schleunigst zurücknehmen. Die Beamten dürfen Imageverbesserer Rosenbaum im Geiste die Hand drücken. Bürgermeister Schäfferle und die Gemeinderäte waren aber weder über dessen Arbeitstempo, noch über den Inhalt seines Briefes sonderlich erfreut. Allein schon der Satz: … *Das Erscheinungsbild sollte erhalten bleiben. Behutsam restauriert könnte das Haus Scheuermann, Hauptstr. 43, eine Bereicherung und ein wichtiges Element im historischen Ortskern bilden*, rief bei einigen Gemeinderäten unverständiges Kopfschütteln hervor.

»Da könnt jeder komma. Mir lasset ons nix vorschreiba«, meckerte Gemeinderat und Bauunternehmer Weller, und ein anderer stänkerte:

»Dass des Haus nix B'sonders isch, des sieht doch a Blender.«

Aber vor allem die Aussage:

... aus denkmalspflegerischer Sicht führt die Veränderung der Straßenführung zu einer Zerstörung des gewachsenen Ortsbildes – sorgte für Unmut. Schließlich ist die Begradigung der Hauptstraße ein wichtiger Punkt in der anstehenden Ortskernsanierung.

Weil aus verschiedenen Gründen jedoch noch weitere Auskünfte eingeholt, eventuell auch Fachleute gehört werden mussten, und angesichts der fortgeschrittenen Stunde, wurde beschlossen, darüber in einer späteren Sitzung nochmals zu beraten.

Walter machte sich nichts vor.

»Erster Akt der Verzögerungstaktik«, sagte er zu Lehrer Hermann.

Der nickte zustimmend.

Es überraschte nicht, dass Walter und mir nicht nur freundliche Blicke zugeworfen wurden, als sich das Gremium von uns Zuhörern verabschiedete.

»Da habt ihr euch aber schön in die Nesseln gesetzt«, meinte Tussi und machte ein bedenkliches Gesicht.

Nun, uns war schon klar, dass die Initiative wegen Oma Päules Haus uns nicht nur Wohlwollen einbringen würde. Auch glaubte ich die entsprechenden Kommentare, die beim zweiten und dritten Glas Bier im »Hirsch« dazu abgegeben wurden, zu kennen. Ganz abgesehen davon, was im Ort jetzt alles herumgeschwätzt wird. Aber deshalb alles einfach laufen lassen? I wo, was sein muss, muss sein. Unser Entschluss stand fest.

Nach der langen, auch für uns anstrengenden Debatte standen wir, das heißt Krohmers, Nägeles, Herr Hermann, Walter und ich vor dem Rathaus zusammen. Ganz klar, das eben Gehörte musste natürlich besprochen werden, als ausgerechnet Robert, der alles bloß kein Hocker ist, einen ausgezeichneten Vorschlag machte:

»Wie wär's, gehen wir noch zum Pizzaessen?« Obwohl elf dumpfe Schläge vom Kirchturm eigentlich dagegen sprachen, machte sich die ganze Mannschaft ohne Widerrede und stehenden Fußes auf den Weg in Richtung »Bahnhöfle«.

In der urgemütlichen Pizzeria, einst der Bahnhof von Krettenstetten, duftete es so appetitanregend, dass mir schon unter der Tür das Wasser im Munde zusammenlief.

»Pizza am Abend, erquickend und labend«, reimte Tussi und schob sich wenig später ein Stück mit besonders viel Knoblauch belegt in den Mund, während Robert fand, dass Pizza, dieses delikate italienische Allerlei, mit das Beste sei, was je über die Alpen zu uns gekommen ist.

Solchermaßen mit Genuss Pizza kauend und – wie stillos – Weizenbier und Pils dazu trinkend, wurden wir jedoch keineswegs hochgestimmt. Nein, wir beklagten nach rechter Schwabenart den traurigen Zustand dieser Welt, und ganz besonders den von Krettenstetten.

»Golfplatz« – mit diesem bedeutungsschweren Wort begann fast jeder zweite Satz.

Martin Nägele wusste zu berichten, dass Gemeinderat Ungerer sich vor allem darüber ärgerte, dass die Golfinteressenten überall im Land den Grundstückseigentümern hohe Pachtsummen bieten und lukrative Angebote machten, um die Landwirte auf ihre Seite zu bekommen.»Wie wär's, Herr Bohnacker, möchten Sie nicht ›Greenkeeper‹ werden«, fragte Lehrer Hermann, »das wäre doch eine echte Zukunftsperspektive, oder etwa nicht?«

Noch konnte sich Walter Besseres vorstellen, aber weiß man, was die Zukunft bringt?

Nach den Chancen für oder gegen einen Golfplatz befragt, stellte Robert Krohmer klar, dass der Realisierung der Pläne nicht mehr allzu viel im Wege stünde, sobald das Vorprüfungsverfahren die grundsätzliche Eignung des Standortes ergeben habe und keine Einwände dagegen sprächen. Natürlich immer vorausgesetzt, die benötigten Grundstücke werden verkauft oder verpachtet.

»Ich stehe dem Golfplatz, der ein großes Gebiet am Haidbuckel mit einbezieht, sehr skeptisch gegenüber, obwohl ich die Golfliebhaber sehr wohl verstehen kann«, sagte Robert, »meiner Meinung nach wird aber für dieses Vorhaben zu viel landwirtschaftliche Fläche verbraucht. Ganz abgesehen davon, dass hier schönstes Erholungsgebiet von einer vergleichsweise kleinen Gruppe in Beschlag genommen wird. Aber man muss nüchtern denken, die Lobby der Egoisten bekommt immer öfter Vorfahrt«, schloss er knallhart.

»Aber das kann man doch nicht so ohne weiteres zulassen? Da müsste man etwas dagegen tun!«, empörte sich Hanna.

Das ist gar nicht so einfach«, erklärte Robert. »Aber warten wir erst einmal ab. Noch ist alles offen. Ich gehe davon aus, dass sich Herr Ungerer bereits mit dem BUND in Verbindung gesetzt hat. Ich kann mir nicht vorstellen, dass dieser ohne weiteres grünes Licht für den Golfplatz geben wird.«

»Mir scheint, Bürgermeister Schäfferle steht ein heißer Herbst ins Haus«, sagte ich.

»Vielleicht nicht nur ihm. Habt ihr schon Vorstellungen, was mit dem Haus deiner Mutter geschehen soll?«, fragte Tussi.

»Es wird auf keinen Fall verkauft, so viel steht fest«, sagte Walter. »Obwohl Direktor Merkle noch einmal versucht hat, Oma Päule weich zu klopfen, und meinte, sie begehe eine Riesendummheit, wenn sie sein Angebot nicht annähme.«

»Frau Scheuermann muss man den Rücken stärken«, meldete Herr Hermann sich zu Wort. »Es geht nicht darum, dass man auf Biegen und Brechen versucht, etwas zu erhalten, was nicht erhaltenswert ist. Aber der Krettenstettener Gemeinderat wäre nicht der erste, der aus Unkenntnis ein Kulturdenkmal zerstört. Und das ist Frau Scheuermanns Haus allemal, auch wenn's bis jetzt nur wenige so sehen.«

Ehrlich gesagt, ich konnte mich nur wundern. Obwohl bis jetzt fast alles dagegen spricht, Oma Päule ist überzeugt und hoffnungsfroh.

»Irgendwie wird s schon werden«, sagte sie noch vor der Gemeinderatssitzung zu mir. Dabei hat sie keine Ahnung, ob die Sanierung ihres Hauses überhaupt zu finanzieren ist.

Ich wunderte mich, dass mir die Pizza trotz der leidigen Themen so gut schmeckte. Aber jetzt war's genug, entschied ich, denn am Ende schlug nicht nur mir so viel Unangenehmes auf den Magen. Außerdem plagte mich mal wieder kräftig die Neugier. Ich wollte auch noch etwas anderes hören. Zum Beispiel, was hat Tussi eigentlich auf ihrem kommunikativen Selbsterfahrungstrip bis jetzt so alles gemacht? Zu meiner Verblüffung antwortete Robert:

»Sie spielten ›Blinde Kuh‹, neckisch was? Der Gruppenvirus macht auch vor der Schwäbischen Alb nicht halt.«

»Blinde Kuh?«, fragte ich und blickte verständnislos zu Walter. Aber der guckte auch nicht gescheiter als ich. Robert klärte uns Hinterwäldler auf.

»Das sind Spielchen für Erwachsene, die, verständlich genug, immer noch der fröhlichen Kinderzeit nachtrauern. Sie glauben dadurch zu wichtigen Erkenntnissen zu gelangen, die ihnen ansonsten verschlossen bleiben.«

»Du bist gemein, weißt genau, dass das nicht stimmt«, schimpfte Tussi. »Gib's zu, du bist verärgert, weil du ein Wochenende im Monat allein und ohne dein allzeit bereites Hausmütterle durchstehen musst. Als ob das nicht zu verkraften wäre!«

Die Männer am Tisch wechselten verständnisvolle Blicke und grinsten. Das war ganz nach ihrem Geschmack. Selbstverständlich bedauerten sie den armen, armen Robert.

Ich hatte heute aber keine Lust, bei dem weidlich abgeklapperten und überstrapazierten Thema ›Selbstverwirklichung der Frau‹ für den Rest des Abends hängenzubleiben. Und erst recht nicht zum tausendsten Mal zu erleben, dass Männer bei diesem Thema mit einem dicken Brett vor dem Kopf diskutieren. Deshalb machte ich schnell einen Haken in eine ganz andere Richtung, erzählte irgendetwas, was mir gerade einfiel.

Und siehe da, nicht nur der Wein, auch Bier lockert die Zunge. Fast jeder am Tisch hatte Lustiges und weniger Lustiges zu erzählen. Selbst Walter kramte mir unbekannte witzige Ereignisse hervor, die noch aus der Zeit vor unserer gemeinsamen Geschichtsschreibung stammten. Und, o Wunder, auch Robert, der Korrekte, lockerte seine Krawatte und gab sichtlich gelöst einen Schwank nach dem andern aus seinem Leben zum Besten. Ob wir nicht öfters zum Pizzaessen gehen sollten?

Menschliches, allzu Menschliches

Man soll niemand beneiden und schon gar nicht Großkopfete.

»Jeder bekommt sein Päckle zu tragen«, konnte Oma Päule sagen, wenn ich mal wieder einen Jammertag einlegte.

Sie hat natürlich recht, ich weiß. Den Himmel auf Erden gibt's, wenn überhaupt, nur für kurze Augenblicke und allenfalls häppchenweise. Aber noch viel blöder ist, finde ich, dass man oft erst hinterdrein merkt, dass das Glück zu Gast war. Wie viel einfacher wäre es, wenn das Glück klingeln und laut ›Hallo, hier bin ich‹ sagen würde. Dann wäre die Sache klar. Aber so? Trotz alledem, ich ging schon davon aus, dass das Glück sich zumindest bei Beißwengers breiter und behäbiger niedergelassen hat als anderswo. Aber nichts da, Pustekuchen. Carlos erfuhr's von Claudia und berichtete es mir. Bei Beißwengers herrsche alles, nur nicht Friede-Freude-Eierkuchen-Stimmung. Es sei Feuer unter dem Dach, erzählte Claudia. Ihr Bruder Alexander sorgt für Trouble im trauten Heim, spurt nicht, wie er soll. Frieder, sein Erzeuger, ist kreuznarret, vermutet gar einen Webfehler in der Genetik seines Erstgeborenen. Wie käme dieser sonst dazu, den Wehrdienst zu verweigern, anstatt wie jeder aufrechte Deutsche klag- und fraglos den Dienst am Vaterland über sich ergehen zu lassen, um am Ende der Dienstzeit erwachsener und männlicher als zwölf Monate zuvor das Kasernentor zu durchschreiten.

Am Sinneswandel seines Sohnes sind natürlich die Lehrer schuld, wer denn sonst? Sie haben mit ihren wirklichkeitsfremden abstrusen Weltverbesserungsideen seinen Sohn versaut. Einen lebensuntüchtigen Weichling haben sie aus ihm gemacht, argwöhnt der enttäuschte Vater.

»Waschlappen!«, schleuderte er Alexander wütend ins Gesicht.

Der schaltete, wie könnte es anders sein, auf stur. Jetzt erst recht!

»Und dass du's weißt, auf deinem doofen Golfplatz siehst du mich nie, nie!« soll er seinen Vater angeschrien haben.

Nach Carlos' Urteil ist Alexander »ein prima Kumpel«, der's Geld net raushängt.

Für mich war's, zugegeben, schon interessant, wie's bei Beißwengers gerade zugeht. Aber warum sollten ausgerechnet sie vom aufreibenden Generationenkonflikt verschont bleiben? Das wär ja nochmal schöner!

Ich konnte mir's daher nicht verkneifen, bei nächster Gelegenheit mein Wissen an Tussi weiterzugeben.

»Jedem das, was er verdient. Die Laus im Pelz gönn' ich dem Frieder von Herzen«, sagte sie voller Genugtuung.

»Sei nicht so garstig, es könnte dir sonst ähnlich ergehen«, mahnte ich.

»Ach was, mit so altbackenen Drohungen kannst du mir nicht meine Schadenfreude verderben. Diesen Genuss leiste ich mir heute. Ätsch! Aber du hast recht, ich werde mich bessern«, gelobte Tussi mit dem ehrlichsten Gesicht der Welt zum zigtausendsten Mal.

Nun, mit den guten Vorsätzen ist das so eine Sache. Und bei Tussi ganz besonders. Ich wollte eigentlich gar nicht davon anfangen, aber gerade im Blick auf meine liebe Freundin muss ich noch einmal auf das Chaos zurückkommen. Es beschäftigt mich, seit ich den klugen Artikel gelesen habe, unentwegt, wenn auch auf ganz anderer Ebene. Nämlich ganz unten auf dem Erdboden, im grauen Alltag.

Ich las unter anderem, dass Chaos den Alltag regiere. Als ob das eine Neuigkeit wäre!

Leider trifft diese Tatsache aber nicht nur auf Carlos, meinen Oberschlamper zu, nein auch meine Freundin Tussi leidet, ich gestehe es nur ungern, am chaotischen Syndrom. Das ist umso erstaunlicher, denn, wenn Tussi will, hat sie in Nullkommanichts ihren Laden wieder auf Vordermann. Darin ist sie mir um Längen voraus. Sie kann also, wenn sie will. Aber …

Glaubte ich anfangs noch an einen vorübergehenden Zustand bei ihr, rücke ich davon mehr und mehr ab. Es ist immer dasselbe. Ich habe mich fast daran gewöhnt. In Krohmers Küche, und leider nicht nur dort, herrscht meistens das Chaos.

Dabei hat die muntere Tussi stets gewichtige Gründe, warum sie nicht aufräumen, dieses oder jenes nicht erledigen konnte. Mal war es ein wichtiger Artikel in der Zeitung, den sie unbedingt zu Ende lesen musste. Ein anderes Mal war es halt sooo gemütlich, das Frühstück genüsslich auszudehnen, oder sie hatte schlicht und einfach keine Lust.

Wie oft schon habe ich Tussi geholfen, schnell das Nötigste in Ordnung zu bringen. Inzwischen resigniere ich, oder vielmehr es wurde mir einfach zu dumm. Schließlich habe auch ich tagtäglich ein nicht kleines Arbeitspensum zu bewältigen.

Ehrlich gesagt, ich kann Robert verstehen, wenn er, wie ich bei Carlos, wenigstens einen Rest von Ordnung einklagt. Ja, er tut mir manchmal sogar richtig leid. Hätte er nicht ein so aufräumiges Gemüt und würde die Zahnpastatube zuschrauben und zurück an den Platz stellen und die Unterwäsche vom Boden aufheben, ich glaube, es sähe in Krohmers Bad aus ›wie bei Bendeles onderm Bett‹.

Anscheinend geht ihm dieser Zustand zusehends auf die Nerven. Er beruhigt sich nicht mehr damit, dass nicht chaotische Systeme angeblich so selten seien wie Krähen mit Kiemen. Nein, Robert, der Ordentliche, leidet, aber nicht mehr stumm wie früher.

Tussi beschwerte sich bei mir, dass er in letzter Zeit ständig herumnörgle, von Sekundärtugenden fasle, die es dringend wieder zu entdecken gelte.

»Wenn ich das schon höre. Mir wird ganz schlecht!«, empörte sie sich. »Sekundärtugenden! Wo er die bloß wieder ausgegraben hat? Vermutlich aus einer preußischen Mottenkiste. Fehlt nur noch die Prügelstrafe.«

Ich aber konnte wieder einmal nur kombinieren. Und obwohl ich mich allmählich geniere, weil ich ständig an den Zeitströmungen vorbei lebe und alles viel zu spät mitbekomme, fragte ich trotzdem mutig: »Sag mal, was sind denn Sekundärtugenden?«

»Keine Ahnung, hat er nicht gesagt. Muss irgendetwas mit Ordnung, Rücksichtnahme und Fleiß zu tun haben. Nehme ich mal an.«

Anscheinend hat Robert einen wunden Punkt bei seiner Liebsten erwischt, denn nach einer kurzen Verschnaufpause schimpfte sie wie ein Rohrspatz: »Dieses leere unüberlegte Geschwafel! Wo waren denn die eifrigen Tugendwächter damals, als die ach so schlimmen Achtundsechziger ihre Sekundärtugenden vom Sockel stießen und alle gesellschaftlichen Werte angeblich den Bach hinabschwammen? Ich hab' nicht viel von Gegenwehr gemerkt. Im Gegenteil. Wenn mich nicht alles täuscht, wurde nicht viel später zum Ausgleich dafür mit wohlgefälliger Ermunterung die Ellbogengesellschaft aus der Taufe gehoben. Aber jetzt auf einmal sollen die paar revolutionären Hansel von anno dazumal am ganzen Erziehungsschlamassel schuld sein. Einfach herrlich, diese simple Sündenbocktheorie. Und da soll man keinen Koller kriegen? Übrigens, weißt du was Primärtugenden sind?«

Ausgerechnet mich unbedarftes Huhn fragte Tussi. Der Wahrheit entsprechend antwortete ich:

»Keine Ahnung, hat Robert dir das nicht gesagt?«

»I wo, Hauptsache, man schmeißt mit Schlagwörtern um sich. Das macht sich gut und kostet nicht viel.« Au weia, ich hatte den Eindruck, nicht nur bei Beißwengers, auch bei Krohmers ist Feuer unter dem Dach.

Und was mache ich? Ausgerechnet Lisa Bohnacker beklagt Tussis großzügige Haushaltsführung, dabei weiß sie leider nur zu gut, dass sie nicht nur dem Zeitgeist, o nein, das wäre noch zu verkraften, sondern auch ihrer Arbeit allzu oft hinterdreinhinkt. Aber wie heißt es so schön auf neudeutsch? Nobody is perfekt. Damit tröste auch ich mich.

Bei Inge Fischer allerdings, die auch bei den Landfrauen ist, habe ich große Schwierigkeiten damit, denn was sie alles über Walter und mich herumerzählt, kann ich nicht ohne Weiteres wegstecken.

Als wir Landfrauen am Donnerstag im Nebenzimmer vom »Hirsch« nochmals zusammenkamen, um zu überlegen, wer zu welcher Zeit den Verkauf am Naturalienstand übernehmen kann oder beim Kuchenverkauf mithelfen will, klärte mich Traudel Erstenberger auf.

Ausgerechnet Inge Fischer, diese Schnätterbüchs, weiß nichts Besseres zu tun, als im ganzen Ort herumzugoschen, Bohnackers täten sich nur deshalb so engagieren, weil sie immer im Mittelpunkt stehen wollten. Und dass Bohnackers jetzt für ihre Wiese am Haidbuckel »an Mordshaufa Geld kriaget«, das ist angeblich so klar wie Schnitzbrüh.

»Reg di net uff«, beruhigte mich Traudel, »die isch bloß neidisch auf eich.«

Oh, jeggerle, dachte ich, ausgerechnet auf uns. Auf die Idee wäre ich nie gekommen. Höchstens vielleicht umgekehrt. Mir tät s nämlich auch mal gut, weiß nicht wie oft, nach Ulm zum Kaffee trinken zu fahren wie sie und mir einen schönen Tag zu machen. Aber dass Inge Fischer einen Finger krumm machen und auch einmal einen Kuchen für irgendeinen guten Zweck backen würde, das ist natürlich zu viel verlangt. Die Ärmste ist ja sooo eingespannt.

Doch ich erfuhr noch mehr an diesem Abend.

Beim Ausflug ins Tannheimer Tal saßen Walter und Frau Bergmann im Omnibus nebeneinander, und auch nach der Wanderung, beim gemütlichen Beisammensein, blieben sie ebenfalls Seite an Seite.

»Dia zwoi hent's ganz arg wichtig mitanander g'het. Ond Frau Bergmann hat woiß net wia rom gschäkert«, wusste eine Schulfreundin zu berichten. Ein Schelm, der Böses dabei denkt. Auf nähere Einzelheiten verzichtete ich großzügig.

Dennoch, ob in der Zwischenzeit nicht doch ein paar Hühner weniger über Tussis Schwarzseherei lachen? Ein kleiner Stachel in Richtung Herz fing hundsgemein zu pieksen an.

Nobody is perfect. Ungeahnte, zuvor nicht vorstellbare Variationen dieses Ausspruches erschienen mir plötzlich denkbar. Aber leider keine erfreulichen.

Ereignisreicher Sonntag oder »Überstanden«

»So, dees wär überstanden. Om des bees' Lompadier isch net schad«, sagte Frau Häfele zu mir, als ihre 83-jährige Nachbarin beerdigt wurde.

Überstanden hat auch Walter seine erste Rede, und sie wurde fast so etwas wie eine Beerdigungsrede, wenn auch in ganz anderem Sinn. Aber der Reihe nach.

Hinter uns liegt eine mehr als hektische und aufregende Woche. Die letzten Kartoffeln mussten vollends aus dem Boden. Außerdem fing Walter an, Wintergerste zu säen. Langweilig wurde es weder Walter noch mir.

Im Stall sorgten mehrere Kälble, die noch mit der Flasche gefüttert werden mussten, für Mehrarbeit, und nebenbei ertrank ich fast im Apfelbrei. Dicke Dampfschwaden zogen durch die Küche, als ich in zwei Töpfen gleichzeitig Berge von Äpfeln weichkochte. Aber irgendwie musste das viele Fallobst ja verwertet werden, denn zum Mosten war es noch zu früh.

Den Samstagnachmittag verbrachte ich im Gemeindehaus. Der Naturalienstand wurde von uns Frauen ansprechend dekoriert und das Informationsmaterial wirkungsvoll angebracht und aufgelegt. Zum Glück nahm mir Moggi das lästige Kuchenbacken ab. Sie kann das in der Zwischenzeit fast besser als ich.

Ein Blick aus dem Fenster zeigt, es herbstelt. Noch leuchten die roten Geranien und letzten Rosen in prächtigen Farben. Am Nachmittag ist es angenehm warm, und vereinzelt gaukeln sogar Schmetterlinge durch den mattblauen Himmel. Doch die kunstvoll gewobenen Silberfäden, die wie aufgereihte Perlenschnüre zwischen den Zweigen schimmern, der sich nur zögernd auflösende Nebel, der am Morgen in den Bäumen hängt, lassen keinen Zweifel. Der Sommer ist endgültig vorbei.

Tussi, die um Walters Nöte wusste, traf mich in leicht melancholischer Stimmung im Gemüsegarten an.

»Hier, ich hab' etwas für Walter. Vielleicht bringt's was.« Mit verschmitztem Tussilächeln drückte sie mir zwei bedruckte Zettel in die Hand.

Voller Erstaunen las ich, dass beim Kauf eines bestimmten Buches auch für ungeübte Redenschreiber ein pfiffiger Einstieg und ein Schluss mit ›aha- Effekt‹ garantiert ein Kinderspiel seien. Auf dem anderen Zettel, der Tussi auf der Straße in die Hand gedrückt wurde, stand nicht weniger Interessantes. Auch hier soll ein Buch gekauft werden. Verblüfft erfährt der Leser, dass neunzig Prozent unserer brachliegenden Intelligenz endlich geweckt und sinnvoll eingesetzt werden könnten, wenn ...

»Also mach dich schon mal auf die Suche nach einem pfiffigen Einstieg und einem Schluss mit aha-Effekt. Ich will Hans heißen, wenn das nichts bringt«, sagte meine liebe Freundin. »Nichts Schlimmeres als trockene, langweilige Ansprachen.« Misstrauisch, wie ich aufgrund entsprechender Erfahrungen im Lauf meines Lebens leider geworden bin, dämpfte ich sofort Tussis hochgespannte Erwartung. Außerdem wäre es mir schwergefallen, sie mit Hans anreden zu müssen.

»Seltsam«, überlegte ich laut, »nach dem angeblichen Verkaufserfolg dieses Buches müssten sich die Intelligenzbestien eigentlich auf die Füße treten. Ich merke nichts davon, im Gegenteil.«

»Man soll nie die Hoffnung aufgeben. Zu schade, dass ich am Sonntag nicht dabei sein kann.«

»Ja, wirklich schade, aber Blaubeuren ruft, ich weiß.« Wie wichtig Tussi die Wochenendseminare sind, merke ich daran, dass sie jedes Mal, wenn sie davon erzählt, glänzende Augen bekommt und wie ein Backfisch schwärmt, was für ›einmalig phantastische Leute‹ dort versammelt sind.

Am Abend zog sich Walter zum wiederholten Male, jedoch ohne Tussis vielversprechenden Zettel, ins Büro zurück.

»Was hasch mr da bloß aufg'halst«, wehklagte er und hatte tiefe Falten auf der Stirn.

Es war schon mehr als spät, als Walter aus seiner Schreibstube herauskam, mir etliche dicht beschriebene Zettel in die Hand drückte und fragte:

»Was moinsch, Lisa?«

Für Sonntag hatte der Wetterbericht, wie bestellt, bestes Hochdruckwetter vorausgesagt. Anscheinend hat Pfarrer Metzger doch einen guten Draht nach oben, dachte ich. Für den Nachmittag war nämlich eine Feld- und Flurbegehung vorgesehen, und dazu konnte man gutes Wetter sehr wohl gebrauchen.

Am Morgen legte ich Walter ein frisches Hemd und eine passende Krawatte zurecht. Ich wollte, dass er ›a'schtändig‹ daherkam. Aber er wehrte sich. »Entweder ohne Krawatte oder gar net!«

Also ging Walter ohne Krawatte in die Kirche, obwohl er mir mit Krawatte viel besser gefallen hätte. Sie hätte nämlich so gut zu seiner Augenfarbe gepasst.

Zum Erntedankgottesdienst gingen wesentlich mehr Leute als sonst in die Kirche. Und wie in jedem Jahr war der Altar farbenprächtig mit Blumen, Früchten und Brot geschmückt. Rechts und links im Chor waren Garben aufgestellt, und ein wunderschöner Strauß mit letzten Sonnenblumen leuchtete am Fuß der Kanzel. Auf dem alten Taufstein türmten sich Kraut, Kartoffeln und rotbackige Äpfel.

Was für eine Farbenpracht und was für eine Fülle, dachte ich, und bewunderte, wie schon so oft, die ausgewogene Schönheit der über fünfhundert Jahre alten spätgotischen Kirche. Vor allem der Chor mit seinem hübschen Netzgewölbe und den bildlichen Darstellungen auf den Schlusssteinen gefällt mir. Unvorstellbar, wie viel Arbeit und Geld man in früheren Jahrhunderten selbst in so einem kleinen Ort wie Kretenstetten dafür geopfert hat.

Nicht nur Walter, auch Brigitte Mühlhäuser und Hanna Nägele waren heute aufgeregt. Sie hatten sich nämlich bereit erklärt, in Rede und Gegenrede die Probleme der landwirtschaftlichen Familienbetriebe aufzuzeigen:

Unerhört fände die Bevölkerung die Milliardensummen, die für die Landwirtschaft ausgegeben würden, unerhört auch den penetranten Mist- und Güllegestank beim Spazierengehen. Und überhaupt, wen jucke es schon, was sich bei uns auf der Schwäbischen Alb und anderswo in immer schnellerem Tempo verändert.

Mucksmäuschenstill war es in der Kirche, als die Frauen nun ihrerseits klagten, dass *sie* sich un-erhört, alleingelassen vorkämen mit ihren Sorgen und Nöten. Un-erhört auch, dass der ländliche Raum verraten werde, die bäuerliche Landwirtschaft einer seelenlosen Agrarindustrie weichen soll. Einen Kampf Davids gegen Goliath angesichts der herrschenden Machtverhältnisse nannte Pfarrer Metzger in seiner Predigt den Umbruch in den ländlichen Familienbetrieben. Er trat für gerechte Bedingungen und für eine schöpfungbewahrende, sozialverträgliche bäuerliche Landwirtschaft ein. Sie diene letztlich allen.

Nach dem Gottesdienst traf man sich im Gemeindehaus zum Gespräch und zum anschließenden gemeinsamen Mittagessen.

Die Leute drängten sich um den üppig bestückten Naturalienstand, den wir Landfrauen aufgebaut hatten. Schon nach kaum einer Stunde musste Nachschub geholt werden. Aber auch das ansprechende Informationsmaterial wurde aufmerksam gelesen und gab Anlass zu manchem Gespräch.

Beim Maultaschenessen setzten sich an jeden Tisch Noch- oder Nichtmehr-Landwirte. Bald war man so miteinander ins Gespräch vertieft, dass nur eine Kuhglocke die notwendige Aufmerksamkeit herstellen konnte, die für den kleinen Sketch der Landfrauen erforderlich war. Viel Beifall belohnte ihre muntere Darstellung *Fast wie im richtigen Leben.*

Und dann, ja dann kam Walter an die Reihe.

In Anlehnung an das bekannte Gedicht von den zehn kleinen Negerlein erzählte er in seiner ›Grabrede‹ von den »Hundert kleinen Bäuerlein« in Krettenstetten, die noch vor wenigen Jahrzehnten ihre Milch ablieferten.

»Heute sind noch sieben übriggeblieben, und das Bauernsterben geht weiter«, gab er zu bedenken. »Wir übriggebliebenen aber werden von der Bevölkerung scheel angesehen, werden als Umweltverschmutzer, Subventionsempfänger und Tierquäler beschimpft. Können Sie sich vorstellen, wie einem da zumute ist?« fragte Walter.

»Laut Schillers Wallenstein ist *der Bauer auch ein Mensch – sozusagen*, bitte denken Sie daran, seien Sie nachsichtig«, bat Walter in seinem Schlusswort mit ironischem Unterton. Er hatte die Lacher auf seiner Seite.

Es erstaunte mich, dass die Leute Walter die ganze Zeit aufmerksam zuhörten. Er hatte, kam es mir vor, nicht nur die richtigen Argumente, sondern auch den richtigen Ton getroffen.

Ich habe es doch gewusst, dachte ich erleichtert.

Aber Walters Einsatz war damit noch lange nicht beendet. Quasi als Verdauungsspazierung mit Hintergedanken sollte im Anschluss ans Mittagessen eine Feld- und Flurbegehung stattfinden.

Normalerweise hätte ich nichts dagegen gehabt, wenn Frau Bergmann in der Gruppe, die Walter führte, dabei gewesen wäre. Sie, eine Frohnatur und nördlich vom Main geboren, konnte sehr unterhaltsam sein.

Aber heute war mir nicht danach. Ihr Charme konnte mir gestohlen bleiben.

Ich konnte es fast nicht mit ansehen, wie Frau Bergmann im Anschluss an Walters kleine Rede ihre Hand auf seinen Arm legte und ihn anschmachtete. Sie bescheinigte ihm, dass er seine Sache ausgezeichnet gemachte habe. Jetzt sähe sie manches mit ganz anderen Augen.

»Man tut, was man kann«, entgegnete Walter so lässig er konnte, gerade so, als ob es für ihn die alltäglichste Sache der Welt gewesen wäre.

Ich aber war perplex. Wo blieb der an seinen Fähigkeiten zweifelnde Walter? Wo die bekannt schwäbische Untertreibung? *Halb zog sie ihn, halb sank er hin.* Meine Phantasie lief auf Hochtouren.

Zu allem Übel hatte ich zudem gegen ein weiteres ungewohntes, mieses Gefühl zu kämpfen. Neid in Reinkultur. Wie geschmackvoll sie sich wieder zurecht gemacht hatte. Das betont einfache Kleid, das Frau Bergmann trug und dessen Farben ihr so gut zu Gesicht standen, und dazu ihre schicke Frisur. Wie aus dem Schächtele, dachte ich. Es war zwecklos. Mit meinem Versandhauskleid konnte ich beim besten Willen nicht konkurrieren.

Witwe, 42, gutsituiert, vorzeigbar … Ob ich eine Heiratsannonce für sie aufgebe?

Spaß beiseite. Mir war richtig elend zumute. Ich war froh, als die Flurbegehung beendet war. Von Walters Erklärungen bekam ich so gut wie nichts mit. Aus weiter Ferne hörte ich nur:

»Meine Siiieglindekartoffeln schmecken kööstlich, einfach kööstlich!«

Beim fröhlichen Kaffeetrinken im Gemeindehaus hatte sich, so schien es, das halbe Dorf versammelt. Nun, nicht umsonst werden die Backkünste der Landfrauen gerühmt. Selbst Bürgermeister Schäfferle überzeugte sich davon.

Auch von Bohnackers war, einschließlich Oma Päule, die ganze Mannschaft vertreten. Carlos und Uli stärkten sich in den Jugendräumen und Moggi half mit beim Kuchenverkauf, denn es wurden viele Helferinnen benötigt. Frau Bergmann, die Einsatzfreudige, schenkte Kaffee aus, sie am oberen Ende des Saals, ich am unteren.

Aber was wäre ein Kaffee ohne Musik? Der Singkreis verschönte den Nachmittag mit Volksliedern aus aller Welt, zurecht mit viel Beifall belohnt. Als aber der letzte Ton verklungen war, die meisten Kuchenstücke verdrückt und den Weg aller Kuchenstücke gefunden hatte, gab es eine Mordsaufregung. »Stäblers Bisons, die Bisons sind los! Alle abgehauen!« mit diesem Schreckensruf stürmten ein paar junge Kerle in den Saal.

Ein heilloses Durcheinander begann. Nach und nach erfuhr man Näheres. Der 15 Zentner schwere Leitbulle hatte die Einzäunung niedergetrampelt und war mit drei weiblichen Tieren in Richtung Wald verschwunden. Die Polizei und die Feuerwehr waren bereits ausgerückt, um die Ausreißer wieder einzufangen. Bis jetzt ohne Erfolg. Nach Michael Stäblers Angaben waren die Tiere harmlos, höchstens etwas aufgeregt. Die Autofahrer in diesem Gebiet wurden aber trotzdem durchs Radio gewarnt. Also das war schon ein Ding. Man stelle sich vor, so ein Trumm begegnet einem auf dem Spaziergang. Nicht auszudenken. Das heißt, als Landfrau hätte ich wenigstens etwas Erfahrung im Umgang mit Tieren dieser Größenordnung gehabt. Was aber, wenn der Leitbulle plötzlich vor einem aus dem Gebüsch auftaucht?

Kein Wunder, dass man auf dem Nachhauseweg überall auf heftig diskutierende Grüppchen traf. Ganz Mutige machten sich auf den Weg in Richtung Wald, um sich an der Suche nach den entlaufenen Bisons zu beteiligen. Aber Walter und ich mussten, wie könnte es anders sein, auch am Sonntag in den Stall.

Kurz vor neun tauchte Carlos auf, schnappte sich die große Taschenlampe, um gleich wieder zu verschwinden.

Zuvor berichtete er uns, dass die Bisons noch immer frei herumliefen. Sobald sich ihnen jemand nähere, machten sie kehrt und verschwänden im Wald. Deshalb beschränkten sich die unfreiwilligen schwäbischen Cowboys darauf, die Tiere wenigstens von der viel befahrenen Albstraße fernzuhalten.

»Ich weiß nicht, wie lange ich weg bin«, rief Carlos im Davonrennen, »es kann spät werden.«

Ehe ich ins Bett ging, Carlos war noch nicht zurück, schaltete ich das Radio ein. Die Bisons seien noch nicht eingefangen, berichtete der Sprecher, »die Autofahrer werden weiterhin um erhöhte Vorsicht gebeten.«

Kein Wunder, dass auch in meinen Träumen Bisons herumgeisterten. Ärgerlicherweise aber nicht sie allein, sondern auch Frau Bergmann. Zusammen mit Walter erntete sie Siiieglindekartoffeln. Ich weiß nicht, was mich mehr erschreckte, die wilden Bisons oder Frau Bergmanns Kartoffelernte.

Von wegen und so …

Die Aufregung um die entlaufenen Bisons hat sich inzwischen gelegt. Aber es dauerte zwei Tage, bis die Tiere mit einem gezielten Schuss aus dem Gewehr endlich betäubt und eingefangen wurden. Nun sind die freiheitsliebenden Gesellen wieder dort, wo sie hingehören und fressen friedlich vor sich hin.

Eines haben sie immerhin erreicht. Die Presse berichtete ausführlich über ihre aufsehenerregende Eskapade. Dadurch erfuhren viele tausend Leser zwangsläufig etwas von Krettenstetten. Das war gestern. Und heute stand schon wieder eine Schlagzeile aus unserem Ort in der Zeitung. Wenn das so weitergeht, wird Krettenstetten noch berühmt. Bürgermeister Schäfferle darf sich freuen.

Carlos, der Buchstabenfresser, entdeckte den Artikel vom Gemeindenachmittag zuerst.

»Do kommt ja ebbes von dir, Vadder, ond was für an großer Bericht«, sagte er, während er eifrig und mit vollen Backen kaute. »*Nicht nur am Vormittag, beim Gottesdienst*«, las Carlos vor, »*machten Landfrauen sehr eindringlich in Dialogen auf ihre Probleme aufmerksam, auch am Nachmittag wurden die Anwesenden mit den Schwierigkeiten eines Landwirts auf der Schwäbischen Alb konfrontiert. Walter Bohnacker verstand es, sehr anschaulich und auf lebendige Weise deutlich zu machen, um was es den Landwirten in der jetzigen Situation geht. Er verschwieg nicht, dass eine weitere Zerstörung der natürlichen Lebensgrundlagen alle, nicht nur die Bauern, betreffe … und und und.«*

Ich aber bemerkte später, dass Walter ein zweites Mal sehr ausgiebig den Lokalteil las.

»Gell, gar nicht schlecht fürs erste Mal. Du kannst gleich mit dem Golfplatz weitermachen, damit du nicht aus der Übung kommst«, stupfte ich ihn.

»Des fehlt grad no, mir langt's«, beugte Walter weiterer Fremdbestimmung vor.

Schade, dachte ich, man müsste sich wegen des Superprojekts tatsächlich mehr Gedanken machen. Es wirbelt schon jetzt mächtig Staub auf. Und in der Tat. Die Gerüchteküche in Krettenstetten ist mächtig am Brodeln, die Spekulationen schießen wie Unkraut in die Höhe. Deswegen habe ich mir angewöhnt, beim Einkaufen die Ohren zu spitzen.

Die Fronten zwischen Befürwortern und Gegnern beginnen sich schon jetzt immer mehr zu versteifen. Jeder führt wichtige Gründe dafür oder dagegen ins Feld. Manche fordern gar einen Bürgerentscheid. Durch die Diskussion um den geplanten Golfplatz ist die Dorfsanierung bei der Bevölkerung vorerst in den Hintergrund gerückt. Dies kommt mir nicht ungelegen, denn dann zerreißen sich die Leute schon nicht ihr Maul wegen Oma Päules Haus.

Aber ich muss noch einmal auf den Sonntag zurückkommen. Es war ein Erntedankfest ganz anderer Art und rundum gelungen, das fand nicht nur ich. Vieles, was dort besprochen wurde, beschäftigte mich lange.

Bei der Begehung der Felder sagte eine Frau neben mir: »I han gar net g'wißt, dass mr als Bauer so viel wissa muass.« Schon allein dieser Erkenntnis wegen wäre es schad gewesen, hätte es diesen Tag nicht gegeben. Aber ich wäre nicht Frau, wenn nicht zudem etwas ganz anderes meine Gedanken auf Trab hielte. Ob zu Recht oder Unrecht, das muss sich zeigen.

Es sind erst wenige Stunden vergangen, seit Walter geschniegelt und gebügelt in die Chorprobe verschwand. Kaum dass er ade sagte, so eilig hatte er es. Ich aber bewaffnete mich mit Bügelbrett und Bügeleisen.

Ich bügle nicht ungern. Beim Bügeln hat man Zeit, sich Gedanken zu machen. Die meinen blieben nicht lange bei Hemd und Hosen. Wie Motten ums Licht kreisten sie ständig um die Frage: Hat er was oder hat er nichts mit Frau Bergmann? Krampfhaft überlegte ich, ob ich bisher wohl Tomaten auf den Augen gehabt hatte oder ob ich überflüssige Hirngespinste züchte.

Angenommen es stimmt, dass Männer, laut Umfrage, viel mehr auf eine knackige Figur als auf ein freundliches Wesen stehen und außerdem geradezu süchtig auf schöne Frauen sind, dann haben wir Frauen, weiß Gott, mehr als schlechte Karten, denn, wie jeder weiß, hält eine knackige Figur nicht ewig. Wenigstens in diesem Punkt bin ich in einer glücklichen Lage. Noch kann ich Frau Bergmann Paroli bieten. Aber sonst? Neben ihr, so kommt es mir vor, schrumpfe ich zur geschlechtslosen Arbeitsbiene. Einmal Arbeitsbiene, immer Arbeitsbiene. Ich hadre mit dem Schicksal. Warum nur bin ich nicht wie Esmeralda, die Unergründliche, voller Nähe und doch geheimnisvoll fern? Ob Walter dann auch mit Frau Bergmann herumschäkern würde? Leider ist an mir absolut nichts Geheimnisvolles. Nicht einmal meine dunklen Augen vermag ich dahinschmelzend aufzureißen. Und wenn ich's versuchte, würde ich aussehen wie eine halblebige Krott, die nach Luft schnappt. Unerotisch wie eine verbeulte Blechbüchse.

Nein, ich mache mir nichts vor. Als übriggebliebenes Fossil und Auslaufmodell Marke ›schaffiger Familientyp mit halbwegs anständigem Charakter‹ tauge ich weder zur Karrierefrau noch zur lustbetonten Gespielin. Der Zug ist längst abgefahren, falls es ihn je gegeben hat. Ich habe höchstens Chancen als Xanthippe. Die Ärmste, sie tut mir heut noch leid. Darum Gerechtigkeit, wem Gerechtigkeit gebührt. Ist es nicht ungeheuerlich? Selbst nach mehr als tausend Jahren muss sie noch immer als Oberripp' und eheschädigende Nervensäge herhalten. Und was war sie in Wirklichkeit? Eine äußerst praktische Frau, die ihrem lebensuntüchtigen Sokrates alle Widrigkeiten aus dem Weg räumte und ihm dadurch das faule Herumphilosophieren erst ermöglichte.

Ja, ja, so sieht die Wirklichkeit aus. Darum ehret die Frauen, sie stopfen die Strümpfe!

Was mich betrifft, so habe ich immer öfters das saudumme Gefühl, ziellos zwischen den Zeiten zu irren.

Allerdings nur so lange, bis mich der heilige Zorn packt. Übrigens ein Erbe meiner Großmutter mütterlicherseits, das mir nicht wenig zu schaffen macht.

Mit Gelassenheit geschlagen zu sein, erscheint mir dagegen wie ein Segen. Im Klartext, Walter hat's viel leichter mit sich.

Heute kam ich so richtig in Fahrt. Beim Bügeln der Arbeitshosen ließ ich meinem Zorn freien Lauf und schwelgte voll Wonne in boshaften Übertreibungen.

Ich naives Mondkalb, schimpfte ich laut vor mich hin, soll ich mich etwa wegen einer giggelnden, hohlen, angemalten, nymphomanen Schaufensterpuppe ins Bockshorn jagen lassen? Und von wegen Siiieglinde-Kartoffeln! Soll sich doch die liebe Frau Bergmann einen degenerierten Zigarettenstengel anlachen. Ihre Lust auf den kernigen Naturburschen, der in ihrer Sammlung noch fehlt, die werde ich ihr schon austreiben. Rumps!

Keine Frage, auch ohne Arzt kannte ich die Diagnose: Eifersucht im fortgeschrittenen Stadium. Neulich beim Zahnarzt, ich musste ziemlich lange warten, las ich in einer Zeitung unter der Rubrik *Frau Barbara gibt Rat*, dass bei Eifersucht Gymnastik sehr hilfreich sei. Gymnastik! Als ob ich davon nicht genug hätte. Aber es kommt noch besser, die Reformzeitung empfahl fürs gleiche Leiden dreimal täglich Melissentee. Natürlich nur aus dem Reformhaus.

Ob ich's bei jemand anders nicht besser mit Salzsäure versuchen sollte? Natürlich nicht aus dem Reformhaus. Wirkt schneller. Oder soll ich als Schocktherapie im Gegenzug gar mit Frieder Beißwenger turteln? Dies könnte besonders im Blick auf den Golfplatz äußerst pikant werden.

In diesem Fahrwasser hätte ich Stunden fortfahren können. Ich war richtig gut drauf und fühlte mich entsprechend energiegeladen. Es fehlte nur noch ein Blitzableiter.

Immerhin, einen brauchbaren Nebeneffekt hatte mein Zorn. Die gebügelten Hosen und Hemden stapelten sich geradezu erfreulich hoch, auch wenn ich vor lauter Eifer beinahe einen dunklen Fleck in Walters weißes Hemd fabriziert hätte.

Ach ja, von wegen Erinnerung! Heute Morgen im Stall, als mir das mehr oder weniger eingebildete Techtelmechtel der zwei Sangesbegeisterten nicht aus dem Kopf wollte, schien es mir an der Zeit, meinen lieben Walter an eine uralte Abmachung zu erinnern.

»Sag mal Walter«, begann ich, während ich gerade Berta, der Störrischen, das Melkgeschirr anlegte, »Frau Bergmann hat es ja mächtig wichtig mit dir. Da kannst du dir was drauf einbilden. Aber erinnerst du dich noch an die Abmachung mit dem Brotmesser?« »Was soll der Quatsch? Hast du zu viel Bildzeitung gelesen oder zu viel getrunken?«, gab Walter nicht gerade galant zurück.

Nun, Tatsache ist, dass ich Walter bereits vor Beginn unserer hoffnungsvollen Ehe in unmissverständlich drastisch und bildhafter Sprache klargemacht hatte, dass, sollte er je Gelüste nach anderen Jagdgründen verspüren, ihm das sehr schlecht bekommen würde. Ich könnte mich sogar gezwungen sehen, ihm mit dem Brotmesser zu attackieren. In solchen Dingen verstehe ich nun mal keinen Spaß. Spätestens dann, wenn er ein Brotmesser auf dem Nachttisch liegen sähe, wüsste er, was die Stunde geschlagen hätte. Walter war also vorgewarnt, wusste, dass ich trotz meines friedlichen Wesens in bestimmten Situationen ausraste, ja, dazu neige, rabiat zu werden. Großmütterliches Erbe, ich erwähnte es bereits. Ich hatte das Gefühl, es sei an der Zeit, ihn wieder daran zu erinnern.

Trotz meiner aufgewühlten Gemütslage – Mitternacht ist inzwischen längst vorüber und Walter noch immer nicht zu Hause – hoffe ich inständig, dass ich nie gezwungen sein werde, das Brotmesser zu bestimmungswidrigem Gebrauch aus der Schublade zu holen. Ich hoffe, es genügt, dass Walter jetzt weiß, wo der Bartel den Most holt.

Rabenschwarzer Tag

Jetzt reicht's endgültig, und die verdammten Siiieglinde-Kartoffeln soll der Teufel holen! Ich habe keine Lust mehr, mir für Walter ständig mildernde Umstände zurechtzulegen, nur damit ich mich beruhige. Sogar Oma Päule sprach mich auf Frau Bergmann an.

Wo sie's her hatte? Nun, die naseweise Frau Hämmerle rieb's Oma Päule genüsslich unter die Nase.

»I will nix g'sagt han, aber Ihr Schwiegersohn isch gestern ausm Haus von dr Frau Bergmann komma. Ond ihr Hond hat woiß net wia freindlich mit em Schwanz g'wedelt.«

So weit ist's also schon. Da soll doch gleich der siedige Blitz dreinschlagen! Nicht umsonst heißt es, man soll den Leu, der da schläft, nicht wecken. Ehe ich zum Brotmesser greife, werde ich brüllen, dass die Wände wackeln.

Leider war der schwanzwedelnde Köter von Frau Bergmann nicht das letzte Steinchen, das sich Stück für Stück zu einem bösen Bild zusammenfügt.

Eine Freundin von Moggi verplapperte sich. Ihre Mutter sah am Samstag angeblich Walter, zusammen mit Frau Bergmann, aus einem Juweliergeschäft in der Ulmer Innenstadt kommen. Und nicht aus dem billigsten.

Blitzschnell rechnete ich nach. Samstag? Ja natürlich, Walter wollte sich im Baumarkt Werkzeug und Material besorgen. Nächste Woche soll's nämlich mit dem Stallumbau ernst werden. Jetzt wundert's mich nicht mehr, warum Walter am Samstag so lange wegblieb. Ob er mit Frau Bergmann Kaffee getrunken hat?

In mir drehte sich alles. Mein Herz begann schneller zu schlagen. Ich hatte das Gefühl, als ob die Luft zum Atmen dünner würde und der Grund unter meinen Füßen zu wanken begänne. Walter zusammen mit Frau Bergmann in einem Juweliergeschäft, das durfte nicht wahr sein. Jetzt half nicht einmal mehr eine Fünf-Liter-Kanne voll Melissentee aus dem Reformhaus.

Am liebsten hätte ich, wie im Film, mein Köfferchen gepackt. Dort fliegen bei derartigen Anlässen ungeheuer wirkungsvoll Wäschestücke und Kleider ruckzuck in den parat stehenden Koffer. Aber leider bin ich auf solchen Ernstfall überhaupt nicht vorbereitet. Weder in der Theorie noch in der Praxis. Und wohin, um Himmels willen, könnte ich flüchten? Ins Frauenhaus? Dort gibt es vermutlich nicht einmal genügend Platz für Frauen, die windelweich geschlagen wurden.

Es hat keinen Sinn mehr, die Augen vor der Wirklichkeit zu verschließen. Aber dass Walter so hopplahopp Frau Bergmann auf den Leim ging, schmerzt mehr, als ich sagen kann. Gerade ihm hätte ich Charakter zugetraut.

Ob auch bei uns die Liebe auf den Trampelpfaden der Gewohnheit ihren Glanz verlor? Angesichts der vielen Trennungen die alltäglichste Sache der Welt. Mit diesem traurigen Argument versuchte ich mich zu trösten und fühlte mich hundsmiserabel wie nie zuvor in meinem Leben.

Meine Gedanken drehten sich ständig im Kreis. Ich hielt es nicht mehr aus, ich musste mich bei jemand ausschluchzen, und zwar sofort. Bei wem konnte ich das besser als bei Tussi? Fachfrau für alle Wechselfälle des Lebens, zumindest in der Theorie.

Und sie hatte Zeit. Sogar am hellen Vormittag. Gelobt sei das Chaos! Als ordentlicher Mensch hätte sie eigentlich sagen müssen: Bitte beeil dich, ich habe zu tun. Genau das aber tat Tussi nicht.

In aller Kürze erzählte ich ihr am Telefon, was mich so aus dem Tritt gebracht hatte.

Tussi wollte zuerst nicht so recht glauben, was ich ihr berichtete.

»Das sieht deinem Walter gar nicht ähnlich.«

»Er wurde aber gesehen. Eindeutig.«

»Sieh an, Frau Musica hat's also doch faustdick hinter den Ohren.«

Ja, Tussi konnte sich sehr wohl vorstellen, dass Walter auf Frau Bergmann einen gewissen Reiz ausübe und umgekehrt.

»Trotzdem, dein Walter schnappt doch nicht nach jedem Apfelbutzen«, meinte Tussi zweifelnd.

»Frau Bergmann ist kein Apfelbutzen, sondern eine appetitliche, knusprige Frau in den besten Jahren«, erinnerte ich sie. »Schon, schon, aber ich bring's nicht zusammen. Dein Walter und Frau Bergmann. Also, ich weiß nicht recht. Steigere dich nicht zu sehr hinein. Man soll nicht gleich das Schlimmste denken«, sagte Tussi, »vielleicht beginnt bei Walter der zweite Frühling etwas früher.«

Aber Tussi hatte noch weit Besseres parat.

»Wer weiß, vielleicht stehen die Sterne ungünstig. Bin gleich wieder da«, sagte doch allen Ernstes meine sonst so gescheite Freundin zu mir, und ich hörte ihre Absätze auf dem Fußboden klappern.

Ich dachte, ich höre nicht recht. Zwar kannte ich ihren merkwürdigen Hang in diese Richtung, der in krassem Widerspruch zu ihrer sonstigen fortschrittlichen Einstellung stand, aber manchmal überkam sie's halt faustdick. Mal ins eine, mal ins andere Extrem.

»Hab' ich s mir doch gedacht«, sagte sie kurz darauf aufgeregt, »hier haben wir's schwarz auf weiß. *Saturn und Venus bringen Unruhe in Ihr Leben und sorgen in Ihrer Partnerschaft für eine gewisse Entfremdung. Achten Sie darauf nicht alles unnötig zu komplizieren. Bemühen Sie sich um positives Denken...* Also, wenn das nicht passt.«

»Du willst mich wohl auf den Arm nehmen?« Am liebsten hätte ich den Hörer aufgelegt, aber zuvor wollte ich erfahren, wie arg's Tussi erwischt hatte. »Nur mal angenommen, ich glaube den Schwachsinn, was steht denn bei Walter im Horoskop?« »Verblüffendes. Hör zu: ... *Die Spannungen zwischen Ihnen machen Sie offen für andere Begegnungen, und es sieht so aus, als würden Sie sich Hals über Kopf verlieben. Im Rausche der Leidenschaft möchten Sie am liebsten alle bestehenden Bindungen lösen...* Nun, was sagst du dazu?«

Ehrlich gesagt, mir blieb die Spucke weg. Aber nicht wegen des überaus entmutigenden Horoskops, sondern weil ich den Eindruck hatte, dass Tussi auf dem besten Wege war, total abzuheben, wenn nicht gar überzuschnappen. Ich fühlte mich verpflichtet, ihr das laut und deutlich zu sagen.

Sie reagierte seltsam empfindlich darauf, was ich gar nicht von ihr gewohnt war.

»Ich wollte dir nur helfen. Auch du solltest wissen, dass es mehr Dinge zwischen Himmel und Erde gibt, als der Mensch sich träumen lässt.«

»Vermutlich auch zwischen Krettenstetten und Blaubeuren«, tippte ich und traf damit ins Schwarze. Tussi gab zu, dass Cornelius – sie redeten sich bereits mit Vornamen an – sie beim gemütlichen Teil am Abend mit solch erstaunlichen Tatsachen überzeugt habe, dass sie ganz irritiert wäre.

»Durch Cornelius oder die Horoskope?« fragte ich. Schade, dass sie nicht sehen konnte, wie ich fassungslos den Kopf schüttelte.

Oh, Tussi, was haben sie aus dir gemacht? stöhnte ich. Oder müsste es richtiger heißen, was hat er aus dir gemacht? Ich machte mir ernstlich Sorgen um sie, dabei habe ich im Moment wahrlich genug andere.

Carlos, mein Oberhallodri, setzte mal wieder eins drauf. Auch hier konnte ich nur den Kopf schütteln. »Wirst du denn nie gscheit«, herrschte ich ihn an. »Alles halb so wild«, beruhigte er mich, »von allen Besäuselten bin ich der Nüchternste gewesen.«

Wie beruhigend für mich.

Nicht nur, dass er erst in aller Herrgottsfrühe nach Hause gekommen war, nein, viel schlimmer. Michael, sein Freund liegt im Krankenhaus.

»Mir hent bloß Geburtstag g'feiert«, verteidigte sich Carlos.

Nun, *die* Geburtstage kenne ich inzwischen zur Genüge, um nicht zu sagen ich fürchte sie. Es wird lästerlich gesoffen – wie bei den alten Wikingern. Männlichkeitsrituale, die überlebt sein wollen. Michael hatte Glück, Gott sei Dank. Er überlebte, aber es hätte auch anders kommen können.

Einziger Trost, bei der Sauferei waren keine Mädchen dabei. Doch vielleicht wäre das besser gewesen. Vermutlich hätten sie die stockhagelblauen Draufgänger davon abgehalten, mit dem Fahrrad auf der abschüssigen Straße heimzufahren. Michael stürzte und biss sich so unglücklich in die Zunge, dass er sie um ein Haar durchgebissen hätte. Die Hautabschürfungen und die verstauchte Hand waren ein Klacks dagegen. Carlos und Genossen brachten den Verletzten so schnell wie möglich, noch in der Nacht, ins Krankenhaus. Dort wurde die Zunge, so gut es ging, wieder zusammengenäht. »Mit dir muss man sich ja schämen«, Walter las seinem Ältesten nach langer Zeit wieder einmal kräftig die Leviten.

Er hätte bei Uli gleich damit weitermachen können, zum Glück wegen weniger schlimmem Vergehen. Nachdem unser Jüngster so ein Trara mit seinen Eseln gemacht hatte, kümmert er sich, seit sie im Winterquartier sind, fast gar nicht mehr um sie. Freunde und Fernsehen sind jetzt wichtiger für ihn. Aber nicht umsonst heißt es, erst die Arbeit. Ich sehe nicht ein, dass Walter und ich auch noch Dalia und Julia füttern und sauberhalten sollen, während Uli sich einen Quatsch nach dem andern reinzieht. Nein, mir reicht's, auch ohne Esel.

Krampfhaft bemühe ich mich, meine Falten auf der Stirn nicht noch mehr zusammenzuziehen und meine

Lippen nicht noch mehr zusammenzupressen. Ich kriege das ungute Gefühl nicht los, allmählich nicht nur meiner verehrten Xanthippe, sondern gezwungenermaßen auch einer Beißzange immer ähnlicher zu werden. Diese Art der Verwandlung macht mich alles, nur nicht froh.

Ob mich Tussi einmal nach Blaubeuren mitnehmen kann. Das Thema *Empirische und theoretische Untersuchungen zu einer Motivationstheorie der Aggression und zur Konstruktvalidierung einer Aggressions-Tat* hört sich verdammt gut an. Außerdem könnte ich nebenbei auch den seltsamen Cornelius etwas genauer unter die Lupe nehmen. Ich habe den Eindruck, das könnte nicht schaden.

Advent gedämpft

Natürlich ging ich nicht nach Blaubeuren. Wie käme ich dazu. Außerdem hat's mich erwischt. Ich bin erkältet und wie. Meine Stimme macht einer altersschwachen Saatkrähe mit Leichtigkeit Konkurrenz. Ehrlich, ich bin froh, wenn ich den Tag senkrecht überstehe. Aber nicht nur wegen der Erkältung.

Als ich oben in Moggis Zimmer aus dem Fenster schaute und die tiefhängenden, dunkelgrauen Wolkenfetzen beobachtete, die ein stürmischer Wind am Himmel vorwärts trieb, sagte ich mir, dieselbe Wetterlage wie bei mir. Vorwiegend stürmisch oder, wie Carlos es auszudrücken pflegt, »Flagge hoch«. Ich allerdings würde meinen derzeitigen Seelenzustand eher als »Flagge schlapp« bezeichnen, denn inzwischen hat meine Wut einer seltsamen Verzagtheit Platz gemacht. Ich stolpere nur so durch den Tag, lasse die Flügel hängen wie Carlos' kranker Wellensittich. Meine Eifersucht, mehr oder weniger harmlos, verselbständigt sich, legt sich wie eine dicke Schlammschicht über mein Gemüt. Wenn ich es nicht schleunigst schaffe, mich am eigenen Schopf aus dem Sumpf zu ziehen, ertrinke ich. Doch mir bleibt nicht mehr viel Zeit.

Ich weiß, im Großen wie im Kleinen ist sehr schnell der Punkt erreicht, ab dem es kein Zurück mehr gibt. Ein Steinchen genügt, um einen Erdrutsch auszulösen, und haargenau in diesem kritischen Stadium befand ich mich.

Mein Verstand rät, mich zusammenzureißen, aber ich kann mich zu nichts aufrappeln. Ich ließ sogar die einmalig günstige Gelegenheit verstreichen, Walter meinerseits eifersüchtig zu machen.

Vor der Bank stieß ich beinahe mit Frieder Beißwenger zusammen.

»Grad g'schickt, dass ich dich treffe. Was ist denn nur in Walter gefahren?« wollte er wissen. »Warum macht er denn plötzlich dieses Theater? Am Preis kann's jetzt wohl nicht mehr liegen. Schwätz doch mal mit ihm. Auf dich hört er bestimmt«, beschwor er mich. Es wäre mir ein leichtes gewesen, das Gespräch mit Frieder auszudehnen. Zumindest so lange, bis Walter mit seinem Schlepper samt Anhänger, wie ich wusste, die Hauptstraße heruntergefahren kam. Hätte er mich zusammen mit Frieder gesehen, hätte ich ihn garantiert an seiner verwundbarsten Stelle getroffen. Wirklich, ich war schön blöd, diese Chance nicht zu nutzen. Außerdem wäre es unterhaltsam gewesen. Was wusste Frieder nicht alles auf die Schnelle zu erzählen. Aber ich Simpel schützte Eile vor und verabschiedete mich so rasch als möglich.

»G'fällst mir immer noch, Lisa. Dein Walter hat einen Mordsdusel g'habt, dass er dich gekriegt hat«, sagte Frieder beim Abschied und hielt meine Hand, die er kräftig drückte, einige Sekunden länger als nötig fest. Mir entgingen auch nicht das verräterische Flackern in seinen Augen und der wässrige Hundeblick, mit dem er mich ansah. Ich hätte aus Stein sein müssen, wenn mir dies in meiner derzeitigen Schieflage nicht wie Öl über meine wunde Seele geflossen wäre. Aber es war ein schaler Trost.

Und Walter, wie kam er über die Runden?

Er schaffte bis zum Umfallen. Tag für Tag kippte er Schubkarren um Schubkarren voll Erde hinter die Scheune. Eine wüste Schinderei, die ich trotz meines Kummers fast nicht mitansehen konnte. Aber der Stallboden sollte so schnell wie möglich betoniert werden, denn noch war kein Frost angesagt. Walter musste sich beeilen. Er hatte nicht einmal Zeit, Phylax einen Dorn aus der Pfote zu entfernen. »Das kann Carlos viel besser als ich«, sagte er und war froh, weiter arbeiten zu können.

Und Carlos spielte, wie schon so oft, Tierarzt. Erstaunlich, wie vernünftig die Tiere reagieren, wenn er in leisem, bestimmtem Ton mit ihnen spricht. Auch Phylax tat keinen Mucks. Ganz ruhig legte er seine Pfote auf Carlos' Fuß und ließ sich den Dorn herausziehen.

»Das hätte Dr. Pfeiffer auch nicht besser fertiggebracht«, lobte Walter seinen Ältesten.

Aber ansonsten war Walter noch schweigsamer als bisher. Fragte er mich sonst – vor der jetzigen Eiszeit – bei allen anstehenden Entscheidungen »Lisa, was moinsch?«, so hörte ich das nicht mehr. Im Stall schwiegen wir uns beharrlich an.

›Du, immer nur du‹ – was ist davon übriggeblieben? Weniger, als unter einen geschnittenen Fingernagel passt.

Am liebsten hätte ich geheult wie ein Schlosshund. Aber genau das brachte ich nicht fertig.

Vergeblich wartete ich darauf, dass Walter einmal reagierte und es nicht wieder mir überließ, die Kartoffeln aus dem Feuer zu holen. Dabei war ich mehr als bescheiden. Es hätte mir schon genügt, wenn er gefragt hätte: ›Was hast du denn? Jetzt sag's schon.‹ Aber nichts dergleichen.

So sah ich Walter fast nur noch beim Essen. Abends und am Wochenende verkroch er sich, mit einem Buch bewaffnet ins »Büro«, während ich genug zu tun hatte mit der leidigen Flickarbeit, die über die Sommermonate liegengeblieben war.

Die Adventszeit rückte bedrohlich näher. Aber mir war nach allem, nur nicht nach Adventsstimmung zumute. Ich blieb in der Totensonntag-Stimmung hängen.

Hätte ich nicht mit den Landfrauen zusammen Adventsgestecke gebastelt, wir hätten dieses Jahr fast keinen Adventsschmuck im Haus gehabt. Auch zum Weihnachtsbrötle-Backen war mir die Lust vergangen. Moggi und Uli versuchten sich darin, weil sie zu Recht befürchteten, dass sonst am ersten Advent nicht einmal ein Versucherle auf den Tisch kam. Wahrlich, selten herrschte am Advent eine solch gedrückte Stimmung.

Unwillkürlich gingen meine Gedanken weit, weit zurück. Damals, an meinem Geburtstag, regnete es, was vom Himmel herunter konnte. Moggi, etwa sechs Jahre alt, kam schon am frühen Morgen zu mir ins Bett gekrabbelt, um zu gratulieren. Als ich mich über das garstige Geburtstagswetter beschwerte, tröstete sie mich.

»Mama, wo du bist, scheint immer die Sonne.« Inzwischen hatte sich die Sonne hinter eine dichte, undurchdringliche, graue Wand verzogen.

Natürlich blieb mein derzeitiger seelischer Ausnahmezustand den Meinen nicht verborgen. Ich, du, er, sie, es, wir alle litten vor uns hin. Und noch immer brachte ich es nicht fertig, laut zu brüllen oder das Brotmesser auf den Nachttisch zu legen. Ich machte das Allerverkehrteste, verharrte in Schweigen. Moggi, ausgerüstet mit den sensiblen Antennen der Jugend, litt am meisten unter der unerfreulichen Stimmung im Haus. Sie war es, nicht Walter, die endlich losbrüllte.

»Was ist eigentlich los mit euch? Jetzt schwätzet endlich wieder miteinander, und dann hat sich's. Aber so, das hält kein Mensch mehr aus.«

Auch Walter hatte mitangehört, was Moggi uns vorwarf. Aber er schwieg und blätterte weiter in der Zeitung, als hätte er Watte in den Ohren.

In mir aber kochte es. Am liebsten hätte ich ein Sofakissen in Richtung Zeitung geworfen. Nein, ich konnte diese feige Flucht in die Buchstaben nicht mehr ertragen. Auch war mir klar, wenn diese Gelegenheit verstrich, wenn jetzt nicht geredet wurde, war vermutlich ein Erdrutsch unausweichlich, die Folgen verheerend. Dramatisch ausgedrückt, es ging um Sein oder Nichtsein.

Ob Walter das begriff? Anscheinend nicht. Er versteckte sich noch immer hinter seiner Zeitung. Also warf ich den Fehdehandschuh in den Ring.

»Nun gut«, forderte ich Moggi auf, »dann frag doch deinen Vater, was er mit Frau Bergmann in einem

Ulmer Juweliergeschäft zu suchen hat. Ganz abgesehen davon, dass ich's nicht mehr mitansehen kann, wie er von seiner ach so charmanten Sangesschwester angehimmelt wird. Soll ich darüber jauchzen und frohlocken? Mir reicht's und nicht erst seit heute. Soll doch Frau Bergmann hier den Dreck schaffen.« Wie ein Sturzbach brach meine angestaute Bitterkeit aus mir heraus.

Walter legte tatsächlich die Zeitung weg. Wortlos stand er auf und ging aus dem Zimmer. Moggi, mit Tränen in den Augen, hinterdrein, aber nicht ohne zuvor die Tür mit einem lauten Knall zuzuschlagen. Und wenn mich nicht alles täuschte, hörte ich beim Hinausgehen noch so etwas wie: »Alte Esel, nicht zum Mitansehen.«

Ich ging zum Fenster, bemüht, die Fassung zu bewahren.

Wenige Minuten später kam Walter zurück.

»Hier, das ist für dich«, sagte er und drückte mir ein Päckchen, wunderschön in lila Papier eingewickelt, in die Hand. »Los, mach schon auf!« drängte er, als ich es erstaunt betrachtete.

Mit fahrigen Fingern löste ich das kunstvoll verknotete goldene Band. Das erste, was mir in die Augen fiel, war der Name des Ulmer Juweliergeschäftes. »Eigentlich hättest du es erst zu Weihnachten bekommen sollen, aber ich habe den Eindruck, es ist besser, du bekommst es schon jetzt«, sagte Walter mit einem eigenartigen Ausdruck im Gesicht. Vor mir, auf gelber Watte, glänzte eine goldene Halskette. Kein Protzstück, sondern eine schlichte Kette mit einem modernen, ausgefallenen Anhänger. Genau so, wie ich sie mir lange schon gewünscht, mich aber nie getraut hatte, diesen Wunsch laut zu äußern.

Vor meinen Augen drehte sich alles. Ich plumpste aus allen dunklen Wolken direkt in ein tiefes Loch, in dem ich mich am liebsten verkrochen hätte. Teils aus Scham, dass ich Walter so verkannt hatte, teils aus tiefer Erleichterung, dass meine gesammelte Eifersucht wie ein Kartenhaus in sich zusammenfiel. Bloß jetzt nichts sagen müssen, dachte ich. Unfähig, einen vernünftigen Satz zusammenzubringen, gackste ich:

»Ja und was isch …«

»Nichts isch«, fiel mir Walter ins Wort. »Als du mit dem Gipsbein herumgehumpelt bist, hab' ich Trottel gemerkt, wie viel du jeden Tag leisten musst, damit der Laden läuft. Also nahm ich mir vor: Diesmal bekommst du an Weihnachten etwas Besonderes. Und wenn's auf Pump sein muss. Das war alles.« Walter erzählte mir, er habe Frau Bergmann gebeten, ihm zu helfen, ein passendes Schmuckstück für mich herauszusuchen. Er sei in solchen Dingen hilflos. Er glaubte, sich auf den guten Geschmack von Frau Bergmann verlassen zu können.

Mit allem hatte ich gerechnet, bloß nicht damit. Dabei hätte nicht viel gefehlt, und ich hätte durchgedreht, wegen nichts und wieder nichts. Au weia, da hatte ich mich aber bös' verrannt. Jetzt galt es Farbe zu bekennen, und zwar sofort.

Es war nicht wenig, was ich auszupacken hatte. Ich konnte es fast selbst nicht mehr glauben, dass ich so hirnverbrannt, so überzogen meiner Einbildung freien Lauf gelassen hatte.

Hätte ich nur früher das Brotmesser auf den Nachttisch gelegt oder, noch besser, meine Befürchtungen offen ausgesprochen. Genau dies warf Walter mir auch vor.

»Und das hast du die ganze Zeit in dich hineingefressen?«

Er wollte es nicht glauben. Und erst recht nicht, dass ich ihm so einen Hopplahopp-Seitensprung mit Frau Bergmann zugetraut hätte.

»Du müsstest mich doch kennen, du Obergscheidle, und außerdem hätte ich zu einem Seitensprung gar kein Geld«, sagte Walter enttäuscht und erleichtert zugleich. »Aber du bringst mich auf eine gute Idee. Frau Bergmann? Nicht schlecht, ganz meine Richtung.«

»Untersteh dich!« unterbrach ich seine Überlegungen, »ich könnte sonst doch noch ernst machen mit dem Brotmesser.«

Walter winkte entsetzt ab.

»Ich getraue mir ja schon fast nicht mehr, Phylax zu streicheln aus lauter Angst, du wirst eifersüchtig.«

Es dauerte eine geraume Weile, bis ich mir die letzten Raureifreste von der Seele gebürstet hatte. Danach aber normalisierte sich mein Zustand zusehends. Das Wetterbarometer im Haus Bohnacker stieg nach langer, viel zu langer Zeit, wieder nach oben. Was für ein Gefühl!

Auf einmal hätte ich Bäume ausreißen können. Aber genau die fielen in Walters Zuständigkeitsbereich. Dafür war es zum Fensterputzen und Weihnachtsbrötle-Backen höchste Zeit. Selten habe ich diese Arbeiten mit so viel Schwung erledigt wie dieses Jahr.

Auch sonst hatte ich einiges nachzuholen. Am Spätnachmittag, mitten unter der Woche, wenn ich allein im Haus war, setzte ich mich im Wohnzimmer an den Tisch, zündete die Kerzen am Adventskranz an und ließ meine Gedanken Spazierengehen. Warum eigentlich fällt es keinem Menschen auf, wenn die Wohnung in Ordnung, die Wäsche gerichtet ist? Anscheinend ist es die selbstverständlichste Sache der Welt, dass irgendjemand diese Arbeit erledigt. Dieser Irgendjemand bin natürlich meistens ich. Wehe aber, der Irgendjemand fällt aus, dann ist jeder erstaunt und mokiert sich: ›Ja, wie sieht's denn hier aus. Wieso ist mein Hemd nicht gebügelt?‹ Und so weiter.

Nicht viel anders verhält es sich offenbar mit dem Familienleben. Wehe die »Oberfunktionärin« funktioniert nicht, wie sie soll, hat gar schlechte Laune. Schon ist Feierabend. Nichts läuft mehr, wie es soll. Nein, diese einseitige Arbeitsteilung gefällt mir ganz und gar nicht. Schließlich ist jeder mitverantwortlich, dass ein harmonisches Klima herrscht, oder etwa nicht? Warum kommt niemand auf die Idee, selbst etwas in die Hand zu nehmen oder gar Ursachenforschung zu treiben? Oder liegt, weil so bequem, alle Schuld bei Mutter? Darüber muss ich mich mit den Meinen mal unterhalten.

Allerdings, am dritten Advent wollte ich sie damit nicht überfallen. Eine gewisse Schonzeit hielt ich doch für angebracht. An diesem Sonntag genehmigte ich uns allen einen ausgiebigen Adventskaffee, quasi als Ausgleich für die vergangenen traurigen Sonntage.

Draußen herrschte richtig trübes, nasskaltes Wetter. Bei diesem unguten Nieselregen und dem aufkommenden Nebel ging nur, wer unbedingt musste, aus dem Haus. Bei uns brannten die drei Adventslichter, der Kaffee duftete, und die Weihnachtsbrötle standen auf dem adventlich geschmückten Tisch. Außerdem wurde zum ersten Mal das Schnitzbrot, das mit Butter bestrichen nochmal so gut schmeckt, angeschnitten. Selbst Carlos, unser Oberschwanzer, saß brav in der Runde und futterte für Zwei. Und auch Oma Päule, die wir zum Kaffeetrinken geholt hatten, genoss es sichtlich, in Gesellschaft zu sein. Sie zierte sich nicht lange, als Uli bettelte:

»Ond jetzt erzählsch ons dia G'schicht mit dem Schuah«.

Diese Geschichte kannten wir alle längst. Sie war alles, nur keine Adventsgeschichte, aber wir hörten sie immer wieder gern, besonders, weil Oma Päule so anschaulich zu erzählen wusste.

»Damals, vor fast hundert Jahren, als eure Urgroßmutter noch ein junges Mädchen war«, begann Oma Päule, »musste sie zusammen mit ihren drei Geschwistern für ein paar Tage zu ihrer Tante ins Nachbardorf. Die Kinder marschierten zu Fuß dorthin. Die Tante wohnte in einem großen, alten Haus mit langen, dunklen Fluren und etlichen Zimmern.

Damals gab es noch kein elektrisches Licht. In der Dunkelheit stieg die Urgroßmutter mit der Petroleumlampe in der Hand die schmale, steile Treppe in den oberen Stock hinauf. Sie nahm all ihren Mut zusammen und machte sich auf den Weg zu ihrem Zimmer am Ende des langen, dunklen Flurs. Ängstlich beobachtete sie die seltsamen Schatten, die das flackernde Licht an die Wand warf. Sämtliche Gruselgeschichten, die man sich auf der Straße erzählte, fielen ihr dabei wieder ein. Sie begann sich zu fürchten, rannte so schnell sie konnte den langen Gang entlang und war heilfroh, als sie endlich die Tür hinter sich schließen konnte. Was aber tun, wenn man nachts ein dringendes Bedürfnis verspürt, kein Potschamberle im Zimmer ist, das Plumpsklo sich einen Stock tiefer befindet und man sich aus lauter Angst nicht aus dem Zimmer traut?In ihrer übergroßen Not wusste sich die Urgroßmutter nicht anders zu helfen, als dass sie ihr Wässerle einfach in ihre schwarzen Stiefel laufen ließ. Den feuchten Inhalt kippte sie kurzerhand zum Fenster hinaus.«

Diese kleine Geschichte gab jedes Mal Anlass zu herzlichem Gelächter. Was überlegten sich Uli und Moggi nicht alles, was *sie* anstelle der Urgroßmutter in dieser schwierigen Situation gemacht hätten. Und sie waren froh, dass sie diese Probleme nicht hatten. Nein, auf elektrisches Licht, das Wasserklosett und hundert andere Dinge, die unser Leben angenehmer machen, wollte niemand von uns freiwillig verzichten.

Weihnachtliches und weniger Weihnachtliches

Entweder sorgen die Viecher im Stall oder die Kinder für Aufregung. Wegen einem von beidem sind wir ständig in Hab-acht-Stellung. Diesmal war es Moggi, die Walter zu einer ungewöhnlichen Aktion nachts aus dem Bett trieb.

Nachdem sie in den letzten Wochen wieder etwas umgänglicher geworden war und ihren ersten großen Liebeskummer lebend überstanden hatte, ließ sie sich von Carlos breitschlagen, bei einem Tanzkurs für Fortgeschrittene mitzumachen.

»Komm, sei kein Frosch. Let's fetz!«, drängte er seine etwas träge gewordene Schwester.

Und Walter, früher selbst kein Frosch, rückte bereitwillig das nötige Kleingeld heraus und erlaubte, dass die zwei mit dem Auto in die Tanzstunde fuhren. In einem Punkt jedoch blieb er stur.

»Um elf ist Schluss. Zumindest unter der Woche, wenn ihr am ändern Tag in die Schule müsst«, verlangte Walter. Er ließ sich auch nicht durch das laute Protestgeschrei seiner ach so erwachsenen Kinder erweichen.

»Was andere machen, ist für mich noch lange kein Maßstab«, erklärte Walter. Punktum!

Carlos und Moggi hielten sich, wenn auch murrend, an diese Vorgabe. Nach der letzten Tanzstunde wollte jedoch Carlos mit dem Auto zu einem Abend mit Politprominenz. Deshalb war abgesprochen, dass Moggi mit dem letzten Bus, kurz nach 22 Uhr, zurück nach Krettenstetten fahren sollte.

Es war schon fast Mitternacht und noch keine Spur von Moggi zu sehen. Nicht nur ich, auch Walter wurde immer unruhiger. Ich dachte mir jedoch nicht viel dabei, als er aufstand und nach unten ging. Kurz darauf fiel die Türe ins Schloss.

Als ich hörte, dass der Motor eines Schleppers ansprang, traute ich meinen Ohren nicht. Vom Fenster aus sah ich gerade noch, wie Walter mit dem Riesentrumm zum Hof hinausfuhr.

Was für eine verrückte Idee, nachts mit dem Schlepper in der Gegend herumzufahren, dachte ich und ahnte, warum Walter, ohne einen Pieps zu sagen, klammheimlich verschwunden war.

Nun wurde ich erst recht unruhig. Es half nicht viel, dass ich zur Ablenkung den Fernseher einschaltete. Die dort zu später Stunde gezeigten Krimi- und Actionfilme für geistige Kleinrentner und Allesvertilger machten mich erst recht kribbelig. Immer wieder stand ich auf und lief zum Fenster. Wo sie nur so lange blieben? Fast eine Stunde war inzwischen vergangen, seit Walter fortgetuckert war.

Immerhin, wenigstens Carlos war inzwischen wieder heil nach Hause gekommen. Ich überlegte laut, ob ich ihn nicht auf die Suche nach den beiden schicken sollte.

»Ach was, Moggi isch doch nix passiert, die isch bestimmt no beim Tanza«, beruhigte er mich mit der Sorglosigkeit der Jugend, während er sich ein dick mit Butter beschmiertes Brot in den Mund schob.

Endlich, nach einer Ewigkeit, wie mir schien, vertraute Geräusche. Ich rannte zum Hof hinaus.

In bester Laune, um nicht zu sagen quietschvergnügt, kamen Vater und Tochter gemütlich daherspaziert.

»Des hättet ihr seha solla, s'war a richtiga Sensation. Onser Vadder hat tanzt wia dr Lomb am Schtecka!« berichtete Moggi ganz begeistert von den Tanzkünsten ihres Vaters.

Und Walter erzählte mit spitzbübischem Lächeln, er habe in der Tanzschule einen fetzigen Rock'n' Roll aufs Parkett gelegt, dass die dort versammelten Jünglinge Maul und Augen aufgesperrt hätten und sich neben ihm wie die letzten Schlappis vorgekommen seien.

Ganz zu schweigen davon, dass vermutlich das erste Mal ein Vater seine Tochter mit dem Schlepper aus der Tanzstunde abholte.

»A Mordsgaudi war's, des kannsch mr glauba.« Ich glaubte Moggi aufs Wort, und vermutlich unterblieb deswegen auch die Strafpredigt von Seiten des Vaters.

Für mich jedoch waren die folgenden Tage alles andere als eine Mordsgaudi.

»Der Weihnachtscountdown läuft«, verkündete Carlos mit einem Gesicht, das Bände sprach. Die regelmäßig um diese Zeit einsetzende Hektik steuerte in der Tat ihrem Höhepunkt zu, und meine Stimme rutschte des Öfteren eine Lage höher.

Dabei nehme ich mir jedes Jahr allen Ernstes vor, diesmal wird's anders. Schon im Oktober wollte ich Weihnachtsgeschenke aussuchen und wesentlich früher mit den unumgänglichen Vorbereitungen beginnen.

Aber mit derselben Regelmäßigkeit kommt immer anderes dazwischen, zerrinnt mir die Zeit zwischen den Fingern.

An was muss nicht alles gedacht werden! Die Tür des Küchenschrankes war mit Zetteln in allen Größen und Farben vollgeklebt. Auf jedem stand Wichtiges, das unbedingt erledigt werden musste und ja nicht vergessen werden durfte.

»Was du immer hasch«, sagte Moggi ohne jedes Verständnis, wenn ich oft nicht wusste, wo mir der Kopf stand.

Zugegeben, ich hätte mir's einfacher machen und mich aufs Notwendigste beschränken können. Aber wo bleibt bei karger Notwendigkeit die Freude? Nein, ich finde es wichtig, dass man wenigstens einmal im Jahr etwas von der Fülle des Lebens, vom Glanz und vom Licht in der Dunkelheit spürt. Nicht umsonst erinnere ich mich an den Feldpostbrief, den mein Vater während des Krieges an uns schrieb und den Oma Päule in einer ausgedienten Lebkuchenschachtel zusammen mit anderen alten Briefen aufbewahrt.

Ich will mich an und über Weihnachten freuen stand in krakeliger Schrift darin. Das hat, denke ich, auch heute Gültigkeit. Und dazu braucht es nicht viel. Der alte Futtertrog aus Stein an der Eingangstüre wurde mit Tannenreis und Trockenblumen gefüllt. Über der Tür zum Wohnzimmer befestigte ich einen großen, mit Strohsternen behängten Kiefernzweig und schlang ein breites rosa Band hindurch. Im oberen Stock, im Treppenhaus, stellte ich auf einen alten Stuhl eines der Adventsgestecke, die ich zusammen mit den Landfrauen gebastelt hatte. Ich freute mich jedes Mal, wenn ich daran vorbeiging. Abends, wenn es zu dunkeln begann, zündete ich im Flur die dicke rote Kerze an, so dass jeder, der zur Haustüre hereinkam, mit dem sanften Licht der brennenden Kerze empfangen wurde.

Dennoch verging noch manch aufregende Stunde, bis endlich die große, bis an die Decke reichende Weißtanne weihnachtlich geschmückt im Wohnzimmer stand.

»Und vergesst mir ja nicht den Dreckrand in der Duschwanne und in der Badewanne wegzuputzen«, ermahnte ich eindringlich und zum wiederholten Male mein Schlamperquartett in der utopischen Hoffnung, dass deren Ohren nicht wie meistens bei mütterlichen Ermahnungen auf Durchzug gestellt waren.

Diesmal hatte ich mir nämlich fest vorgenommen, nicht wieder nachzugeben und die gefassten Vorsätze, wie üblich, sang- und klanglos im Sand verlaufen zu lassen.

Die lebensnahen Vorschläge der Familienreferentin, die ich letzte Woche bei einem Vortrag in der Volkshochschule hörte, fielen bei mir auf fruchtbaren Boden. Noch vor den Weihnachtsferien wollte ich mit der praktischen Umsetzung im Hause Bohnacker beginnen.

»Schlechter Erziehungsstil«, nannte die kluge Frau die weit verbreitete Unsitte, dass selbstverständlich Mutter, wer denn sonst, den Dreckrand ihrer Lieben von der Badewanne wegschrubbt. »Spätestens mit sechs Jahren kann das jeder selber tun. Die Mutter ist nicht das Dienstmädchen der Familie«, so die resolute Referentin.

›Bravo, recht so!‹, hätte ich am liebsten gerufen. Meine Familie sah's natürlich ganz anders. Als ich tags darauf tatenfroh den Badewannenrand aufs Tapet brachte und den mir Anvertrauten klar machte, was ich in Zukunft von ihnen erwartete, sprach Uli nicht nur seinen Geschwistern aus dem Herzen, auch Walter nickte zustimmend.

»Jedes Mal, wenn du bei einem Vortrag warst, müssen wir es büßen«, schimpfte er mit einem Gesicht, als wäre er zu lebenslanger Zwangsarbeit verurteilt worden. Mich rührte es wenig.

Nach dem Motto ›Landfrau werde hart‹ entgegnete ich meinem bis dato verwöhnten Sohn:

»Das ist zumutbar, mir putzt auch niemand den Dreckrand von der Badewanne weg.«

Während ich mit solch nüchternen Gedanken beschäftigt war, rückten die Weihnachtstage unaufhaltsam näher.

»Wenn es doch endlich Schnee geben würde«, seufzte Moggi und sah enttäuscht zum wolkenlosen Himmel. Der Winter hatte bis jetzt nur Kälte, aber noch fast keinen Schnee gebracht.

Der Meteorologe vom Wetteramt sagte zwar für die Festtage mit fünfzigprozentiger Wahrscheinlichkeit eine weiße Weihnacht voraus, aber leider bestimmten die anderen fünfzig Prozent der Vorhersage das weihnachtliche Wetter.

Am Heilig Abend war es klar und kalt. Nicht ein einziges Schneeflöckchen wirbelte vom Himmel. Als wir am frühen Abend aus der Kirche traten, versank die Sonne blutrot hinter dem wolkenlosen Horizont.

Früher, als die Kinder noch kleiner gewesen waren, gab es stets vor der Christvesper Bescherung, denn wir konnten sie nicht so lange warten lassen, bis wir aus der Kirche zurück waren und den Stall gerichtet hatten. Aber nachdem sie nun beinahe erwachsen sind, kommt der aufregendste Teil des Abends erst, wenn die Tiere ihre Weihnachtsportion bekommen haben und die Arbeit im Stall erledigt ist.

Allerdings, auch ich war erledigt. Unter Aufbietung meiner letzten Kräfte behielt ich gerade noch die Nerven, als kurz vor der Bescherung ein ganzer Becher Sahne mit Schwung aus dem Eisschrank segelte und rundum alles mit Sahne verspritzt wurde. Auch sonst lief nicht alles wie am Schnürle, doch schließlich war es endlich so weit. Die Kerzen am Weihnachtsbaum wurden angezündet, Walter las das Weihnachtsevangelium, Uli und Moggi spielten Weihnachtslieder auf der Flöte, und wir alle, einschließlich Oma Päule, sangen kräftig mit. Danach war Uli nicht mehr zu halten.

»Auf los geht's los«, sagte er und drückte Walter und mir ein Geschenk in die Hand. Damit war der Startschuss zum allgemeinen Geschenkeaustausch gefallen, allerdings eine Materialschlacht à la: Aufreißen, angucken, wegschmeißen gab es bei uns nicht. Jeder von uns darf sich, im Rahmen des Möglichen, etwas wünschen, meistens ›ebbes Praktisch's ond nix O'nötigs‹. Umso mehr freute ich mich über die ›unnötige‹ Halskette, die ich an diesem Abend zum ersten Mal trug und die von jedem eingehend bewundert wurde.

Trotzdem überraschte mich Walter mit einem praktischen, sehr sinnigen Weihnachtsgeschenk. Er überreichte mir einen mit Goldband und Tannenreis verzierten Kehrwisch aus bestem Rosshaar.

»Den alta, ausg'fransta Denger han i nemme seha kenna«, gestand er.

Er wird doch auf seine alten Tage nicht noch ordentlich werden, dachte ich beunruhigt und hoffnungsfroh zugleich.

Aber auch ich hatte eine Überraschung für Walter parat. Er bekam, außer einem dicken Buch, einen – jawohl nur einen! – neuen, pelzgefütterten und mit allerlei Schleckereien gefüllten Winterstiefel von mir.

Nun, gute Stiefel sind nicht gerade billig, und weil Walter drei Wochen später Geburtstag hat, bekommt er den zweiten erst dann.

Am Weihnachtsabend, im Wohnzimmer, war uns auch ohne fellgefütterte Stiefel bollenwarm. Nicht nur der Kachelofen tat sein Möglichstes, auch die heißen Kartoffeln beim Racletteessen heizten uns ganz schön ein. Dazu gab's Speck, Zwiebeln und Käse. Einfach herrlich hat's geschmeckt! Wir alle waren voll bis zum Krage, und als ich später den Teller mit den Weihnachtsbrötle auf den Tisch stellte, stöhnte Uli:

»I ka nemme!«

Der Fernseher blieb – o Wunder – abgeschaltet. Wir kamen ins Erzählen. Und selten haben wir so gelacht wie an diesem Weihnachtsabend. Wir lachten so sehr, dass uns die Tränen kamen. Worüber? Ich wage es kaum zu sagen, ausgerechnet über Beerdigungsgeschichten. Aber zu unserer Ehrenrettung muss ich betonen, erzählten wir uns diese Geschichten erst nach dem besinnlichen Teil des Abends. Vermutlich war der etwas zu starke Teepunsch schuld daran, ja, ganz bestimmt. Wenn ich mich recht erinnere, war es Moggi, die damit anfing.

Als sie beim Metzger so lange warten musste, hatte sie mit angehört, wies Rösle Geiger, eine alte Bäuerin, die gebückt und am Stock daherkam, zu der Frau neben ihr sagte:

»Mei Freindin hat so scheene Füß' mit ens Grab g'nomma, ond i muass mit so liderliche romlaufa. Da sott mr doch glatt tausche könna.«

Einmal im Fahrwasser fiel Oma Päule gleich passendes dazu ein. Ihre Geschichte lag weit, weit zurück. »Ihr mit euren vollen Kartoffel- und Gutslesbäuch' könnt' euch kaum vorstellen, wie man damals, kurz nach dem Ende des zweiten Weltkriegs gehungert hat«, begann sie. »Stellt euch vor, nicht nur der Bauchumfang, nein auch der Kopfumfang wurde bei diesen Hungerrationen kleiner, jedenfalls beim Pfarrer von Krettenstetten.«

Oma Päule, damals eine junge Frau, sang beim Leichenchörle mit. Bei einer Beerdigung stand sie direkt hinter dem Pfarrer und bemerkte auf einmal, dass unter seinem Barett ein Zeitungsstreifen hervorlugte. Vermutlich hatte er sein Barett, damit es ihm nicht auf die Ohren rutschte, mit Zeitungspapier ausgestopft. Oma Päule gab sich alle Mühe, ernst zu bleiben, aber sie schaffte es nicht.

Es war ihr entsetzlich peinlich, dass sie ausgerechnet bei einer Beerdigung einen ausgewachsenen Lachanfall bekam. In ihrer Not zückte sie ihr Taschentuch, hielt es sich vor den Mund und lachte, so gut es ging, ins Taschentuch hinein. Als sich der Leichenzug gemessenen Schrittes zum Grab bewegte, starrte sie wie gebannt auf das Barett des Pfarrers und entdeckte, dass sich noch mehr Zeitungspapier selbständig gemacht hatte. Wiederum war das Taschentuch ihre letzte Rettung.

Nach der Beerdigung, als die Leute sich etwas verlaufen hatten, kam eine Frau auf sie zu, legte ihr mitfühlend die Hand auf die Schulter und sagte: »Wega dera alte Frau hättesch net so heula braucha.« Und wenn man schon einmal beim Thema war, wollte Uli noch mehr wissen und löcherte Oma Päule, zu erzählen, wie's war, als damals der Leichenzug durch den Ort zog. Also genau das richtige Thema für Weihnachten.

»So schpät ben i scho' lang nemme ens Bett
komma«, sagte Oma Päule, als sie sich verabschiedete und alles, nur keinen müden Eindruck machte.

Dass Lachen gut tut, merkte ich am nächsten Morgen. Obwohl mir mindestens zwei Stunden Schlaf fehlten, fühlte ich mich erstaunlich frisch. Sogar im Stall musste ich nochmals laut lachen, als ich an die Beerdigungsgeschichten vom Abend zuvor dachte, so dass Walter erstaunt fragte:

»Isch was?«

Aber Weihnachten bestand nicht nur aus dem Heiligen Abend. Zwei Tage später wimmelte es im ganzen Haus von Leuten. Bei uns ist nämlich Brauch, dass an Geburtstagen sowie am zweiten Weihnachtsfeiertag ›Tag der offenen Tür‹ ist. Jeder von der Verwandtschaft, der Zeit und Lust hat zu kommen, kann uns – ohne vorherige Einladung – besuchen. Wer kann, bringt irgendetwas Essbares mit. Dadurch hält sich für mich die Strapaze in Grenzen.

Gegen vier Uhr war es um Phylax' und Susulas Mittagsschläfchen gesehen. Die Steinenberger Kraftprotzen drückten auf den Klingelknopf, dass wir dachten, es brennt. Energiegeladen stürmte Fabian sofort in die Küche.

»I han scho so Honger«, verkündete er ohne viel Umschweife. Aber wie sah der kleine Frechdachs aus? Ich erkannte ihn fast nicht wieder. Vor mir stand ein blondgelockter, schlitzäugiger Chinese, das rechte Auge veilchenblau und dick verschwollen. »Das ist noch gar nichts«, erzählte Ulla »ihr hättet Fabian vor ein paar Tagen sehen sollen.« Ausnahmsweise konnte Fabian nichts dafür, er und ein paar andere unternehmungslustige Lausbuben kamen sich, ausgerechnet einen Tag vor Heilig Abend, in die Wolle. Einer der Buben warf einen gefrorenen Dreckbollen nach Fabian, der sein Ziel nicht verfehlte und stockvoll unterhalb Fabians Auge landete.

»Schtell dir vor, s' hat nemme viel g'fehlt, no wär'dr Fabian blend worda.« Marc saß der Schreck noch voll in den Knochen.

Aber nicht nur Fabian, auch Katrin und Marc hatten mit der ungewohnten Kälte der letzten Tage ganz neue, eigene Erfahrungen gemacht.

Wolfi erzählte, sie hätten mit der Zunge den alten Türklopfer an der Haustüre geleckt, um auszuprobieren, ob und wann ihre Zunge daran festfriere. »Des war vielleicht a komisches G'fühl«, piepste Katrin und riss ihre blauen Augen noch ein Stück weiter auf.

Aber die Neugierde der beiden war damit keineswegs gestillt. In einem unbeobachteten Moment entdeckten die jungen Forscher die Schwarzwälder Kirschtorte, die – wie unvorsichtig – einladend auf dem Küchentisch stand. Wenn das kein geeignetes Objekt zum Schlecken war! Moggi konnte gerade noch verhindern, dass sie mit den Fingern nach den Kirschen bohrten. Nun, die Torte schmeckte uns auch ohne Sahnehäufchen. Nur ein kümmerlicher Rest blieb übrig.

Gegen Abend kreuzten Anni und Hannes auf, die bei Bekannten aufgehalten worden waren. Anni, wie immer vorwiegend in Schwarz: der schwarze Rock und der schwarzweiße, mit Perlen verzierte Pullover standen ihr ausgesprochen gut und wirkten sehr elegant.

Meine liebe Schwägerin drückte mir in der Küche zwei Packungen mit Lachs in die Hand.

»Das ist ja ganz was Feines«, sagte ich überrascht und bedankte mich gebührend bei der edlen Spenderin. »Leider kam ich nicht mehr zum Kuchenbacken. Ich hatte noch soo viel zu tun«, sagte Anni gerade zu mir, als Uli, der eben zur Küche hereingekommen war, herausplatzte:

»Ja was, seit wann denn?«

Ich konnte nichts machen, mir rutschte glatt die Hand aus. Dafür hatte Uli kein Verständnis.

»Faule Miste, isch doch wahr«, maulte er und klaute zum Ausgleich zwei Rädchen Wurst von der vorbereiteten Platte.

Während Walter und Carlos die Viecher im Stall versorgten, machten es sich die Gäste im Wohnzimmer bequem. Ulla stöberte in Walters Bücherregal, während sich Wolfi ausgiebig mit Hannes und Anni über seine Ausstellung unterhielt, die im Frühjahr im Rathaus von Steinenberg stattfinden sollte.

Auf dem Tisch standen Wein und Weihnachtsbrötle. Ich schaltete die Beleuchtung auf Schummerlicht, so kam Anni nicht in Versuchung, sämtliche Gläser nachzukontrollieren.

Leider funktionierte der Familienabschirmdienst wieder einmal nicht einwandfrei. Plötzlich erschien Carlos mit Marc an der Hand. Der kleine Heideblitz hatte doch tatsächlich Berta, die Störrische, am Schwanz aus der Box ziehen wollen. Das konnte nicht gutgehen. Berta wehrte sich mit den Waffen einer Kuh und ließ eine ordentliche Ladung herunterplatschen.

»Mit einem entsetzten um-Himmels-willen-wie-siehst-du-denn-aus!« ließ Ulla ihr Buch fallen und schnappte die kleine Stinkmorchel. Wenig später saß Marc brav wie ein Lamm und frisch geduscht in Ulis Wollpullover und Socken am Tisch. Ein köstliches Bild. Außer Marcs Kopf waren nur Pullover und Socken zu sehen.

Nach dem Abendessen, einem, dank großzügiger Spenden, gut bestückten, kunterbunten kalten Büffet, stapelte sich das Geschirr in der Küche. Wurstegal, sagte ich mir, das hat Zeit bis morgen. Jetzt ist jetzt! Ich freute mich an der munteren Gesellschaft im Wohnzimmer. Auch wenn ein Sack Flöhe leichter zu hüten ist, als die Steinenberger Rabauken, um wie viel ärmer wäre das Leben ohne sie. Nein, ich wollte nicht mit Anni tauschen, in ihrem untadeligen, wohlaufgeräumten Wohnzimmer sitzen und mit zitternden Händen den Kaffee aus kostbarem Meißener Porzellan trinken.

Weniger ist oft mehr, dachte ich und genoss unsere ›Bude‹ voller Leben. Es tat mir gut, zu sehen, wie Hannes breit und behäbig in der Sofaecke saß, sein Pfeifchen schmauchte und nicht im Traum daran dachte, sich so schnell von hier vertreiben zu lassen. Später zündeten wir die Kerzen am Weihnachtsbaum an und sangen zusammen die alten Weihnachtslieder. Als irgendwer verriet, dass Walter nur einen Stiefel zu Weihnachten bekommen hatte, sagte Carlos:

»Zum Glück habe ich zwei Skistiefel bekommen, denn mit einem könnte ich wohl kaum zu Tal donnern.«

»Was, du gehst in den Weihnachtsferien zum Skifahren? Musst du nicht auf's Abitur lernen?« fragte Anni erstaunt.Carlos gab sich abgebrüht:

»Wer nicht richtig faulenzen kann, kann auch nicht richtig arbeiten, wusstest du das nicht?«

Zum Kuckuck! Warum konnte Carlos nicht wenigstens an Weihnachten darauf verzichten, sich mit seiner Tante anzulegen. Ich war mir sicher, die liebe Anni rechnete sich's schon im Geiste aus, dass es mit Carlos einmal ein schlimmes Ende nehmen würde. Dass sie kurz vor dem großen Aufbruch noch schnell in die Küche hereinschneite, um die paar übriggebliebenen Lachsscheiben wieder einzupacken, überraschte mich nicht allzusehr.

»Weißt du, Hannes isst so gern Lachs«, sagte sie entschuldigend.

Ich packte schnell ein paar Stückle Kuchen mit ein, damit mein lieber Schwager wenigstens am nächsten

Tag einen rechten Kuchen zum Kaffee bekam, wo doch die gute Anni so gar keine Zeit zum Kuchenbacken hatte.

Es war schon mehr als spät, als im Hause Bohnacker ein Licht nach dem andern erlosch. Wir saßen allein im Wohnzimmer, als Walter ein paar Kerzenstümple am Weihnachtsbaum anzündete.

»Komm, setz dich noch ein paar Minuten«, sagte er und überreichte mir ein drittes Geschenk.

Wie vor Jahr und Tag, liebe ich dich doch
Vielleicht weiser nur und bewusster noch, hörte ich die Stimme von Reinhard Mey.

Dass Walter daran gedacht hatte! Ich war gerührt. Ich mag die leisen, empfindsamen Lieder von Reinhard Mey, aber bis jetzt besaßen wir noch keine Schallplatte von ihm.

… *Und noch immerfort ist ein Tag ohne dich*
Ein verlor'ner Tag, verlor'ne Zeit für mich …, klang es durch den Raum.

»Es gilt auch für mich, denk dran«, sagte Walter, als er mich liebevoll in den Arm nahm. Und das war vielleicht das größte Weihnachtsgeschenk für mich.

Tussi stolpert

Inzwischen ist Weihnachten längst wieder in Schachteln verpackt und auf der Bühne verstaut. Am Wochenende erzählt Päule keine Geschichten mehr, sondern Jung und Alt hockt vor der Glotze und frisst andächtig in sich hinein, was vorgesetzt wird. Oma Päule lässt es sich nicht ausreden, das Fernsehen habe der Teufel erfunden. Dennoch steht auch in ihrem Wohnzimmer solch ein Teufelsgerät. Über manche Sendungen kann sie sich schrecklich aufregen, schimpft, dass oft der ›letzte Käsdreck‹ gezeigt wird, um die Leute zu unterhalten, andererseits aber möchte sie auf Beiträge, in denen über ferne Länder und – man höre und staune – über Politik berichtet wird, auf keinen Fall verzichten. So hat eben alles im Leben seine zwei Seiten, ob man damit einverstanden ist oder nicht.

Uns hat nach der vorwiegend fröhlichen Weihnachtszeit der graue Alltag wieder fest am Schlafittchen. Am frühen Morgen marschieren Carlos, Moggi und Uli mehr oder weniger lustlos wieder in die Schule, und wir Erziehungsberechtigten haben in die Halbjahres-Zeugnisse unserer beiden Jüngeren tiefen Einblick genommen. Bei Moggis Zeugnis setzte der Vater schwungvoll seine Unterschrift darunter. Bei dem von Uli ließ er sich etwas mehr Zeit. Ulis schulische Leistung umschreibt man am besten mit ›so-so-la-la‹, dennoch zeigte Walter erstaunlich viel Verständnis.

»D'Buba wachet halt später auf«, meinte er. Trotzdem verlangte er für die Zukunft mehr Sitzfleisch von Uli. »Sonst …!« Zumal es kein Geheimnis ist, dass Uli nicht dumm, sondern schlicht und ergreifend ein fauler Strick ist. Wozu sich anstrengen, wenn's auch so reicht, lautet sein Wahlspruch.

Carlos hat das schriftliche Abitur glücklich hinter sich. Er wirkt recht zuversichtlich und strotzt nur so vor überschüssiger Kraft. Als Ausgleich zu den geistigen Klimmzügen der vergangenen Wochen wird er von Walter verstärkt zur Handarbeit herangezogen. Schließlich steht nicht ohne Grund schon in der Bibel *Viel Studieren macht den Leib müd.*

Walter ist allerdings auch ohne Studieren am Abend hundsmüd', dafür macht der Stallumbau recht gute Fortschritte. Die Milchküche, die an die Westseite verlegt wird, ist fast fertig. Eigentlich könnten wir froh sein, dass alles halbwegs seinen Gang geht, aber leider bleiben Tiefschläge nicht aus.

Der große Artikel in der Lokalzeitung mit der Überschrift: *Bauern stehen vor radikalem Umbruch. Nur Großbauern überleben* hat Walter den Appetit verdorben.

»Reicht das Bauernopfer noch immer nicht? Sollen wir gar umsonst arbeiten?« beschwerte er sich lautstark.

»Wenigstens hatten wir eine halbwegs ordentliche Ernte und keine großen Ausfälle wie in anderen Teilen Deutschlands«, versuchte ich ihn zu trösten, obwohl ich genau weiß, dass damit unsere Probleme nicht gelöst sind.

Doch ist nicht alles relativ? Wenn ich mich umhöre und umsehe, wie es in der Welt zugeht, was für gewaltige Probleme es anderswo zu lösen gilt, sind unsere vergleichsweise klein. Manche davon sind nicht nur hausgemacht, sondern sogar kropfunnötig. Wer, wenn nicht ich, könnte ein Lied davon singen.

Aber, dass meine liebe Freundin Tussi sich gleich einen Riesenberg Probleme schafft, damit hätte ich nicht gerechnet. Das heißt, die Schwierigkeiten sehe seltsamerweise nur ich. Für Tussi existieren sie nicht, noch nicht, das ist vielleicht das Schlimmste daran. So richtig voll muss es sie beim ersten Seminarwochenende im neuen Jahr erwischt haben, denn bis dahin reagierte Tussi halbwegs normal.

Über Weihnachten waren Krohmers, wie seit eh und je, zum Skilaufen in Österreich. Braun gebrannt und gut erholt meldete sie sich bei mir zurück. Seitdem hatte ich nichts mehr von ihr gehört. Dass sie nun schon morgens gegen neun bei mir anrief, verhieß nichts Gutes, denn um diese nachtschlafende Zeit sind ihre Aktivitäten meistens gebremst. Der Kaffee zeigt erfahrungsgemäß erst später Wirkung. »Ist was passiert?« fragte ich daher erschrocken.

»Und ob!« zwitscherte es fröhlich am anderen Ende der Leitung. Schon der ungewohnte Tonfall hätte mich stutzig machen sollen.

»Ich bin futsch und hin! Le coup de foudre und das in meinem Alter!«

»Wer bitte? Welche Kuh?

»Nichts Kuh, Blitzschlag der Liebe! Mich hat's erwischt und wie, verstehst du?«

Um Himmels willen, dachte ich entsetzt, jetzt wird's ernst.

»Kannst du dir einen Weißdornbusch im Mondschein vorstellen?« fragte sie.

»Mmhm, nun ja«, stammelte ich, »Weißdorn belebt, ist gut für's Herz, aber was hat das mit Mondschein und mit dir zu tun?«

»Unterm Weißdornstrauch, beim Mondschein, hat meine Seele ihre Flügel entfaltet. Nie hätte ich gedacht, dass es so etwas Schönes gibt«, hauchte es an mein Ohr.

Ich hatte glatt einen Aussetzer, konnte nicht gleich antworten, so fuhr mir der Schreck in die Glieder. Sie wird doch keine Drogen genommen haben? Dabei hätte ich von früher wissen müssen, dass es bei Tussi für diesen Zustand nur eine Erklärung gab. Sie war verliebt. Der Himmel stehe ihr bei! Gebildet, wie ich durch das viele Zeitunglesen während meiner Gipsbeinaffäre nun einmal bin, ahnte ich auch den Grund. Wissenschaftlich ausgedrückt – und das ist gerade in – offensichtlich ein Zuviel an Phenyläthylamin, der Stoff, der für Gefühle vom Feinsten oder – auf neudeutsch – für seelische »Highlights« zuständig ist.

Hier half leider nur eins: Abwarten, bis die Chemie wieder stimmt und Tussi von selbst normal wird. Aber das konnte dauern. Ich hatte weder die nötige Gelassenheit, noch hielt ich das untätige Zuwarten lange aus. Schon aus Zeitgründen entschloss ich mich daher, statt zur Schontherapie zur Schocktherapie zu greifen, auch wenn das, wie des Öfteren bei mir, psychologisch krottenfalsch war.

»Menschenskind Tussi, wach auf!« brüllte ich sie an. »Das Backfischalter ist vorbei, und zwar seit mindestens fünfundzwanzig Jahren, kapiert! Aufwachen! Und zwar sofort!«

»Ich denke nicht daran. Mehr als zwanzig Jahre gab ich mein letztes Quentchen Sozialenergie an die liebe Familie ab, jetzt bin ich dran. Verstanden? Praktische Umsetzung der emotionalen Energie heißt das Zauberwort.«

»Oho, so nennt man das in Blaubeuren. Ganz apart. Und dass dein Lover achtzehn Jahre älter ist als du, stört dich nicht? Nicht bewältigter Vaterkomplex, wie?« provozierte ich sie.

»Wieso, wäre dir ein elf Jahre Jüngerer lieber?« konterte Tussi.

»Ein solcher betet mich ebenfalls an. Mir tut's gut, denn irgendwie muss ich mit der fortschreitenden Hässlichkeit des Alterns fertigwerden.«

Ausgerechnet Tussi, die jung und spritzig wie selten jemand in ihrem Alter aussah, musste mit so etwas daherkommen. Mir verschlug's mindestens schon zum dritten Mal an diesem Morgen die Sprache. Obwohl man niemals nie sagen sollte, hätte ich nicht gedacht, dass Tussi, die sich wahrlich nicht beklagen konnte, so aus dem Schuh kippte. Und von wegen Zerknirschung, keine Spur! Selbstbewusst erklärte sie:

»Ich habe, um mit dem lieben Papa Heuss zu sprechen, meine Grundsätze so hoch gehängt, dass ich mühelos darunter durchkann.«

»Und Robert und die Kinder, was ist mit denen?«

»Denen geht nichts ab. Noch ahnt Robert nichts. Jeder hat schließlich ein Recht auf Glücklichsein.« Spätestens zu diesem Zeitpunkt gab's für mich nur eine Erklärung: Gehirnwäsche oder Hypnose – oder noch schlimmer – beides zusammen. Ich, mit meinen hinterwäldlerischen, braven, altbackenen Grundsätzen kam mir neben Tussi vor wie die letzte Großmutter aus Hinterdupfingen, die sich krampfhaft bemüht, das Fähnlein längst überholter Moralvorstellungen hochzuhalten.

»Angefangen hat das Ganze beim Meditieren«, erzählte mir Tussi.

Dass sie, in deren Gehirn meistens mehrere Gedanken gleichzeitig wetteiferten, beim Meditieren gewisse Schwierigkeiten hatte, verwunderte mich nicht.

»Du kannst dir nicht vorstellen, was für profane Gedanken durch meinen Kopf geisterten«, gestand sie. »Während die anderen Kursteilnehmer beim Schein der brennenden Kerze, gelöst von aller Erdenschwere, in sich versunken auf dem Fußboden saßen und offensichtlich mühelos in tiefere Bewußtseinsschichten abtauchten, dachte ich ständig daran, ob Robert wohl weiß, dass am Abend die Fenster im unteren Stock zu schließen sind. Sitzt Daniel nicht zu lange vor dem Fernseher? Und hoffentlich vergisst er nicht, wie abgesprochen, zwei Kisten Mineralwasser zu holen.« Tussi machte sich nichts vor. »Nein, ich bin nicht zum Meditieren geschaffen. Dazu bin ich viel zu unruhig.«

Unfähig sich in der Stille zu konzentrieren, betrachtete sie aus lauter Verlegenheit die Schuhe ihres Nebensitzers. Nicht nur die Schuhe, auch die graue Flanellhose waren aus bestem Material gearbeitet. Das erkannte Tussis geschulter Blick sofort. Das passende modische, grün-weiß gestreifte Hemd zeugte ebenso vom guten Geschmack seines Trägers.

Ihre Blicke begegneten sich. Anscheinend hatte nicht nur Tussi, sondern auch Cornelius Becker Schwierigkeiten beim Meditieren. Er zwinkerte Tussi verstehend zu.

Am Nachmittag stand zum Ausgleich Bewegung und Rhythmus auf dem Programm. Jeder sollte sich nach den Klängen der Musik frei im Raum bewegen, Einswerden mit Melodie und Rhythmus.

»Es ist eine Freude, Ihnen zuzusehen. Bei Ihnen besteht eine seltene Harmonie zwischen Rhythmus und Bewegung«, lobte Cornelius Becker, und Tussi wurde rot wie ein Backfisch.

Später dann, beim geselligen Zusammensein am Abend, beäugte man sich näher und entdeckte viele Gemeinsamkeiten. Cornelius Becker, Schöngeist mit Interesse für klassische Musik, Literatur und Kunst aus Ulm, und Tussi, Hausfrau in Aufbruchstimmung, aus Krettenstetten.

»Was für ein Mann!« schwärmte mir Tussi vor. »Selten konnte ich mich mit jemand so gut unterhalten. Bei ihm stimmt einfach alles. Er hat Charakter, Bildung und sieht auch noch gut aus. Mit einem Wort – ein hochkarätiger Solitär.«

Nein, ich brauchte nicht allzu viel Phantasie, um mir vorzustellen, wie eins zum andern kam und Tussi mit Wonne sämtliche laut schrillenden Alarmglocken überhörte, ja gar vorhandene Bedenken leichtfertig über Bord warf. Sie ließ, wie im Programm des Vorbereitungskurses vorgesehen, ›Gefühl zu‹.

Hätte ich nicht zufällig auf die Uhr geguckt und entsetzt festgestellt, dass es höchste Zeit war, in den

Ort zum Einkaufen zu radeln, ich glaube, Tussi hätte mir eine weitere Stunde von diesem einmaligen männlichen Prachtexemplar vorgeschwärmt. »Versprich mir wenigstens, keine unüberlegten Dummheiten zu machen«, sagte ich abschließend in besorgtem Ton zu meiner auf rosa Wölkchen schwebenden Freundin.

»Schon passiert«, sagte Tussi ein wenig kleinlauter als fünf Minuten zuvor.

Spätestens zu diesem Zeitpunkt ahnte ich, dass es zum Mittagessen bei uns wohl nur zu einer Päcklessupp' und Salat reichen würde, denn Tussi war bereits mitten drin im Beichten.

»Er hat mich überrumpelt, glaub's mir«, versicherte mir Tussi treuherzig, »ich war nicht mehr ich, wollte mich nur mit ihm unterhalten.«

Ja, ja, dachte ich, Tussi denkt, und Cornelius Becker lenkt.

Im Anschluss an das Seminar schlug der Schöngeist vor, den Tag bei ihm in seiner Wohnung ausklingen zu lassen. Man hatte schließlich so vieles Neues und Interessantes gehört, sollte man da nicht in gemütlicher Atmosphäre über dieses und jenes noch ausführlicher sprechen? Und wies halt so geht und schon tausendmal gegangen ist, bei sanfter Musik, einem exzellenten Wein, gemixt mit geheimnisvoller Stimmung aus Sehnsucht und Gefühl kam das, was auch ohne Briefmarkenalbum-Ansehen von Tussi nicht vorgesehen war. Cornelius Becker, dieser Guru, erzählte Tussi allen Ernstes, er sei in der Lage, durch Berührung mit seinen Händen universale Lebensenergie weiterzugeben. Dies kräftige Körper und Geist, löse Blockaden und weiß nicht was noch alles.

»Und das hast du geglaubt?«

Dieser Amateurschamane muss es faustdick hinter den Ohren haben, wenn sogar Tussi darauf hereinfiel, dachte ich, denn wenn das nicht Trick siebzehn ist, will ich Hans heißen. Aber es kommt noch dicker. Als Tussi sich gerade noch schwach an einen gewissen Robert erinnern konnte, flüsterte ihr der Erz-Casanova frech ins Ohr: »Der Mensch braucht ab und zu einen Farbtupfer im Leben. Wer will denn in unserer Zeit als monogame Graugans ins Grab sinken?«

Haut das nicht dem Fass den Boden aus?

Aber was mich am meisten plagt, ist die Tatsache, dass Tussi nicht mehr ansprechbar ist. Sie sieht alles anders, hat tausend Entschuldigungen für diesen – ich kann den Namen schon nicht mehr hören! – Cornelius Becker parat.

Aber wie man weiß, gegen Verliebte – inklusive Dummheit – kämpfen selbst Götter vergeblich. Als ich mir, aus lauter Angst, was diese blöde Affäre alles nach sich ziehen könnte, nicht verkneifen konnte, am Schluss unseres ellenlangen Gespräches doch noch eine deutliche Warnung loszulassen, entgegnete mir Tussi voll neugewonnener Lebensenergie und – dank Cornelius Becker – sichtlich gelöst: »Schon zu spät, die Flammen schlagen bereits aus dem Dach.«

Warte, dachte ich, wenn ich den Cornelius Becker in meine Hände kriege und meinerseits die Blockaden löse, dann kann er meine universale Lebensenergie zu spüren bekommen. Und die ist nicht von schlechten Eltern. Er kann froh sein, wenn ich ihm, diesem aufgeblasenen Gänserich, nicht mit Genuss den Kragen umdrehe.

Höhenflüge

Ob ich wollte oder nicht, Tussis Lovestory beschäftigte mich unentwegt. Ich hatte nicht vor, den Moralapostel zu spielen, aber der Gedanke an Robert ließ mir keine Ruhe. Noch zu frisch war die Erinnerung an meine eigene Verletzlichkeit. Und wie schnell konnte eine anfänglich harmlose Geschichte aus dem Ruder laufen.

»Robert hat noch nichts gemerkt, glaub mir's«, beruhigte sich Tussi, mich aber kaum.

Ihr Angetrauter ist nämlich in meinen Augen weder der gefühllose Dickhäuter, noch der angestaubte I-Düpfelesscheißer, als den ihn seine liebe Gattin ab und zu hinstellt, wenn ihr seine preußische Korrektheit auf die Nerven geht.

»Unsensibel wie ein Rohrstock«, konnte sie fauchen.

Ich war mir in diesem Punkt nicht so sicher. Im Gegensatz zu Tussi fiel es Robert schwer, seine Gedanken rüberzubringen, und dies kam mir irgendwie bekannt vor.

Als ich abends bei Krohmers anrief, um Tussi etwas zu fragen, war sie nicht zu Hause. Stattdessen meldete sich Robert. Ob mir nicht auch aufgefallen wäre, dass Tussi sich in letzter Zeit verändert hätte, fragte er mich besorgt. Er habe ständig das Gefühl, sie sei mit ihren Gedanken ganz woanders.

Ich gackste herum, antwortete ausweichend, wiegelte ab. Wahrscheinlich seien das Seminar und die Lernerei doch anstrengender, als Tussi es sich vorgestellt hätte. Es dauere zum Glück nicht mehr lange. Robert schien erleichtert.

Ehrlich gesagt, mir gefällt das alles nicht. Tussi konnte mir hundertmal klarmachen, dass so etwas die Beziehungskiste aushalten müsste und heute fast jeder was ›am Laufen‹ hätte. Als sie zur Bekräftigung gar ihren Cornelius, den lausigen Kopfverdreher, zitierte, dass, wer treu sei, lediglich Angst vor dem Alleinsein hätte, konnte ich meinen Schnabel nicht mehr halten.

»Sag mal, für wie blöd hält dein Soziologenguru uns Frauen?« fragte ich sie, »und was denkst du dir eigentlich bei deinem Liebestrallala?«

»Im Moment denke ich gar nichts«, entgegnete sie störrisch.« Ich überlasse mich ganz meinem Gefühl. Wenn du's wissen willst, einfach phantastisch!«

O weh, o weh, kein Zweifel, meine sonst so praktische, mit Vernunft begabte Freundin merkte nicht, dass sie wegen dieses Obertätschlers mit hundert Sachen stockvoll an der Realität vorbeisauste.

Mich juckte es in allen Fingern, den beiden ordentlich den Kopf zu waschen und den universalen Energie« und Chemietransfer kräftig durcheinanderzuwirbeln. Das Dumme war nur, ich hatte keine Ahnung wie. Deshalb beschränke ich mich auf die wenig hilfreiche Bemerkung, ich hielte Cornelius Becker weniger für den einsamen Wolf, für den er sich so gerne ausgab, sondern vielmehr für einen unverschämten selbstverliebten, egozentrischen Ziegenbock.

Wie hatte Uli, der Frechdachs, seiner Schwester fürsorglich nachgerufen, als Moggi in ein silbergraues Auto stieg?

»Und vergiss nicht: Wer beim Küssen die Augen schließt, dem gehen sie nachher auf!«

Ich kann nur hoffen, dass Tussi möglichst bald die Augen aufgehen, denn sonst sehe ich schwarz.

Ganz anders bei Bohnackers. Seit ich gestern einen unscheinbaren grauen Umschlag aus Umweltpapier aus dem Briefkasten zog mit dem mysteriösen Absender ›Notariat‹, sehe ich für uns nicht schwarz, sondern goldgelb.

Zuerst vermutete ich eine Verwechslung, aber nein, Name, Anschrift, alles stimmte.

»Walter, schnell komm! Ein Schreiben vom Notariat!« rief ich so laut ich konnte über den Hof. Walter stürmte in Rekordzeit ins Haus und ließ Strohballen Strohballen sein.

»Hast du was angestellt?« fragte ich ihn aufgeregt, als Walter mit gefurchter Stirn und sichtlichem Erstaunen das Schreiben studierte. Walter schüttelte den Kopf und las den Brief noch einmal von oben bis unten.

»I glaub', i spinn'!« rief er und drückte mir den Brief in die Hand.

Er konnte es nicht fassen, was er schwarz auf weiß gelesen hatte. Er habe nämlich geerbt, von einer Frau Klara Schöllkopf. Nur hatte Walter keine Ahnung, wer Frau Klara Schöllkopf ist oder vielmehr war. Verzweifelt kramte er in seinem Gedächtnis. Endlich ging ihm der Seifensieder auf.

Klara Schöllkopf war die Freundin seiner, vor kurzem erst verstorbenen Tante Elisabeth. Vermutlich war sie von ihrer Freundin Klara im Testament bedacht worden. Und weil Walters Tante inzwischen auch verstorben war, würden Walter und sicher auch Anni an deren Stelle erben. Welch erfreuliche Aussicht.

Beim Mittagessen konnten wir mit der Neuigkeit nicht hinterm Berg halten.

»Juhu!« freute sich Uli, »jetzt krieg' ich endlich ein Rennrad.«

»Und ich eine neue Skiausrüstung fürs Schullandheim«, jubelte Moggi.

Carlos wünschte sich einen Zuschuss zu einer Reise nach Norwegen, und ich sah bereits modische Vorhänge vor meinen Wohnzimmerfenstern hängen. Selbst Walter, der große Skeptiker, beteiligte sich an dem schönen Spiel.

Wäre es nicht herrlich, spielte es finanziell keine Rolle mehr, ob die Wiese am Wacholderweg nun verkauft würde oder nicht? Sogar der angekündigte Preisverfall beim Rindfleisch könnte leichter verkraftet werden. Oder gar ein neues Auto anstelle unserer alten Rostkarre?

Niemand von uns nahm Moggi ernst, als sie im Spaß sagte:

»Wer weiß, vielleicht reicht das angekündigte Erbe nicht einmal für eine Pizza.«

»Wie kannst du nur! In deinem Alter war ich nicht so pessimistisch«, wies ich meine Tochter zurecht. »Denk positiv.Allerdings, ganz unrecht hatte Moggi mit ihrem Einwand nicht, denn leider stand in dem Schreiben vom Notariat nicht, wie viel Geld wir demnächst zu erwarten hatten. Trotzdem, Walter und ich waren hoffnungsfroh, denn Klara Schöllkopf besaß schließlich nicht nur ein Häuschen, sondern ein großes Haus.

Selten wurde der Briefträger mit solcher Ungeduld erwartet wie in den letzten Tagen.

»Ist noch kein Brief da?« fragte Moggi als erstes, wenn sie von der Schule kam.

Uli und Carlos und, zugegeben, auch Walter und ich, wir alle warteten gespannt wie ein Regenschirm auf den angekündigten Geldsegen.

Damit es mir jedoch nicht zu wohl wurde, bekam ich bereits am Abend einen kleinen Nasenstüber verpasst. Beim Melken entdeckte ich bei mehreren Kühen Entzündungen am Euter. Das hatte mir gerade noch gefehlt. Dabei gab ich mir solche Mühe. Ständig beobachtete ich gewissenhaft die kritischen Stellen, und wenn ich eine kleine Entzündung sah, wurde diese sofort dick mit Salbe eingeschmiert. Jetzt hieß es verstärkt aufpassen. Die Milch musste in besondere Behälter geschüttet und an die Kälbchen verfüttert werden. Ständige Milchkontrollen waren unumgänglich. Und vor allem musste ich schmieren und salben, was das Zeug hielt, damit die Entzündung nicht chronisch wurde. Alles in allem ziemlich viel Mehrarbeit.

Deshalb bat ich Moggi am schulfreien Samstag, das Mittagessen zu kochen. Spinat, Kartoffeln und Rührei, das war kein Hexenwerk für sie.

»Hat's euch geschmeckt?« fragte Moggi, als Uli den letzten Rest Spinat aus der Schüssel kratzte.

Wir nickten eifrig, und Walter fand, das Essen sei heute besonders gut gewürzt gewesen.

Spinat und Rührei, ja selbst die Kartoffeln, alles wurde ratzeputz aufgegessen. Nur Moggi hatte offenbar schon bei der Kocherei ihren Hunger gestillt. Sie stocherte im Essen herum, aß ein bisschen Kartoffeln und Rührei und fast keinen Spinat.

»Was hast du denn? Magenweh?« fragte Uli, dem die Spatzenmahlzeit seiner Schwester auffiel.

»Nein, nein«, Moggi druckste herum.« Ich getrau mir's nicht zu sagen.«

»Los, sag's schon!« drängte Carlos.

Moggi kicherte verlegen und platzte dann heraus. »Ich hab' versehentlich den Spüllappen im Spinat mitgekocht«, prustete sie los und konnte sich das Lachen nicht länger verbeißen.

»Waaas hast duuu?« schrien wir entsetzt und wie aus einem Mund.

»Ich hab' versehentlich den Spüllappen im Spinat mitgekocht«, wiederholte Moggi. »Weiß auch nicht, wie's passiert ist.«

Carlos hatte sich am schnellsten gefasst.

»Nehmt's nicht so schwör, trinkt'nen Likör«, schlug er vor, stand auf und ging zum Küchenschrank. Dort holte er sich von ganz unten, hinten links, die Flasche mit Walters bestem Weinbrand und schenkte sich ein Gläschen ein. Ungeniert fragte er: »Hat sonst noch jemand Bedarf? Der Bakterienkiller ist bestens zu empfehlen.«

Walter ließ die Gelegenheit, sich mitten unter der Woche einen edlen Cognac einzuverleiben, nicht vorübergehen. Ich spielte die Gelassene.

»Was passiert ist, ist passiert. An einem mitgekochten Spüllappen ist bestimmt noch niemand gestorben«, beruhigte ich meine aufgeregte Gesellschaft. Und wie man sieht, wir haben's überlebt.

Golfplatz und kein Ende

Wenn Bürgermeister Schäfferle geglaubt hatte, die Bürger von Krettenstetten stünden mehrheitlich hinter dem geplanten Golfplatz, wurde er bald eines Besseren belehrt. Er war enttäuscht und konnte nicht verstehen, dass sein Lieblingsprojekt im Ort nicht auf breite Zustimmung stieß. Kapierten die Leute denn nicht, wie wichtig es war, im richtigen Moment auf den Zug der Zeit aufzuspringen? Mit »Heiler-Welt-Idylle« kam man heute nicht mehr weit.

In der letzten Gemeinderatssitzung, bei der Bürgerfragestunde, leistete Bürgermeister Schäfferle deshalb notwendige Überzeugungsarbeit. Er legte den begriffsstutzigen, zögerlichen Bürgern noch einmal eindringlich die Vorteile des zukünftigen Golfplatzes dar.

»Von wegen, der Golfplatz ist nur für gut betuchte Städter und andere finanzkräftige Leute gedacht. Gerade das will die Gemeinde vermeiden«, betonte er. Selbstverständlich werde man alles tun, um den Golfplatz mit zivilen Preisen breiten Bevölkerungsschichten zugänglich zu machen. Allein schon dadurch erhöhe sich der Freizeitwert rund um Krettenstetten. Die Umgebung würde weit über die Kreisgrenze hinaus als Erholungs- und Wandergebiet bekannt werden. Dass davon der ganze Ort profitiere, verstehe sich von selbst. Ein Narr, der sich gegen den Trend stemme.

Gemeinderat Ungerer, und nicht nur er, sah manches anders. Zusammen mit den Naturschützern sollte eine Unterschriftensammlung organisiert werden.

Zum ersten Informationsabend der Golfplatzgegner kamen erstaunlich viele Krettenstettener. Als Frieder Beißwenger, er saß auch unter den Zuhörern, unter anderem gar behauptete, Golfspielen erziehe zur Demut, hielt es Martin Nägele nicht mehr auf dem Stuhl.

»I kriag' an Lachkrampf, wenn ausg'rechnet du so an Schaafskäs verzapfsch. Bei dir goht's net om Demut, sondern om Profit. Ond des send no emmer zwoi Paar Schtiefel«, hielt er Frieder Beißwenger vor.

Die Meinungen pro und contra Golfplatz prallten hart aufeinander. Manche bislang guten Freunde grüßten sich tags darauf nicht mehr. Eine ungute Stimmung machte sich in Krettenstetten breit.

Um der Bevölkerung die Ausmaße des geplanten Golfplatzes zu demonstrieren, steckte die Jugendgruppe der Naturschützer das ganze Areal mit einem blauen Band ab.

Aber die Befürworter oder vielmehr die Landwirte, die bereit waren, ihre Äcker für das Projekt zu verkaufen, schnitten in der Nacht die Bänder an vielen Stellen durch.

Deshalb ist für das nächste Wochenende noch einmal eine Bänderaktion vorgesehen; allerdings bereits in aller Morgenfrühe und mit wesentlich mehr Wachtposten. Carlos und Uli sind ebenfalls eingeteilt. Selbst Oma Päule wollte unbedingt mit Wache stehen. Ich brauchte meine ganzen Überredungskünste, sie davon abzubringen. Hoffentlich gibt's keine Schlägerei, wie von der Gegenseite angekündigt.

Natürlich hatte ich vor Weihnachten, nachdem ich Frieder vor der Bank getroffen hatte, mit Walter über unsere Wiese am Wacholderweg gesprochen. Und um sich hinterher keine Vorwürfe machen zu müssen, hatte sich Walter die Angelegenheit nochmals gründlich durch den Kopf gehen lassen. Auch hörte er sich um, wer alles bereit war, Grund und Boden zu verkaufen oder zu verpachten. Dabei stellte sich heraus, dass für gut zwei Drittel der Fläche Zusagen vorhanden waren. Der Rest der Eigentümer zierte sich entweder noch, um einen höheren Preis auszuhandeln, oder war generell gegen einen Verkauf.

»Wenn es nach mir ginge, ich würde den Golfplatz glatt auf den Mond schießen. Er hat uns jetzt schon genug Ärger ins Haus gebracht.«

Unter anderen Umständen hätte Walter nichts gegen den Verkauf der Wiese gehabt, im Gegenteil. Aber jetzt schaltete er auf stur. Und ein Stück weit kann ich ihn verstehen.

Die rigorose Veränderung, die der geplante Golfplatz mit sich bringt, verschandelt unsere Landschaft. Andererseits ist unser Finanzplan total über den Haufen geschmissen. Zwar haben wir, bedingt durch einen relativ hohen Hektarertrag beim Weizen und durch den Verkauf etlicher Rinder dieses Jahr, mehr in der Umbaukasse als gedacht, die fehlende Finanzlücke ist damit aber keineswegs gestopft. Walter hat sich nämlich entschlossen, wenn er schon am Wühlen war, auch die Milchküche zu vergrößern, um sie den gestiegenen hygienischen Verhältnissen anzupassen.

Sogar bei Georg Mühlhäuser sind die fetten Jahre vorbei. Für seine Schweine und Ferkel bekommt er die schlechtesten Preise seit dem letzten Krieg. Kein Wunder, dass er eine Stinkwut im Bauch hat und sich beschwert.

»Es ist immer dasselbe. Die Agrarsubventionen aus Berlin und Brüssel bleiben bei den Massenzüchtern und Absahnern im Handel und der Agro-Industrie hängen. Wir Landwirte sind die allerletzten Grasdackel.«

Walter konnte dies restlos unterschreiben. Ich fürchte, irgendwann kommt der Tag, an dem sich Frieder Beißwenger wegen Bohnackers ins Fäustchen lacht.

Auch bei Nägeles herrscht keine Jubelstimmung. Ihr Optimismus in Sachen Umstellung auf ökologischen Landbau hat bereits den ersten Dämpfer bekommen, obwohl kein Zusammenhang zwischen dem ökologischen Landbau und dem aufgetretenen Schaden besteht. Es kann jedem Landwirt passieren, dass die Wintergerste von einem Virus befallen wird und untergepflügt werden muss.

»Das wird nicht der letzte Schlag ins Kontor gewesen sein. Bei uns, und nicht nur bei uns, geht's ans Eingemachte. Aber wen interessiert's?« Martin Nägele machte sich keine Illusionen. Finanziell gesehen sei er sowieso ein Rindvieh, wenn er seinen Betrieb weiterführe. Egal, ob er in herkömmlicher Methode wirtschafte oder ökologischen Landbau betreibe.

»Aber der Idealist in mir verlangt, schon um unserer herrlichen Landschaft willen, weiterzumachen. Allerdings vom Idealismus kann ich nicht leben.«

Und genau das ist der Knackpunkt. Auch bei Oma Päules Haus. Als ich neulich bei ihr hereinschaute, wer saß da eifrig ins Gespräch vertieft am Kaffeetisch? Restaurator Rosenbaum und Lehrer Hermann. Ich traute meinen Augen nicht.

Oma Päule guckte wie ein Kind, das beim Schlecken ertappt wird, denn mit keinem Sterbenswörtle hatte sie den Besuch der beiden Herren erwähnt und noch weniger, dass das Dreigespann schon eifrig beim Pläneschmieden war.

Also so ebbes, dachte ich. Oma Päule hat's nach wie vor faustdick hinter den Ohren.

Sie forderte mich auf, eine Tasse Kaffee mitzutrinken. Also setzte ich mich zu der Runde und vernahm mit Staunen, dass Restaurator Rosenbaum bereits wichtige Schritte unternommen hatte, die Finanzierung der Instandsetzung in die Wege zu leiten.

Von Zuschüssen der Denkmalfachbehörde, vom Landkreis und der Gemeinde und von Steuervorteilen war die Rede. Letzteres kam bei Oma Päules kleiner Rente allerdings kaum zum Tragen. Immerhin, es schien sich einiges zu bewegen.

Und wieder überraschte mich Dr. Rosenbaum. Was mit ein bisschen Fingerspitzengefühl – und natürlich viel Sachverstand – alles zu machen ist, zeigte er uns anhand einiger Beispiele, die er fotografiert hatte.

Aus alten, unansehnlichen Häusern wurden wahre Schmuckstücke, die niemand mehr aus dem Ortsbild missen wollte.

»Man trennt sich doch nicht so ohne weiteres von dem Haus, in dem Generationen vor einem aufgewachsen sind. Und erst recht nicht, um einem Neubau von geschmackloser Mittelmäßigkeit, einem Haus von der Stange, Platz zu machen«, empörte sich Dr. Rosenbaum, als er ein Bild zeigte, wo an Stelle eines alten Bauernhauses ein stinklangweiliger Neubau prangte. »Wir alle tragen Verantwortung, dass die gewachsene Einheit nicht einer kurzsichtigen Neuerungssucht zum Opfer fällt.«

Oma Päule nickte bestätigend mit dem Kopf. Und Lehrer Hermann, dessen praktische und sichere Beurteilungen ich in der Zwischenzeit immer mehr zu schätzen wusste, sah's genauso:

»Viel zu oft werden die alten harmonischen Proportionen zerstört. Diesen Fehler dürfen wir mit Frau Scheuermanns Haus nicht machen«, sagte er. »Die alten Fensteröffnungen und die hölzernen Klappläden müssen erhalten bleiben. Ich kann es oft nicht mit ansehen, wie lieblos und brutal mit der vorhandenen Bausubstanz umgegangen wird. Das Gewöhnliche wird zur Norm, das Alte als Krempel abgetan.«

Herr Hermann freute sich besonders, dass Restaurator Rosenbaum im Flur von Oma Päules Haus sogar noch Farbreste entdeckt hatte, die auf alte Schablonenfriese schließen ließen.

Oma Päule wirkte richtig aufgekratzt, ihre Phantasie lief auf Hochtouren.

Sie hätte genug Platz im Haus, meinte sie. Ob man im großen vorderen Wohnzimmer nicht eine Lichtstube einrichten könnte? Im Winterhalbjahr könnten hier für Jung und Alt Geschichten aus der Umgebung vorgelesen werden. Und wie wäre es, wenn ältere Mitbürger aus ihrem Leben erzählten?

»Mir hent schließlich au no was zom Saga«, so meine Mutter.

Und die alte Scheuer, ließe sich die nicht so umbauen, dass darin Veranstaltungen oder irgendwelche Treffs stattfinden könnten? Das wäre doch eine Sache!

Ich schlackerte mit den Ohren. Die Drei gingen ja ran wie Blücher. Bereits nächste Woche wollte Dr. Rosenbaum einen Termin ausmachen, um bei Bürgermeister Schäfferle persönlich vorzupreschen. Dem Gemeinderat wollte er seine Pläne lieber selbst vorstellen. Sicher ist sicher.

»Wenn das Frau Kußmaul erfährt, die haut's glatt um«, sagte ich zu Oma Päule. Die lachte verschmitzt und meinte:

»Dia hat's scho vorher fast omg'haua.

Dass ausgerechnet Oma Päules altes Bauernhaus erhaltenswert im Sinne der Denkmalpflege sei, darüber haben manche Bürger in Krettenstetten den Kopf geschüttelt. Auch Frau Kußmaul hat sich ›et no g'wondert‹, dass meine Mutter so ein Theater wegen ihrem alten Haus macht.

»Was dees koschtet!« entrüstete sie sich.

Und noch viel mehr darüber, dass Oma Päule auf ihre ›alte Dag no so s'Geld nausputzt‹!

»Dera Muggazählere han i's aber geba«, berichtete tiefbefriedigt Oma Päule. »Das Geld isch schließlich net bloß zom Schpara da. Hent Sia des net g'wißt?« Und aus purer Lust, Frau Kußmaul zu verwirren, setzte Oma Päule noch eins drauf. »Wer woiß«, sagte sie zu ihr, »vielleicht wird mei Haus no a klois Dorfmuseum. Gucket Se amol uff Ihrer Bühne. Da schtoht sicher no viel alt s Glomp rom.«

»Ja wia, ja was, isch des wohr?« Frau Kußmaul schnappte nach Luft.

»Was glaubsch, wia schnell des em Flecka rombatscht wird«, sagte Oma Päule und rieb sich vergnügt die Hände.

Trotzdem, so unrecht hat Frau Kußmaul nicht, wenn sie sich um Oma Päules Finanzen sorgt. Irgendwann muss ich mit ihr ein ernstes Wörtle reden. Bis jetzt hat sie noch keinen Schnaufer getan, wie sie die anstehende Renovierung bezahlen will. Im Lotto hat sie jedenfalls nicht gewonnen, soviel steht fest, denn außer an Silvester füllt sie keinen Tippzettel aus.

Kommt Zeit, kommt Rat, dachte ich und bedauerte nur, dass ich gerade dann, als es am interessantesten wurde, gehen musste. Aber wie sagt Walter? Der Stall geht allemal vor.

Eine Bauchlandung kommt selten allein

Wum! machte es, laut und vernehmlich. Tussis Bauchlandung aus dem siebten Himmel zurück auf die raue Erde war hart und schmerzhaft. Trotzdem, ich bin froh, saumäßig sogar, dass der erotisch bedenkliche Esoterikschnickschnack ganz ohne mein Zutun ein abruptes Ende nahm.

Michaela, die ebenfalls am Vorbereitungskurs in Blaubeuren teilnahm, brachte den Stein ins Rollen. Tussi hat mir haarklein erzählt, wie sich alles zugetragen hat, inklusive einiger dramatischer Wutausbrüche.

Zum Abschluss des Seminars war ein vierzehntägiges Praktikum in einer Klinik vorgesehen. Im Umgang mit Patienten sollte versucht werden, die theoretischen Kenntnisse ein Stück weit in die Praxis umzusetzen. So weit, so gut.

»Hellgrüne Dame mit Sozialtouch und Zusatzausbildung«, spöttelte Tussi und ging mit Begeisterung dreimal in der Woche nach Ulm ins Krankenhaus. »Sag mal, was hältst du eigentlich von Cornelius Becker«, fragte eines Tages Michaela, als sie mit Tussi in der Cafeteria saß.

»Nun ja, smarter Typ. Nicht alltäglich, emotional voll drauf«, antwortete Tussi.

»Hat er dir etwa auch weisgemacht, dass er durch Berührung mit seinen Händen universale Lebensenergie aus dem All abzapfen und weitergeben kann?«

»Mmhm.«

»Sieh da! Vielleicht gar bei Mozarts Klarinettenkonzert?«

Tussi schüttelte heftig den Kopf.

»Nein, bei Beethovens Mondscheinsonate.«

»Und wer treu ist, hat, nach Ansicht von Cornelius, nur Angst vor dem Alleinsein??«

»Jaaaaa!« schrie Tussi so laut, dass alle Köpfe in der Cafeteria herumfuhren.

»Ich hab's geahnt. Was für eine Gemeinheit. Mein Verstand wurde eingelullt mit Sinn-Salat aus der Exotenecke. Oh, ich riegeldumme Schneegans«, stöhnte Michaela, während Tussi, die mit Mordlust in den Augen grimmig in ihrem Kaffee herumrührte, schwor:

»Dem werd' ich's zeigen. Darauf kann er sich verlassen!« Sie war weiß im Gesicht vor Wut. »Auf einen Blender, einen miesen, mickrigen Blender bin ich hereingefallen. Das verzeihe ich mir nie.«

»Nichts altert so schnell wie das Glück«, zitierte Michaela mit traurigem Augenaufschlag und wehmütiger Stimme Oscar Wilde.

Tussi presste die Lippen aufeinander und rührte verbissen weiter im Kaffee.

Nach der zweiten Tasse kehrten ihre Lebensgeister wieder. Michaela fühlte sich bereits stark genug, dem alternden Solariumtarzan ans Bein zu pinkeln. Diese Vorstellung gefiel Tussi so gut, dass sie einen hysterischen Lachkrampf bekam und sich verschluckte.

Ein Weilchen später beschlossen die Leidensgenossinnen, Cornelius, dem Schönen, einen Überraschungscocktail ganz spezieller Art zu servieren, an den er sich noch lange erinnern sollte.

»Ohne Denkzettel kommt uns der nicht davon«, drohte Tussi.

Anstelle von Michaela wollte sie am Freitag zum verabredeten Rendezvous gehen, um ihm mit wohlgezielten Worten verbal so eine herunterzuputzen, dass er hoffentlich eine Zeitlang geplättet am Boden liegen blieb.

Am Tag X also restaurierte sich Tussi mit weiblichen Tricks. Umwerfend zurechtgemacht, mit dem kessesten Fummel aus ihrem Schrank, wut- und energiegeladen bis zum Gehtnichtmehr, schritt sie zur Tat.

»Dem hab' ich's vielleicht gegeben!« sagte Tussi tags darauf zu mir und strahlte nur so vor Genugtuung. »Weißt du, was er gesagt hat? ›Ich bin emotional ja sooo betroffen – sie äffte Cornelius nach –, »ist das nicht tyyypisch! Was Besseres ist ihm nicht eingefallen.« Tussi holte tief Luft. »Hach! Sein Gesicht hättest du sehen sollen. Das war allein einen Seitensprung wert«, sagte sie ohne jeden Skrupel.

Aber Rache ist nicht nur süß, Rache ist auch anstrengend. Völlig erschöpft, mit wackligen Knien und zittrigen Fingern saß Tussi nach dem dramatischen Finale furioso in der nächsten Kneipe. Wie eine Säuferin im vorletzten Stadium kippte sie einen doppelten Cognac hinunter.

Mir plumpste ein Stein vom Herzen. Das war Tussi, wie sie leibte und lebte. Ich wusste, jetzt war sie auf dem Weg der Besserung. Einer Umsetzung ihrer Wut ins Produktive stand nichts mehr im Wege. Arbeit gab's genug. Bei Krohmers mussten in den oberen Schlafzimmern die Wände neu gestrichen werden.

»Morgen geht's los«, verkündete Tussi in energischem Ton, und etwas leiser fügte sie hinzu. »Welch ein Glück, dass Robert nichts mitbekommen hat.« Ich lächelte verstehend und übte mich in Selbstbeherrschung. Zu gerne hätte ich Tussi das Horoskop, das ich beim Friseur in der wöchentlich erscheinenden Zeitung *›Für die moderne Hausfrau und Mutter‹* gelesen hatte, unter die Nase gerieben.

Die Sterne stehen ideal. Venus schenkt Ihnen eine große Dosis Glück. Sie können eine traumhafte Entdeckung machen. Innige Zweisamkeit, gewürzt mit einer Prise Erotik. Toll! Sie werden siegen. Ihre Konkurrenz hat keine Chance.

Wenn das nicht wie der Deckel auf den Topf passte. Aber ich wollte kein Salz in Tussis offene Wunde streuen. So gut es ging, bemühte ich mich, ein Trostpflästerchen ums andere auf ihr malträtiertes Herz zu kleben und meine Freundin möglichst oft abzulenken. Ja, ich rappelte mich sogar auf, mich ihr zuliebe als Wetterhexe zu verkleiden.

Am Donnerstag, beim ersten Weiberfasching der Landfrauen, war Tussi bereits wieder ganz gut drauf. Als Fetzamädle mit roter Perücke und erst recht mit ihrer frechen Rede ans Putzlappengeschwader von Krettenstetten schoss sie den Vogel ab. Das lässt hoffen.

Leider war Tussis Bauchlandung nicht die einzige in Krettenstetten. Bei Bohnackers machte es nur leise Blubb, aber die Enttäuschung war nicht weniger groß. Auch unsere Träume zerplatzten wie eine zu groß geratene Seifenblase.

... Den Betrag von Euro 8,75 werden wir auf Ihr Konto überweisen, stand unmissverständlich im sehnlichst erwarteten Schreiben vom Notar.

Auch wenn ich das amtliche Schreiben zum hundertsten Mal las, es wurde kein Pfennig mehr.

Die langen Gesichter meiner Lieben, einschließlich dem meinen, reichten bis in die Vesperteller. Aus der Traum vom Rennrad, der Skiausrüstung und und und... Unwiderruflich aus.

»Komm, iss noch eine Scheibe Leberwurst«, ermunterte ich Walter, der ganz geschlagen am Tisch saß. »Moggi mit ihrem blöden Pizzageschwätz ist schuld daran«, motzte Uli.

»Nix Pizza grande, Pizza semplice«, höhnte Carlos, und plötzlich hielten wir es nicht mehr aus. Wir prusteten los und lachten, was das Zeug hielt. Was für ein Erbe! Ganze läbbriche acht Euro und fünfundsiebzig Cent!

Als Erbe an 28. Stelle, immerhin noch vor dem Katzenschutzverein, blieb halt nicht mehr viel übrig. Anscheinend war das Vermögen von Klara Schöllkopf durch den langen Aufenthalt im Pflegeheim wie Schnee unter südlicher Sonne zusammengeschmolzen.

»Ach ja«, seufzte ich wieder einmal. »Es hat nicht sollen sein.«

»Aber eine Pizza, die verdrücken wir trotzdem.

»Jetzt erst recht«, sagte Walter, sprang über seinen schwäbischen Schatten und zog, selten genug, die Spendierhosen an.

Gelobt sei Klara Schöllkopf und Ehre ihrem Andenken! Wegen ihr saßen drei Tage später fünf enttäuschte Bohnackers beim fröhlichen Pizzaessen im ›Bahnhöfle‹. Carlos legte von seinem Taschengeld zehn Euro dazu, und so wurde aus der Pizza Margherita von Klärle Schöllkopfs Erbe sogar noch eine Pizza Grande.

Es darf geträumt werden

Sprung. Fast eintausend Kilometer nach Südfrankreich, dorthin, wo sich, irgendwo zwischen Les Saintes-Maries-de-la-Mer und Cap d'Agde, das unendliche blaue Meer am weiten Horizont mit dem hellen Licht vermischt. Sonne, Sand und Meer. Was für ein unbeschreiblich herrlicher Dreiklang.

Hätte man mir an Weihnachten prophezeit, dass Walter und ich in diesem Sommer faul und träge wie Schildkröten im warmen Sand liegen und alle Viere von uns strecken würden, hätte ich laut aufgelacht und vielsagend an die Stirn getippt.

Jetzt aalen Walter und ich uns tatsächlich am Strand. »Walter zwick mich, damit ich spüre, dass ich nicht träume«, sagte ich, während ich mit geschlossenen Augen unter dem Sonnenschirm lag und den sanften Wind spürte, der über meine Haut strich.

»Avec plaisir«, Walter tat, wie ihm geheißen.

»Aua!« schrie ich und fuhr hoch wie von der Tarantel gestochen. »Mit etwas mehr Gefühl, wenn ich bitten darf. Ich krieg' bestimmt einen riesengroßen blauen Fleck von deiner brutalen Zwickerei.«

»Dann hast du wenigstens ein kleines Andenken«, entgegnete Walter ungerührt und ließ etwas Sand auf meinen Rücken rieseln. »Und – glaubst du's jetzt, dass du in Frankreich und nicht in Krettenstetten bist?«

Walter nahm mich lachend in den Arm. Wie ein junges Liebespaar saßen wir eng umschlungen am Strand und ließen unsere Blicke übers glitzernde Wasser schweifen. Stundenlang hätte ich so sitzen können. Wir hatten Zeit, unendlich viel Zeit. Trotzdem, ob ich wollte oder nicht, meine Gedanken wanderten zurück nach Krettenstetten.

Eines musste ich Gerhard, Walters Bruder, lassen. Seinen Plan, uns in den Urlaub zu schicken, hatte er raffiniert eingefädelt. Er kannte seine Pappenheimer, unsere tausend ›Wenn‹ und ›Aber‹.

Bekannte hätten in Südfrankreich eine entzückende kleine Ferienwohnung, schwärmte er uns vor. Zufällig sei eine Woche vor und die erste Woche in den Sommerferien frei. Das wäre doch *die* Gelegenheit für uns.

»Ein Glücksfall. So günstig kommt ihr nicht mehr dorthin. Und das bissle Kochen ist kein Problem.« Die Jahreszeit hatte Gerhard zweifellos günstig gewählt. Nach dem Heuet und vor der Ernte. »Irgendwie kriegen wir die zwei Wochen über die Runde«, bestimmte er und gestand, dass er sich klammheimlich um einen tüchtigen Praktikanten bemüht habe.

Gerhard hatte auch bereits mit Carlos abgeklärt, dass dieser sich zutraue, zusammen mit dem Helfer und Uli den Betrieb acht Tage zu schmeißen. In der darauffolgenden Woche, zu Beginn der Sommerferien, wollte Gerhard samt Tochter Christina nach Krettenstetten kommen, um selbst mit Hand anzulegen. Damit nahm er Walters »du stellst dir das alles so einfach vor« den Wind aus den Segeln.

Als mir Oma Päule einen Briefumschlag mit der Aufschrift *Für Südfrankreich* in die Hand drückte und befahl: »Ond ihr ganget jetzt endlich au amol en Urlaub!« blieb Walter und mir nichts anderes übrig. Wir fuhren tatsächlich.

Aber wie es im Leben so ist, alles will verdient sein. Es hört sich vielleicht komisch an, denn nicht die Reisevorbereitungen, sondern vor allem die Sommerfestle wollten zuvor überstanden sein. Manchmal blieb fast keine Zeit zu einem richtigen Mittagessen.

»Linsa aus dr Dos'? Des send ja fascht amerikanische Zuschtänd«, beschwerte sich Moggi, als ich ihr Leib- und Magengericht als Fertigmenu vom Supermarkt auf den Tisch brachte.

Die Vorbereitungen für die Tage *Stadt und Land gehen Hand in Hand*, die anstelle des geplanten Informationsabends der Landfrauen stattfanden, kosteten mich viel Zeit. Umso erfreulicher, dass zu dem wichtigen Vortrag *Bauernbrot – Bauers Not*, zum großen Sommerfest am Samstagabend und erst recht zur Betriebsbesichtigung von Stäblers Aussiedlerhof so viele Leute kamen. Das hätten wir Landfrauen nicht gedacht. Es zeigt uns, dass die eingeschlagene Richtung stimmt.

Zum Dorffest, das kurz vor unserer Abreise ins sonnige Frankreich gefeiert wurde, drängte sich natürlich noch mehr Volk. In den Gäßchen rund ums Rathaus waren viele Stände aufgebaut. Auch wir Landfrauen hatten einen Stand mit leckeren Torten und Kuchen. Selbst Bürgermeister Schäfferle verdrückte mit sichtlichem Genuss ein Stück Erdbeertorte. Er bedankte sich, dass der Erlös der Kuchenaktion dem Gemeindekindergarten zugutekommen sollte.

Uli fühlte sich besonders dadurch geehrt, dass seine zwei Esel, Julia und Dalia, prächtig herausgeputzt im Festzug mitmarschieren durften.

Dennoch passte es Walter nicht so recht in den Kram, dass seit dem Frühjahr auf der Hagwiese eine kleine Hütte steht mit dem selbstgemalten Schild: *Eselreiten und Kutschfahrten – Miniaturzoo zum Anfassen.*

»Hochstapelei«, nannte es Walter.

»Jetzt lass ihm halt sei' Freid', s'isch doch besser, Uli schafft ebbes, als dass er faul en dr Gegend romhängt ond nix mit sich a'zufanga woiß«, nahm ich Uli in Schutz.

Und geschafft hat Uli, und wie. Unter Mithilfe von Carlos und einigen Freunden richteten sie die Hütte auf der Wiese so her, dass ein kleiner Imbissstand entstand. Die ersten zwei Biertischgarnituren wurden von den Buben selbst bezahlt. Neben der Hütte, im großen Drahtgehege, hoppeln fünf Stallhasen herum. Ulis Freund bringt jedes Wochenende etliche Schafe mit, und am knorrigen Apfelbaum hängen in Sichthöhe zwei Käfige mit Carlos' Wellensittichen und drei possierlichen Hamstern. Vorne am Zaun bekam eine Schildkröte ihren Auslauf. Und in Bälde gesellen sich noch zwei kleine Ziegen dazu. Der Hauptanziehungspunkt sind jedoch nach wie vor die beiden Esel Dalia und Julia. Sie haben bereits ihr Sommerdomizil bezogen. Meistens stehen sie am Zaun und wollen von den Spaziergängern gefüttert werden.

»S' läuft wia g'schmiert«, berichtete Uli voll Stolz seinem Vater, als dieser auf der Wiese nach dem Rechten sehen wollte. Dort stellten die Buben gerade eine ausgebrauchte Kinderschaukel auf. »TÜV geprüft, sie isch no ok«, beruhigte ihn Uli.

Selbst Moggi und ihre Freundinnen konnten die Jungunternehmer dafür begeistern, wenigstens ab und zu an den Wochenenden mitzuhelfen. Manchmal gibt's jetzt nicht nur Sprudel, Apfelsaft und Limonade zu trinken, sondern sogar von den Mädchen selbst gebackene Vollkornkekse.

»O'gsond's wär' mir lieber«, meckerte Carlos und verzog enttäuscht das Gesicht.

Doch allzu lange kann Carlos seinen Bruder nicht mehr unterstützen. Nur noch einen Sommer lang, dann pfeift ein anderer Wind. Zusammen mit Alexander Beißwenger leistet er ab September in einem Altenheim bei Freiburg seinen Zivildienst ab.

»Ond am Wochenende b'sucht ons Claudia«, sagte er und grinste vielsagend. Walter tat, als hätte er nichts gehört.

Dass die Umbauarbeiten im Stall beinahe abgeschlossen sind, darüber bin ich froh, denn sonst wäre Walter bestimmt nicht weggefahren. Auf den letzten Drücker, gerade noch vor Beginn der Feldarbeit, wurde Walter wenigstens soweit fertig, dass weitere zwanzig Kühe im Stall Einzug halten konnten. In der Milchküche sind zwar noch etliche Platten zu verlegen, aber das hat Zeit. Immerhin ist es jetzt nicht mehr so eng. Das ist für mich eine große Erleichterung.

Die unerwartete Reise brachte mich in verschiedener Richtung in Bedrängnis. Das große Problem war: Was ziehe ich an? Was packe ich ein?

Vor allem mussten neue Badeanzüge her. Mit unseren ausgeleierten, vorsintflutlichen Modellen hätten wir nicht nur uns, sondern ganz Deutschland blamiert. Und wer hat's schon gern, wenn er auf hundert Meter als germanische Landpomeranze ausgemacht wird. Nein, wir wollten als Schwaben in Frankreich eine gute Figur machen und sei's nur am Strand.

Zum Bauchlifting ohne Skalpell konnte ich mich dennoch nicht entschließen, auch wenn's in einer Zeitschrift wärmstens empfohlen wurde. Selbst Tussi winkte ab. Dafür riet sie mir umso mehr zu einem raffiniert einfach geschnittenen, schwarz weiß gemusterten Badeanzug und zum Kauf eines kräftigen, dunkelroten Nagellacks.

»Wetten, Walter gefällt's, wenn du mit roten Zehennägeln herumläufst?«

Erstaunlicherweise kehrte selbst Walter eine nie gekannte Eitelkeit hervor. Allein das Wort Frankreich beflügelte ihn. Am Abend erwischte ich ihn, wie er sich vor dem Schlafzimmerspiegel eingehend in seiner neuen, buntgemusterten Badehose bewunderte. Wie ein Bodybuilder stellte er sich in Pose, zog den Bauch ein und ließ die Muskeln spielen.

»Wow!« sagte ich laut und platzte ins Zimmer. Vor Schreck ließ er seinen vollen Bauch samt einigen Muskelpaketen wieder zurück in die natürliche Lage schnappen.

Den turbulenten Aufbruch am Abreisetag will ich lieber nicht beschreiben.

»I woiß scho selber, was i macha muass. Jetzt ganget endlich«, sagte Moggi gereizt und schubste uns fast zum Haus hinaus. Sie konnte es nicht mehr mitansehen, dass mir immer noch etwas einfiel, was ich ganz dringend vorher erledigen musste.

Und was soll ich sagen? Bereits fünf unglaublich schöne und ereignisreiche Tage liegen hinter uns. Wie viel Schönes entdeckten wir allein auf dem kurzen Stück Weg zum Strand: Die prächtig blühenden Oleanderbüsche, zarte hellgrüne Tamariskenbäume und Eidechsen, die sich auf warmen Steinen sonnen. Aber das Faszinierendste ist für mich immer wieder das Meer. Welch ein Gefühl, in die blaue Weite hinauszuschwimmen und das feuchte, salzige Nass auf der Haut zu spüren. Und dann die langen Spaziergänge, barfuß am Strand entlang. Wie ein kleines Kind sammelte ich seltsam geformte Muscheln und farbige Steinchen. Ja, mir gefielen sogar die bizarren Disteln, die ich auf dem Weg zum Strand fand.

Wir lagen jedoch nicht nur faul am Strand. Dazu war das Hinterland viel zu interessant. Stundenlang könnte ich von unserer ersten Fahrt dorthin erzählen. Von alten malerischen Dörfern und Städtchen, die verschlafen in der Mittagssonne vor sich hindösten. Und selten hat mir ein Eis so gut geschmeckt wie auf dem viereckigen, von schmalen, hohen Häusern umgebenen Dorfplatz, unter den alten Kastanienbäumen. Ich hätte ewig hier sitzen können, obwohl es nicht viel zu sehen gab. Mir jedoch kam alles staunenswert vor.

Selbst Walter, mein großer Schweiger, konnte sich begeistern, machte mich auf dieses und jenes aufmerksam. Zwischendurch immer wieder Gedankensprünge nach Krettenstetten.

»Ob se mit em Gschäft romkommet? Hoffentlich machet se koin Blödsinn«, sorgte er sich.

Ich spürte, wie ihn ständig die Frage umtrieb, ob er nicht auf ökologischen Landbau umstellen sollte, wie ihm Martin Nägele und sein Bruder Gerhard geraten hatten. Und überhaupt, lohnt sich das Weitermachen bei sich ständig verschlechternden Bedingungen?

Wenn man immer wüsste, was richtig und was falsch ist, wie einfach könnte das Leben sein, denke ich und komme selbst ins Grübeln. Soll ich im Herbst den Fortbildungskurs *EDV in der Landwirtschaft* besuchen, oder ist es nur Zeitverschwendung?

»Des machsch du, auch wenn bei uns weder em Schtall noch em Büro ein Computer schteht. Schada kann's auf koin Fall«, bestimmte Walter kurz und bündig.

Der Punkt wäre also abgehakt. Aber wenn wir schon beim Abklopfen landwirtschaftlicher Überlebensstrategien waren, durfte eine Idee, die mir im Kopf herumspukte, nicht außen vor bleiben: die Direktvermarktung.

»Die Lage unseres Hauses wäre ideal. Denk an die vielen Autofahrer, die von und nach Langenbuch wollen. Gleich nach dem Urlaub sehen wir uns bei anderen Betrieben um und lassen uns beraten. *Markt im Hof* klingt nicht schlecht, gell?«

Walter gestand, dass er auch schon daran gedacht habe, aber weil dies mit viel Mehrarbeit für mich verbunden sei, habe er den Gedanken immer wieder weggeschoben.

»Ach was, des packet mir, was andere könnet, könnet mir au«, sagte ich energisch.

Walter schaute mich belustigt von der Seite an und sagte:

»Mir scheint, die Sache ist klar. Allen Unkenrufen zum Trotz: Wir machen weiter!«

Ich nickte: »Und ob! Scho grad mit Fleiß machet mir weiter!«

Einen anderen Punkt können wir ebenfalls abhaken. Die Renovierung von Oma Päules Haus. Die Finanzierung scheint halbwegs gesichert. Der Gemeinderat hatte beschlossen, das geplante Neubaugebiet früher als vorgesehen zu erschließen. Somit könnte Oma Päule einen Teil ihrer Wiese verkaufen und mit dem Geld ihr Haus herrichten lassen. Seltsam, Bürgermeister Schäfferle machte gar keine weiteren Andeutungen mehr, von wegen Abriss und ›Bruchbude‹. Ob Dr. Rosenbaum ihm und dem Gemeinderat kräftig ins Gewissen geredet hat?

Aber Walter hat recht, was kümmert uns Krettenstetten hier und jetzt? Als ich morgens beim Frühstück anfing:

»Was moinsch, Walter, gibt's den Golfplatz oder net?« stöhnte er:

»Von mir aus könnet sich d' Leut' wegem Golfplatz ihre Riebelesköpf ei'schlage ond sich wega Oma Päules Haus 's Maul franzig reda, mir isch des jetzt völlig schnuppe, i ben em Urlaub!«

Und ehrlich, ich kann es noch immer nicht fassen, dass ich morgens nicht in den Stall muss, mich nicht nur einmal, nein sogar dreimal auf die andere Seite drehen und weiterschlafen kann, solange ich will. Das nütze ich auch weidlich aus. Erst wenn Walter mit frischen Baguettes vom Bäcker kommt, stehe ich auf. Und um die Urlaubsstimmung so richtig auszukosten, frühstücke ich bewusst im Morgenrock. Gegen Abend ist anstelle von Stalldienst süßes Nichtstun angesagt.

In aller Seelenruhe schlendern wir zu dem kleinen Hafen. In einem einladenden Lokal essen wir zu Abend. Um uns herum buntes Treiben, Stimmengewirr, Musik und das monotone Geräusch des Wassers, das leise an die Ufermauer klatscht.

Auf dem Tisch stehen zwei halbvolle Gläser mit einem rassigen Weißwein und ein Korb mit weißem Brot. Walter schleckte sich die Finger ab.

»Des war vielleicht a Grublerei, aber guat war s ond wia!« sagte er genüßlich und schob sich den letzten Bissen der Languste – der ersten seines Lebens – in den Mund.

»Glei' zwoi Todsünde auf oi'mal. Völlerei und Verschwendung. Wenn des Frau Kußmaul seha tät«, rutschte es mir heraus.

»Jetzt verdirb' mir net mei Freid«, schimpfte Walter. »I fühl' mi wie Gott en Frankreich, ond du kommsch ausgerechnet mit dr Frau Kußmaul daher, die sich jedes bissle Lebensfreud verkneift. Des han i gern.«

»Wer weiß, vielleicht tät sich d' Frau Kußmaul au meh' gönna, wenn sie öfters en d' Bibel 'nei 'guckt hätt«, sagte ich. »Vielleicht wär ihr der Spruch aufg'falla, mit dem Tussi ihre kleinen Extrawürstle rechtfertigt: *Wer sich selbst nichts gönnt, wie sollte der ändern etwas gönnen.*«

»Den Spruch hätt' Frau Kußmaul glatt überlesa, der passt net in ihr' Welta'schauung«, spottete Walter, »dafür in meine.« Er schenkte nochmals Wein nach und lehnte sich sichtlich gelöst in den Sessel zurück. »I könnt' mi scho' ans Faulenza g'wöhna«, stellte er tief befriedigt fest.

Es war spät, als wir uns, Hand in Hand, auf den Heimweg machten. Vorbei an den kleinen Läden und Lokalen, den dichtbelaubten Platanen, hinunter zu dem sandigen Weg, der zur Feriensiedlung führt. Der Himmel über uns war übersät mit Tausenden und Abertausenden glitzernder Sterne.

Unter einer Straßenlaterne krustelte Walter eine zerknitterte Zeitung aus der Tasche und faltete sie umständlich auseinander. Mit einem schrägen Seitenblick auf mich las er vor:

»*... Laut Umfrage wurde ermittelt, dass die Engländer am liebsten beim flackernden Kaminfeuer küssen, während die Deutschen solchen Bedürfnissen lieber am Strand beim Abendrot nachkommen ... usw.* Besonders gut aber schien Walter der Schlusssatz des Zeitungsartikels zu gefallen: *Ein Kuss ist das, was von der Sprache des Paradieses übriggeblieben ist.* Das rechte Wort zur rechten Zeit, findest du nicht auch?« sagte Walter herausfordernd.

Und für einen kurzen Erdenaugenblick glaubte ich, nicht nur einen Zipfel, sondern einen ganzen Arm voll Paradies festzuhalten.

Eigentlich hätte ich rundum zufrieden sein können. Aber wann ist der Mensch schon zufrieden? Zu gerne hätte mein vorsorgliches Hausfrauengemüt dem Schicksal etwas auf die Sprünge geholfen. Hoffnungsvoll blickte ich in das Sternenmeer über mir.

War eine solche Nacht nicht wie zum Wünschen geschaffen? Ich hätte dringend eine, ach was sag' ich, mindestens drei Sternschnuppen gebrauchen können. Und was wäre dabei gewesen, wenn wenigstens ein einziger Stern mit langem, goldglänzendem Schweif vom Himmel gefallen wäre.

Aber nichts, absolut nichts dergleichen geschah, auch wenn ich mir noch so sehr den Hals verrenkte. Unbeweglich, schweigend, unergründlich wie die Zukunft selbst strahlten ungezählte Sterne in hellem, weißem Licht auf uns herab.

Und darum bleibt mir nichts anderes übrig, als mich, im Guten und Schlechten, von der Zukunft überraschen zu lassen.

Landliebe rostet nicht – Erinnerungen einer Schweizer Bergbäuerin
256 Seiten
ISBN 978-3-475-54146-9

In einem bäuerlichen »Mischbetrieb« wächst Vreny sehr behütet auf. Sie kann sich daher nichts Schöneres vorstellen, als ein Leben zwischen Alp und Bauernhof zu führen. Ihre Eltern haben andere Pläne und möchten, dass sie als Lehrerin arbeitet. Doch Vrenys Entschluss steht fest, sie möchte einen Bauern als Ehemann und findet in Franz ihre große Liebe.

Meine Bergheimat – Eine Hüttenwirtin erzählt
160 Seiten
ISBN 978-3-475-54106-3

Christl Seebacher nimmt die Stelle einer Hüttenwirtin auf dem Brünnsteinhaus in den Bayerischen Alpen an. Aus den geplanten zehn werden über dreißig arbeitsame, glückliche Jahre. Wir erfahren Interessantes aus früherer Zeit, über die Schwierigkeiten, in 1342 Metern Höhe ein Gasthaus zu betreiben, und über die vielen Wanderer, die bei der Wirtin Rast machten. Sie lässt uns in vielen heiteren, aber auch nachdenklich stimmenden Geschichten daran teilhaben.